Ullstein Krimi

Ullstein Krimi
Ullstein Buch Nr. 10201
im Verlag Ullstein GmbH,
Frankfurt/M – Berlin – Wien
Titel der amerikanischen
Originalausgabe:
Pop. 1280
Übersetzung: E. R. von Schwarze
Umschlagentwurf:
Atelier Noth & Hauer, Berlin
Umschlagfoto:
Bilderbox, Overath

Printed in Germany 1983
Gesamtherstellung:
Ebner Ulm
ISBN 3 548 10201 8

Mai 1983

Vom gleichen Autor
in der Reihe der
Ullstein Bücher:

Der Mörder in mir (10170)
Getaway (10186)

CIP-Kurztitelaufnahme
der Deutschen Bibliothek

Thompson, Jim:
1280 [Zwölfhundertachtzig] schwarze
Seelen: Kriminalroman / Jim Thompson.
Hrsg. von Bernd Jost. [Übers.: E. R.
von Schwarze]. –
Frankfurt/M; Berlin; Wien: Ullstein,
1983.
(Ullstein-Buch; Nr. 10201: Ullstein-
Krimis)
Einheitssacht.: Population twelve
hundred and eighty <dt.>
ISBN 3-548-10201-8
NE: GT

Jim Thompson

1280 schwarze Seelen

Kriminalroman

Herausgegeben von
Bernd Jost

Mit einem Nachwort
von Rudi Kost

Ullstein Krimi

VORWORT

»Jim Thompsons Romane bieten wahrlich alles andere als heiteres Lesevergnügen. Gewöhnlich schildert er das Leben grau in grau. Diesmal jedoch hat er tiefstes Schwarz gewählt — die Farbe des absoluten Nichts. Das Ergebnis ist nahezu unerträglich, eigentlich unzumutbar!«

Mit diesen Sätzen leitet Marcel Duhamel das Vorwort zu Jim Thompsons außergewöhnlichem Kriminalroman »1280 schwarze Seelen« (»Pop. 1280«) ein, der in der französischen Übersetzung als Jubiläumsband Nr. 1000 der berühmten SÉRIE NOIRE erschienen ist: eine Mischung aus Henry Miller und Erskine Caldwell; ein Autor, der keine Tabus akzeptiert; ein Buch, das alles in Frage stellt!

»1280 schwarze Seelen« — das sind 1280 Kreaturen ohne Maske, zurückgeworfen auf die unterste Stufe des Menschlichen, unentrinnbar verurteilt zum Dahinvegetieren in einem Schmelztiegel von Verbrechen, Laster und Hoffnungslosigkeit.

Pottsville — das ist ein kleines, wahrhaft gottverlassenes Nest am Ende der Welt, irgendwann um das Jahr 1920, irgendwo in den Südstaaten der USA.

Potts County — das ist eine Welt ohne Liebe, ohne Moral, ohne Menschlichkeit.

»1280 schwarze Seelen« — das ist ein gleichermaßen die Grenzen des Vorstellbaren erschütterndes wie mitreißendes Pandämonium des Wahnsinns, des Bösen und des Schreckens, die Hölle auf Erden, Dantes Inferno, verlegt in den Amtsbezirk des schizophrenen Sheriffs Nick Corey, der sich für eine Wiedergeburt Gottes hält.

Ein Kriminalroman?! Ja — wenn man, gepreßt in die Seiten eines einzigen Buches, Mord, sadistische Grausamkeit, Blutschande, gotteslästerliche Verbrechen, Vergewaltigung, Bestechung, Lynchjustiz, Erpressung und den Schauder-Schock des Irrsinns erwartet.

Ein Kriminalroman?! Nein — wenn man nach den üblichen Kriterien Jäger & Gejagte, Räuber & Gendarm, Detektiv & Verbrecher, Polizei & Unterwelt Ausschau hält. Hier wird der Leser von der ersten Zeile an erbarmungslos zum Mitwisser, zum Mitschuldigen verurteilt. Schon bald durchschaut er die Regeln, nach denen das abscheuliche, bitterböse Spiel abläuft. Aber trotzdem bleibt er bis zur letzten Zeile gefesselt in den Bann dieses Buches — gelähmt von Nick Corey, der Pottsville die Gesetze seines kranken Hirns aufzwingt!

»1280 schwarze Seelen« — ein Buch, das man nie vergessen und immer wieder lesen oder nach den ersten Seiten mit Inbrunst hassen wird. Ein Kriminalroman, der die Grenzen des Genres sprengt. Ein Psycho-Thriller, der Wort für Wort, Satz für Satz, Seite für Seite mit bitterer Eindringlichkeit die Frage aufwirft: Ist der Mensch wirklich Gottes Ebenbild?!

Klaus E. R. von Schwarze

I

Well, Sir, genau betrachtet war ich ja eigentlich fein raus mit meinem Job. Schätze, ich hatte es so dufte getroffen, wie sich's ein Mann nur wünschen kann. Als immerhin hauptamtlicher Sheriff des Bezirks Potts County schob ich im Jahr gut und gerne meine zweitausend Dollar ein — mal ganz abgesehen von dem, was ich mir nebenher noch so unter den Nagel reißen konnte. Dazu 'ne kostenlose Behausung im zweiten Stock des Gerichtsgebäudes — eine verdammt gemütliche Bude. Sogar mit 'nem echten Badezimmer! Brauchte also nicht in 'nem lausigen Waschzuber baden oder wegen jedem Schiß auf ein Bretterhäuschen im Freien zu sausen, wie es die meisten Leute im Ort mußten. Ich freß 'nen Besen mit Drahtumwicklung, wenn man das nicht das Paradies auf Erden nennen konnte! Hatte meine Schäfchen gewissermaßen im Trockenen. Und es sah verdammt so aus, als ob sich daran nichts ändern würde. Schließlich war ich ja hauptamtlicher Sheriff von Potts County — brauchte also eigentlich nur meine Nase nicht zu tief in anderer Leute Angelegenheiten zu stecken und höchstens dann mal eine Verhaftung vorzunehmen, wenn's wirklich unvermeidlich war und es sich um unbedeutendes Gesocks handelte.

Trotzdem hatte ich Probleme. Und zwar gleich so 'ne Masse von Schwierigkeiten, daß mich die Sorgen ganz krank und rammdösig machten.

Es konnte passieren, daß ich 'ne ordentliche Mahlzeit von einem halben Dutzend Schweinskoteletts mit Spiegeleiern, Pfannkuchen, Soße und Maisgemüse um den Tod einfach nicht verdrücken konnte. So behämmert war mein Kopf von all den Sorgen!

Mit dem Pennen war's das gleiche Theater. Wenn ich mich mal aufs Ohr legte, dann dauerte es erst mal gut 'ne halbe Stunde, bis ich überhaupt halbwegs eindöste. Und dann schlief ich kaum meine acht oder neun Stunden — schon war ich wieder hellwach und konnte ums Verrecken nicht wieder einschlafen!

Well, Sir, und so flackte ich da eines Nachts schlaflos im Bett rum und drehte fast durch mit den ganzen Problemen, die mir durch den Kopf gingen — bis ich's einfach nicht mehr aushalten konnte. Und da sag ich mir: »Nick«, sag ich mir, »Nick

Corey, bei diesen ganzen beschissenen Problemen drehst du echt noch durch, und es wird höchste Zeit, daß du dir was dagegen einfallen läßt! Du mußt 'ne Entscheidung treffen, Nick Corey, oder es wird dir noch verdammt leid tun, daß du's nicht getan hast!«

Und so überlegte ich, überlegte hin und her und überlegte dann noch eine verdammt lange Zeit weiter. Und schließlich kam ich auch zu 'nem Ergebnis.

Ich kam zu der Entscheidung, daß ich um Tod und Teufel keinen blassen Dunst hatte, was ich anstellen sollte!

II

An dem Morgen stand ich zeitig auf, rasierte mich und badete, obwohl's erst Montag war und ich am Samstag ein richtig ordentliches Bad genommen hatte. Dann stieg ich in meine Sonntag-Nachmittag-Ausgeh-Klamotten — meine Vier-Dollar-Levis, meine Fünfundsiebzig-Dollar-Stiefel und stülpte mir meinen Sechzig-Dollar-Stetson auf den Kopf. Und dann prüfte ich im Spiegel, ob ich auch ganz sicher nicht so aussah wie irgendein hergelaufener Stint vom Land. Ich hatte nämlich 'ne kleine Reise vor, um meinen Freund Ken Lacey zu besuchen. Brauchte von ihm dringend einen Rat wegen meiner verdammten Probleme. Und ich geb mir immer verflixte Mühe, mich echt in Schale zu werfen, bevor ich bei Ken Lacey aufkreuze.

Wie ich dann nach unten ging, mußte ich an Myras Schlafzimmer vorbei. Die Tür war auf, damit's ein bißchen Durchzug gab. Und plötzlich merkte ich, daß ich ganz einfach stehengeblieben war, um kurz mal hineinzuglotzen. Und dann ging ich einfach rein und sah sie mir etwas genauer an. Und schließlich pirschte ich auf Zehenspitzen zum Bett, sah auf sie hinunter. Dabei leckte ich mir ganz unbewußt die Lippen und merkte, wie ich richtig geil wurde.

Ich muß Ihnen da was über mich erzählen. Und es ist die reine Wahrheit, yes, Sir! In *einer* Hinsicht bin ich ehrlich nie zu kurz gekommen. Ich war echt kaum aus den Kinderschuhen rausgewachsen, da hielten mir die Ischen schon ihr Ding hin!

Und je älter ich wurde, um so mehr waren da, die unbedingt an mir rumfummeln wollten. Manchmal sagte ich mir direkt: »Nick«, sagte ich, »Nick Corey, es wird höchste Zeit, daß du dir was dagegen einfallen läßt! Am besten trägst du immer 'ne Weidengerte bei dir und zischst den Weibern eins über den Arsch, bevor sie dir noch den letzten Tropfen aus dem Sack saugen!« Damit hab ich aber nie Ernst gemacht — ich könnte nämlich 'nem Mädchen auf Ehre nie was antun. Schon ein kleiner Schniefer genügt, schon werd ich schwach und geb nach!

Okay, um also wieder aufs Thema zu kommen, Frauen hatte ich immer jede Menge — echt satt und genug! Schätze, das klingt ein bißchen ungereimt, wenn ich Ihnen da trotzdem erzähle, wie ich meine Frau Myra so anstarrte. Und mir die Lippen leckte und 'nen irren Ständer bekam. Denn Myra hatte 'nen verdammten Haufen Jahre mehr auf dem Buckel als ich, und sie sah genauso widerlich aus, wie sie war. Ein hundsgemeines Weibstück — das können Sie mir ehrlich glauben! Aber ich bin einfach irgendwo ein einseitiger Mensch. Wenn ich anfange, über 'ne Sache nachzudenken, geht mir echt nichts anderes mehr in den Kopf. So was wie sexuellen Notstand oder so hat's bei mir echt nie gegeben. Aber das ist wie mit Popcorn — je mehr du von dem Zeug futterst, um so mehr willste davon haben!

Sie hatte kein Nachthemd an, weil's ja Sommer war. Die Decke hatte sie weggestrampelt. Und sie lag auf dem Bauch, so daß man ihre Visage nicht sehen konnte — was sie verdammt viel besser aussehen ließ.

Und so stand ich da also, glotzte sie an, und ich wurde richtig geil. Und schließlich wurd's mir zu bunt, und ich fing an, mein Hemd aufzuknöpfen. »Immerhin, Nick«, sagte ich mir, »immerhin ist diese Plunze deine Ehefrau, Nick Corey, und da stehen dir einfach gewisse Rechte zu!«

Na ja, Sie können sich natürlich nicht denken, was passierte. Denn Sie können schließlich von Glück sagen, daß Sie Myra nicht kennen. Noch nicht! Sie wälzte sich jedenfalls plötzlich auf den Rücken und machte die Augen auf.

»Was bildest du dir eigentlich ein«, blödete sie mich an, »was du jetzt tun wirst?«

Ich sagte ihr, daß ich mich auf 'ne kleine Reise machen würde, rüber in den anderen Bezirk, zu Sheriff Ken Lacey. Es würde wahrscheinlich spät werden, brummte ich, und da könnte es doch sein, daß wir uns echt fehlen würden, und da wär's doch vielleicht besser, wenn wir vorher noch mal zusammenkommen würden.

»Puuh!« fauchte sie mich an und tat dabei so, als ob sie vor mir ausspucken würde. »Bildest du dir vielleicht Schwachheiten ein? Denkst du vielleicht, ich möchte mit Dir was haben, selbst wenn ich im Moment scharf drauf wäre, mich von 'nem Mann vernaschen zu lassen?!«

»Na schön«, resignierte ich, »hatte nur so gedacht, du hättest es vielleicht auch haben wollen. Ich meine, ich hatte es gehofft. Hätte ja möglich sein können — warum schließlich auch nicht?!«

»Weil ich das große Kotzen kriege, wenn ich dich sehe.«

»Well«, knurrte ich, »weiß nicht, Myra, ob du da ganz richtig liegst. Damit will ich nicht sagen, daß es nicht stimmt, aber auch nicht, daß du recht hast. Aber du kannst es mir nicht direkt in die Schuhe schieben, daß ich so bin, wie ich bin. Typen wie mich gibt's schließlich haufenweise!«

»Du bist nicht nur dämlich, du hast auch nicht für 'nen halben Dollar Mumm in den Knochen«, stichelte sie weiter. »Du bist nicht wert, daß man an dich auch nur 'nen einzigen Blick verschenkt!«

»Nun hör aber mal«, protestierte ich, »wenn du so denkst, warum hast du mich überhaupt geheiratet?«

»Nun hör sich einer bloß dieses Arschloch an!« zischte sie. »Als ob der Kerl immer noch nicht kapiert hätte, warum ich's getan habe. Als ob er nicht genau wüßte, daß ich ihn heiraten mußte, weil er mich vergewaltigt hat!«

Well, da wurde ich natürlich ganz schön sauer. Dauernd schwafelte sie von dieser Vergewaltigung, und da wurde ich jedesmal stocksauer. Wenn sie behauptete, ich sei dämlich und hätte keinen Mumm, dann war ja wirklich jeder Streit zwecklos, weil ich möglicherweise wirklich kein besonders cleverer Bursche bin — wer will schließlich schon 'nen cleveren Burschen als Sheriff?! Da sie aber behauptete, ich sei ein Frauenvergewaltiger, das ging mir ehrlich gegen den Strich. Denn da war nun echt kein wahres Wort dran. Wozu brauchte ein Kerl wie ich wohl 'ne Frau zu vergewaltigen, wenn so viele dufte Weiber hinter ihm her waren?

»Well, nun werd ich dir mal was über diese Vergewaltigung

erzählen!« muckte ich auf, während ich mir mein Hemd wieder zuknöpfte. »Will ja nicht unhöflich sein und behaupten, daß du ein verlogenes Waschweib bist. Aber eins kannst du dir hinter die Ohren schreiben, Gnädigste! Wenn ich auf Lügnerinnen stehen würde, dann hätt ich dir schon längst die Seele aus dem Leib gepimpert.«

Das brachte sie natürlich ordentlich in Fahrt. Sie blökte und brüllte rum, wie ein verirrtes Kalb im Gewitter. Dadurch wurde natürlich ihr Schwachkopf von Bruder wach, der Lennie. Der kam also reingefegt, stotterte vor sich hin, rollte mit den Augen und sabberte sich das Kinn voll.

»Was machst du mit Myra?« spuckte er durch die Gegend. »Was willst du hier, Nick, was hast du getan?!«

Ich sagte überhaupt nichts, weil ich vollauf damit beschäftigt war, seiner Spucke auszuweichen. Lennie stolperte zu Myra rüber, die mich wütend anblitzte. »Du Miststück! Siehst du, was du wieder angestellt hast!«

Ich sagte, sie könne mich mal kreuzweise. Denn es sei doch wohl sonnenklar, daß Lennie immer herumstottere, und daß er immer rumsabberte. »Und das läßt er nur dann sein, wenn er nachts durch die Gegend schleicht und zu den Weibern in die Fenster reinglotzt!«

»Du Ochse!« schrie sie auf, »wirfst dem armen Lennie was vor, für das er gar nichts kann! Du weißt doch genau, daß er mein kleines unschuldiges Häschen ist!«

Was sollte man darauf antworten? Außerdem wurde es inzwischen Zeit, mich zum Zug auf die Socken zu machen. Ich ging also zur Tür — aber sie wollte wohl nicht, daß ich einfach so die Kurve kratzte, ohne mich entschuldigt zu haben.

»Paß ja auf, Nick Corey! Du weißt, was passiert, wenn du nicht spurst!«

»Was soll schon passieren?«

»Ich werde den Leuten im ganzen Bezirk reinen Wein über dich einschenken! Mal sehen, wie lange du noch Sheriff bist, wenn man über die Vergewaltigung Bescheid weiß!«

»Na und?« grinste ich. »Dann bin ich meinen Posten los, bevor ich 'nen Furz lassen kann!«

»Und darauf kannst du Gift nehmen!«

»Aber wenn ich kein Sheriff mehr bin, dann hab ich hier auch nichts verloren, nichts zu melden und nichts zu kassieren.

Vergiß das nicht! Würde mich interessieren, Süße, was dann aus dir wird — und aus deinem Brüderchen mit dem Webfehler!«

Ihre Augen quollen aus den Höhlen. Seit langer Zeit war es das erste Mal, daß ich ihr die Meinung gesagt hatte. Das schien ihr gewaltig in die Knochen zu fahren.

Ich ging hinaus. Als ich schon halb die Treppe runter war, schrie sie hinter mir her.

Sie hatte ein irres Tempo vorgelegt, sich 'nen Morgenrock übergeworfen und bemühte sich zu etwas ähnlichem wie einem Lächeln. »Nick«, griente sie sich mich an, »warum kommst du nicht nochmal einen Sprung rauf?«

»Schätze, daß ich darauf leicht verzichten kann«, brummte ich etwas überheblich. »Schätze, daß ich im Moment nicht aufgelegt bin!«

»Ich könnte ja versuchen, dich aufgelegt zu machen!«

Ich erklärte, daß ich jetzt dazu nicht die geringste Lust hätte. Außerdem müßte ich zum Zug.

»Nick«, bat sie mich nervös, »du stellst mir aber bitte nichts Dummes an, nicht wahr?! Du machst jetzt nicht irgendeinen Blödsinn, weil du sauer auf mich bist?«

»Fällt mir nicht im Traum ein«, gab ich ihr zur Antwort. Und dann ging ich die Treppe hinunter zur Tür und verließ das Gerichtsgebäude.

In der Nähe vom Bahnhof betrieben einige Farbige 'ne Imbißbude — und dort machte ich noch 'ne Weile Rast, um mir 'ne tüchtige Mahlzeit zu Gemüte zu führen. Aber meine verfluchten Sorgen verdarben mir ordentlich den Appetit. Deshalb würgte ich nur eine Portion Fisch mit Maisgemüse hinunter, ließ mir noch eine weitere Portion für die Fahrt einwickeln und dazu noch 'ne Flasche kalten Kaffee.

Dann fuhr der Zug ein, ich schnappte mir einen Fensterplatz und machte mich über die zweite Portion Fisch mit Maisgemüse. Und dabei versuchte ich mir einzureden, daß ich Myra ganz schön Zunder gegeben hatte und daß ich in Zukunft bestimmt besser mit ihr auskommen würde. Das Blöde war nur, daß ich genau wußte, daß ich mir in dieser Hinsicht nur etwas vormachte. Und daß sich nichts, aber auch gar nichts ändern würde. Und zwar deshalb nicht, weil die Chancen für uns beide nicht gleich standen. Sie war am Drücker. Und wenn sie die

Seifenblase zum Platzen brächte, wenn es zur Endabrechnung kommen würde, dann würde ich unterm Strich an erster Stelle als der Beschissene stehen. Szenen wie heute hatte es früher schon haufenweise gegeben. Und Myra wußte genau, daß sie am längeren Hebel saß. Klar, sie konnte mich nicht um meinen Job bringen, ohne selber dabei draufzuzahlen. Dann würde sie nämlich den Ort verlassen müssen mit ihrem Trottel von Bruder — und es würde vermutlich 'ne verfluchte Ewigkeit dauern, bis sie sich wieder in so ein gemütliches Nest setzen könnte wie bei mir. Es war aber immerhin *möglich*, daß sie sich irgendwie aus dem Schlamassel manövrieren könnte. Was aber mich betraf . . .

Ich hatte nie etwas anderes getan als meine Sheriffarbeit. Was anderes konnte ich auch gar nicht. Um es auf einen Nenner zu bringen — alles, wozu ich taugte, ließ sich mit Nullkommanix bezeichnen. Wenn ich mal kein Sheriff mehr sein würde, könnte ich mich gleich begraben lassen.

Eine miese Sache, verflucht deutlich zu wissen, daß man nichts war als ein absolutes Nichts. Diese Überlegung warf wieder 'ne ganze Reihe anderer Probleme auf — und Sorgen, daß ich eventuell meinen Job verlieren könnte, ohne daß Myra auch nur den kleinen Finger krümmte.

Mir war da nämlich kürzlich erst der Verdacht gekommen, daß meine Mitmenschen vielleicht gar nicht sehr zufrieden mit mir waren. Daß sie vielleicht von mir erwarteten, ich sollte gefälligst mal ein klein wenig was tun, anstatt immer nur vor mich hinzugrinsen, alberne Späße zu machen und wegzuschauen. Aber ich hatte keinen blassen Dunst, wie ich daran etwas ändern konnte.

Der Zug fuhr jetzt in eine Kurve und dann eine Strecke am Fluß entlang. Deutlich konnte ich die Bretterbuden sehen, den Puff unseres Ortes — und davor an der Landebrücke die beiden Zuhälter, die dort herumlümmelten. Diese beiden Arschgeigen hatten mir 'nen verfluchten Haufen Ärger gemacht. Erst letzte Woche hatten sie mich absichtlich, aber wie rein zufällig, in den Fluß geschmissen. Und ein paar Tage zuvor hatten sie mich absichtlich, aber auch wieder wie rein zufällig, angerempelt und in den Matsch gestoßen. Das Allerschlimmste aber war die Art, wie sie mit mir sprachen, mich mit Schimpfnamen belegten und völlig respektlos mit mir umsprangen. Das war nun wirklich nicht die Art, wie man sie von Zuhältern gegenüber einem Sheriff erwarten darf. Selbst wenn der ihnen einige Piepen abknöpfen will.

Irgendwas mußte gegen diese Arschficker unternommen werden, sagte ich mir. Und zwar bald!

Ich futterte den Rest Fisch und Maisgemüse auf und ging zur Toilette. Dort wusch ich mir die Hände und das Gesicht am Waschbecken, wobei ich 'nem Burschen zunickte, der dort vor dem bewußten Türchen auf 'ner Bank saß.

Er hatte 'nen duften schwarzweiß karierten Anzug an, trug hochgeknöpfte Halbstiefel und Gamaschen und 'ne weiße Melone auf der Glatze. Er glotzte mich aufmerksam an und konnte seine Augen kaum von meinem Schießeisen losreißen.

Ich deutete auf die Zeitung, in der er las. »Was halten Sie von den Bullschewitzkis?« fragte ich. »Was glauben Sie, stürzen die den Zaren?«

Er brummte nur, gab aber keine Antwort. Ich setzte mich zu ihm auf die Bank.

Ich mußte ganz dringend 'ne Stange Wasser los werden, war aber nicht sicher, ob ich schon in die Toilette rein durfte. Die Tür war nicht verriegelt und schwang auf und zu. Und es sah so aus, als ob jemand drin wäre. Trotzdem aber saß da dieser Bursche, und es war ja immerhin möglich, daß er auch wartete. Und deshalb wär's nicht höflich gewesen, wenn ich mich einfach so vorgedrängt hätte.

Ich wartete also 'ne Weile. Wartete und rutschte ganz itschig hin und her, bis ich es nicht mehr aushalten konnte.

»Verzeihen Sie, müssen Sie vielleicht auf die Toilette?«

Er schaute mich völlig überrascht an. »Geht Sie das was an?«

»Ich will mich selbstverständlich nicht in Ihre Angelegenheiten mischen. Es ist nur so, daß ich da rein möchte und dachte, daß Sie vielleicht auch rein wollen. Ich meine, ich hab mir gedacht, vielleicht ist schon einer drin, und Sie warten hier.«

Er stierte auf die hin- und herpendelnde Tür des Aborts, durch die man das Becken sehen konnte. Und dann sah er mich richtig angeekelt an. »Du lieber Himmel«, zischte er.

»Stimmt was nicht, Sir?« fragte ich hastig. »Da wird doch wohl niemand drin sein, oder?!«

Ich dachte schon, der würde den Mund überhaupt nicht aufbringen. Dann nahm er aber plötzlich doch die Beißerchen auseinander. »Vor 'ner Weile ist sie da reingetrabt. 'ne nackte Frau auf 'nem gescheckten Pony!«

»Irre«, staunte ich. »Wie kommt nun 'ne nackte Frau dazu, auf die Herrentoilette zu gehen?«

»Wegen dem Pony. Das war nämlich 'n männliches Pony und mußte auch mal!«

»Ich kann aber niemand sehen. Komisch, daß man die beiden in dem kleinen Raum gar nicht bemerkt!«

»Wollen Sie behaupten, daß ich lüge?« brauste er auf.

Ich beschwichtigte ihn und sagte, daß ich so etwas nie behaupten würde. »Aber mir platzt die Blase! Schätze, ich geh in den anderen Waggon rüber!«

»Sie werden den Teufel tun!« brüllte er mich an. »Keiner nennt mich 'nen Lügner und verdrückt sich dann einfach, als ob nichts passiert wäre!«

»Das tu ich auch gar nicht«, verteidigte ich mich.

»Ihnen werd ich's schon zeigen, wer hier die Wahrheit spricht! Sie bleiben hier gefälligst sitzen, bis die Pißnelke mit ihrem Pony wieder rauskommt!«

»Ich muß aber dringend pinkeln«, stotterte ich.

»Schnauze! Sie bleiben hier sitzen, bis Sie kapiert haben, daß ich die Wahrheit gesagt habe!«

Well, Sir, da hockte ich nun und wußte ums Verrecken nicht, was ich anstellen sollte. War mein ganzes Leben lang immer verdammt liebenswürdig und höflich gewesen. Und hatte mir eingebildet, daß die anderen einem auch entgegenkommen, wenn man ihnen den kleinen Finger reicht. Hatte mich da aber wohl verrechnet. Manchmal geht die Rechnung eben nicht auf, wie zum Beispiel in dem Moment, wo ich da vor dem Lokus hockte.

Als ich endlich soweit war, daß ich um ein Haar meine Jeans vollgeschifft hätte, kam der Schaffner durch, um die Fahrkarten zu kontrollieren. Diese Gelegenheit nutzte ich und sauste in den nächsten Waggon. Hinter mir konnte ich hören, wie sie in Gelächter ausbrachen. Ich kümmerte mich aber keinen Deut darum, da ich gewohnt war, daß man mich auslachte. Und außerdem hatte ich im Moment ehrlich keine Zeit, mir darüber groß Gedanken zu machen.

Nachdem ich die Blase geleert hatte, suchte ich mir 'nen Platz, wo ich dem Typ im karierten Anzug nicht mehr in die Quere kommen mußte. Und da sah ich Amy Mason.

Ich war ziemlich sicher, daß sie mich auch gesehen hatte, sie tat aber so, als ob sie mich nicht bemerkt hätte. Trotzdem aber nahm ich neben ihr Platz.

In Pottsville hat niemand 'ne blasse Ahnung davon. Denn wir haben uns verdammt angestrengt, uns nichts anmerken zu lassen. Es ist aber 'ne Tatsache, daß Amy und ich es mal dick miteinander hatten. Und es ist auch 'ne Tatsache, daß wir beide geheiratet hätten, wenn ihr Daddy nicht so viel an mir auszusetzen gehabt hätte. Deshalb hatten wir gewartet, daß der alte Herr irgendwann endlich mal abkratzen würde. Und genau 'ne Woche, bevor er ins Gras biß, erwischte mich Myra am Kanthaken. Seither hatte ich Amy nicht wieder gesehen, weil sie mir hochnäsig aus dem Weg ging.

»Hallo, Amy!«

Sie kniff die Lippen zusammen und sagte keinen Ton.

»Schön, dich mal wieder zu sehen. Bis wohin fährst du?«

Diesmal antwortete sie, wenn auch knapp. »Bis Clarkton. Muß gleich aussteigen!«

»Wäre mir aber verdammt lieber, wenn du noch weiter gefahren wärst. Schätze, ich muß dir 'ne Menge erklären!«

»Wirklich?« Sie schielte mich an. »Da ist doch eigentlich nicht viel zu erklären!«

»Aber Amy«, sagte ich, »es ist doch klar wie Kloßbrühe, daß ich auf keine Frau so stehe wie auf dich. Mein ganzes Leben lang wollte ich nur dich heiraten, Gott ist mein Zeuge. Kann es sogar beschwören auf 'nem ganzen Stapel Bibeln!«

Sie blinzelte mich verlegen an, und es hatte verdammt den Anschein, als ob sie das Heulen unterdrücken wollte. Schnappte mir also ihre Hand, drückte sie ganz fest und konnte sehen, wie ihre Lippen zitterten. »Aber, Nick, warum . . .?!«

»Genau das wollte ich dir doch erklären! Ist 'ne ziemlich lange Geschichte, Schätzchen, und — hör mal, soll ich nicht in Clarkton mit dir aussteigen, und dann mieten wir uns für ein paar Stunden ein Hotelzimmer, und dann . . .«

Da hatte ich nun genau den falschen Ton erwischt! Amy wurde leichenblaß.

»So eine Meinung hast du also von mir«, fauchte sie mich an. »Das ist das einzige, worauf du aus bist! Nicht heiraten — oh nein, dafür bin ich dem Herrn nicht gut genug. Du willst mich nur fürs Bett und so!«

»Aber, Schätzchen, ich bitte dich ...«

»Wag ja nicht, mich dein Schätzchen zu schimpfen, Nick Corey!« fiel sie mir ins Wort.

»Aber ich hab ehrlich nicht ans Bett gedacht! Es handelt sich doch bloß darum, daß es so lange braucht, bis ich dir die ganze Geschichte mit Myra auseinandergefieselt habe. Und dazu hätten wir ganz einfach ein ruhiges Plätzchen gebraucht!«

»Deine Erklärungen können mir gestohlen bleiben. Will dir lieber was anderes sagen, Mr. Nicholas Corey, und ich rate dir, daß du's an zuständiger Stelle weitererzählst! Wenn ich noch einmal den Bruder von deiner Angetrauten dabei erwische, wie er seine geile Rotznase zu meinem Fenster reinsteckt, gibt's Krach!«

Mir war klar, daß Amy diese Geschichten nicht schlucken würde, wie andere Frauen in Pottsville, aber ich sagte ihr, daß ich hoffte, daß sie schon im eigenen Interesse nichts gegen Lennie unternehmen würde.

»Ha!« fauchte sie mich an und stand auf, während der Zug in die Station von Clarkton einfuhr. »Bildest du dir vielleicht ein, ich hätte die Hosen voll wegen diesem Trottel — und wegen ihr?«

»Well, vielleicht wär's aber doch besser für dich! Du weißt schon, wie Myra ist, wenn sie jemanden auf dem Kieker hat. Dann steigert sie sich in Lügen hinein und zieht die Leute durch den Dreck, bis ...«

»Laß mich raus!«

Ehe ich mich versah, war sie verschwunden, und der Zug fuhr weiter.

So stand die Sache also, und ich sagte mir, vielleicht ist's auch ganz richtig so, denn wie sollten wir uns jemals wieder etwas bedeuten, nach allem, was geschehen war? Da war nämlich einmal Myra. Und zum anderen war da auch wieder Myra — und zwar bis zu dem Zeitpunkt, bis einer von uns beiden an Altersschwäche eingehen würde. Aber bei all dem war Myra durchaus nicht der einzige Klotz an meinem Bein.

Ich hatte da nämlich eine verheiratete Frau kennengelernt, Rose Hauck hieß sie. Ein Techtelmechtel von der Sorte, in das man irgendwie reinschlittert, bevor man es überhaupt bemerkt. Rose bedeutete mir überhaupt nichts — wenn man mal davon absieht, daß sie verdammt hübsch und großzügig war. Auf der anderen Seite stand sie aber mächtig auf mich und ließ mich das sehr deutlich spüren.

Nur als Beispiel dafür, wie raffiniert Rose war, muß ich Ihnen sagen, daß Myra sie für ihre echte Busenfreundin hielt. Yes, Sir, Rose hatte verdammt etwas los als Schauspielerin. Wenn ich mit Rose allein war, ließ sie an Myra kein gutes Haar. Waren die beiden aber mal unter sich, da scharwenzelten sie mit Süßholzraspeln und so umeinander, daß einem glatt die Spucke weg blieb. Und Myra war darüber jedesmal so glücklich, daß ihr fast die Tränen kamen.

Die sicherste Art, um Myra auf die Palme zu bringen, bestand darin, Rose in ihren Augen mies zu machen. Nicht mal der Schwachkopf Lennie durfte sich das erlauben. Er hatte einmal eine Bemerkung fallen lassen und dafür von Myra solche Prügel bezogen, daß er gegen die Wand flog.

III

Möglicherweise hab ich's Ihnen noch nicht erzählt — dieser Ken Lacey, zu dem ich jetzt fuhr, war Sheriff des Bezirks, der 'ne Strecke weiter flußabwärts liegt. Ich und er, wir hatten uns mal auf 'nem Jahrestreffen der Ordnungshüter kennengelernt, und wir verstanden uns eigentlich auf Anhieb ganz gut. Er war nicht nur ein dufter Kumpel — ich bekam auch auf den ersten Blick spitz, daß er ein verdammt gerissener Hund war. Und deswegen unterhielt ich mich mit ihm gleich über die Probleme, die mir damals durch den Kopf gingen.

»So«, brummte er, sobald ich ihm die Geschichte auseinandergelegt hatte. »Das kleine Scheißhaus steht also auf 'nem Gemeindegrundstück hinter dem Gerichtsgebäude, wie?«

»Genau, Ken!«

»Außer dich stört's aber niemanden, oder?«

»Stimmt! Aber du mußt verstehen, der Gerichtssaal liegt im Rückteil vom Erdgeschoß und hat nach hinten keine Fenster. Die gibt's nur im Obergeschoß, wo ich wohne.«

Ken fragte mich damals, ob ich nicht den Baubeauftragten des Bezirks rumkriegen könnte, daß das Scheißhaus abgerissen würde, und ich sagte ihm, daß damit wohl nichts drin wäre. Immerhin benutzten 'ne Menge Leute die Bude, und so was hätte sie leicht verärgern können.

»Und du kannst auch niemanden dazu bringen, den Saustall auszumisten?« fragte er weiter. »Wie wär's zum Beispiel mit 'ner Ladung Löschkalk?«

»Was kümmern die sich schon drum? Kein Schwein regt sich drüber auf, nur ich. Und wahrscheinlich mach ich mich verdammt unbeliebt, wenn ich mich drüber beschwere.«

»Na, da schau her!« Ken schüttelte den Kopf. »Das würde also echt eigennützig aussehen, oder?«

»Trotzdem muß ich irgendwas unternehmen, Ken«, betonte ich. »Weißt du, es geht ja nicht allein um den Gestank bei warmem Wetter! Da sind da nämlich auch noch die Löcher im Dach, durch die man genau sehen kann, was drinnen passiert. Stell dir mal vor, jemand ist bei mir zu Besuch und steckt die Nase aus dem Fenster! Die einzige Aussicht, die er dann hat, ist ein Scheißhaus, wo einer abprotzt.«

»Na, da schau her«, hüstelte Ken. Und dann meinte er, daß ich ja da wirklich ein verdammt *problematisches Problem* mit mir rumschleifen würde. »Kann mir echt vorstellen, daß das einem hauptamtlichen Sheriff auf den Wecker fallen kann — wo du bestimmt schon genug andere Dinge am Hals hast!«

»Du mußt mir aus der Klemme helfen, Ken! Ich drehe echt noch durch bei dieser Geschichte!«

»Ich hab noch nie 'nen Kollegen im Stich gelassen«, lachte er. Und dann setzte er mir auseinander, wie ich das Problem lösen könnte. Und ich schrieb mir seinen Rat hinter die Ohren. In jener Nacht schlich ich mich raus zu der stinkenden Bretterbude und lockerte hier und dort einige Nägel an den Fußbodenbrettern. Und am nächsten Morgen rollte ich mich ganz früh aus den Federn und harrte der Dinge, die unweigerlich kommen würden, um sofort zur Stelle zu sein, wenn's so weit wäre.

Bankdirektor J. S. Dinwiddie war einer der eifrigsten Kunden von dem Scheißhaus. Er besuchte es in der Frühe auf dem Weg zur Bank, dann, wenn er zum Essen ging, wenn er vom Essen kam, und abends auf dem Heimweg. Ab und zu ließ er schon mal eine Sitzung aus — frühmorgens aber nie.

An jenem Morgen nach meiner Bastelei raste er mal wieder wie ein geölter Blitz hinein in das Örtchen — ein feister Fettwanst mit gestärktem Hemdkragen und 'nem stinkvornehmen Kammgarnanzug. Die Bohlen gaben unter seinem Gewicht nach und plumpsten in die Grube. Und er mit ihnen — platschte wie ein Stein mitten in die Scheiße, die sich dort im Laufe von dreißig Jahren angesammelt hatte.

Selbstverständlich hatte ich ihn fast so rasch wieder rausgefischt, wie er reingefallen war. Wehgetan hatte er sich auch nicht — er war nur von oben bis unten mit Scheiße beschmiert. Trotzdem hab ich mein Lebtag keinen gesehen, der so fuchsteufelswild wurde.

Mister J. S. Dinwiddie sprang wie ein wildgewordener Handfeger hin und her, schüttelte die Fäuste, fuchtelte mit den Armen und schrie zetermordio. Ich versuchte, ihm einige Eimer Wasser über den Kopf zu schütten, um ihn von den dicksten Scheißklumpen zu befreien, hatte aber wenig Erfolg, weil er fluchend hin und her sprang. Und dabei war er in unserer Kirche Diakon!

Von überall strömten die Menschen zusammen, und alle wurden ganz weich in den Knien, als sie einen der prominentesten Bürger der Stadt in diesem Zustand erblickten.

Mr. J. S. Dinwiddie verwünschte sie mit Bezeichnungen, die man nicht unbedingt als stubenrein bezeichnen konnte, und wenn er 'ne Keule zur Hand gehabt hätte, dann hätte es bestimmt Mord und Totschlag gegeben. Am meisten schimpfte er auf die Leute von der Baubehörde und schwor, er würde ihnen wegen verbrecherischer Fahrlässigkeit den Prozeß machen. Und er drohte ihnen mit einer Klage auf Schadenersatz wegen absichtlicher, fortgesetzter Gefährdung der öffentlichen Sicherheit.

Nur für mich hatte er ein paar gute Worte übrig. Er erklärte laut, ein Mann wie ich könnte ganz allein den gesamten Bezirk verwalten, und er würde schon dafür sorgen, daß die anderen Faulenzer ihrer Posten enthoben würden!

So wie sich die Dinge später entwickelten, kam er allerdings nie dazu, seine Drohungen wahr zu machen. Das Scheißhaus-Problem war jedoch damit endgültig gelöst. Schon eine Stunde später war es verschwunden. Und die Grube war zugeschüttet ...

Na fein, das war also nun 'ne Probe von Ken Laceys Ratschlägen. Ein Beispiel dafür, wie wertvoll er für jemand sein kann, der ein Problem mit sich rumträgt.

Natürlich kann jetzt jemand kommen und behaupten, Ken Lacey hätte mir damals einen ganz beschissenen Rat erteilt. Und es können auch welche behaupten, daß der Rat, den mir Ken gegeben hat, 'ne echte Gemeinheit war, die mir eher geschadet hat als geholfen.

Aber ich denke ganz einfach von anderen Menschen das Beste, solange es nur geht. Wenigstens denke ich nicht das Schlechteste, wenn es nicht unbedingt nötig ist. Und deshalb hatte ich mir über Ken ganz einfach noch keine endgültige Meinung gebildet.

Wollte heute erst mal sehen, was er mir diesmal für einen Tip geben würde, bevor ich einen Entschluß faßte. Machte er sich nur halb so gut wie bisher, würde ich im Zweifelsfall zu seinen Gunsten entscheiden. Sah es aber danach aus, daß er diesmal nicht so gut lag, dann ...

Ja dann, dann würde ich schon wissen, was mit ihm anzustellen war.

In diesen Dingen bin ich immer gut!

IV

Von dem Boy, der mit Fressalien durch den Zug marschiert, kaufte ich mir 'nen Happen — bloß so ein paar belegte Brötchen, und Fleischpastete und Kartoffelchips und Erdnüsse und ein paar kleine Törtchen und 'ne Limonade. Und um zwei Uhr nachmittags waren wir dann endlich in der Stadt, wo Ken Lacey hauptamtlicher Sheriff war — ein richtig großer Ort mit vermutlich so um die vier-, fünftausend Einwohnern.

Die Hauptstraße war gepflastert, überall sah man Kaleschen mit Drahtspeichenrädern und Kutschen mit Sonnendächern. Und ich konnte sogar zwei oder drei von diesen modernen auto-moh-biehielen Benzinkutschen sehen! Will damit sagen, ich fühlte mich genauso, wie wenn ich in New York oder in einer von den anderen Großstädten gelandet gewesen wäre, von denen ich echt schon 'ne Masse gehört hatte.

Ich traf Ken und seinen Deputy Buck, den ich zuvor noch nie gesehen hatte, in der Amtsstube des Sheriffs im Gerichtsgebäude.

Sie lümmelten in ihren Sesseln, hatten die Stiefel vor sich auf dem Tisch übereinandergeschlagen und ihre Stetsons tief in die Augen gezogen.

Ich mußte erst mal mit den Füßen scharren, damit Ken auf mich aufmerksam wurde.

»Well, ich will verdammt sein«, brummte er dann, »wenn das nicht der hauptamtliche Sheriff von Potts County ist.« Dann rollte er mit seinem Sessel zu mir rüber und streckte mir seine Hand entgegen.

»Nur Platz genommen, Nick«, forderte er mich auf. »Buck, wach auf und sieh dir 'nen Freund von mir an!«

Jetzt rollte auch Buck rüber zu mir und schüttelte mir ebenfalls die Hand. Und dann zauberte er mir auf einen Wink von Ken 'ne Pulle Maisschnaps und 'ne Handvoll Zigarren auf den Schreibtisch.

»Von allen Deputies, die ich jemals hatte, ist Buck am meisten auf Draht«, erklärte Ken großspurig, während wir einen runtergurgelten und unsere Zigarren anzündeten. »Hat 'ne Menge Initiative, der Bursche. Muß ihm nie, wie es bei anderen der Fall wäre, einzelne Vorlesungen halten, was er hier oder da zu tun hat.«

Buck brummte bescheiden, er hätte ja mit dem Schnaps und den Zigarren nichts als seine verdammte Pflicht und Schuldigkeit getan, aber Ken fuhr ihm über den Mund und erklärte, nein, das käme daher, weil er eben auf Zack sei.

»Genau wie unser guter Nick hier! Das ist auch der Grund dafür, daß er den Posten eines Sheriffs im siebenundvierziggrößten Bezirk unseres Bundesstaates aufgerissen hat!«

»Ehrlich?« tat Buck erstaunt. »Hab' gar nicht gewußt, daß unser Bundesstaat nur siebenundvierzig Bezirke hat!«

»Auf's Haar genau«, bestätigte Ken stirnrunzelnd. Und dann sah er mich an. »Na, Nick, wie geht's, wie steht's in Pottsville? Mein Gedächtnis läßt mich manchmal im Stich — wie groß ist das Kaff eigentlich?!«

»Well, Sir, am Ortseingang gibt's ein Schild, und da steht ›1280 Einwohner‹ drauf. Also so etwas um die zwölfhundertachtzig Seelen.«

»Zwölfhundertachtzig Seelen? Und diese Seelen sollen auch zu der entsprechenden Anzahl Typen gehören, oder?«

»So soll's gemeint sein.«

Wir gossen uns alle noch ein paar kräftige Schlucke hinter die Binde, Buck schmiß seine Zigarre in den Spucknapf und klemmte sich ein Stück Kautabak zwischen die Zähne, und Ken meinte, so ganz säße ich wohl nicht auf dem richtigen Dampfer mit der Ansicht, daß zwölfhundertachtzig Seelen gleich zwölfhundertachtzig Leute seien!

»Stimmt's nicht, Buck?« grinste er seinen Deputy an.

»Rrrichtig!« erklärte Buck. »Liegst wieder mal völlig richtig, Ken!«

»'türlich! Verklickere also dem alten Nick mal, warum das so ist!«

»Das ist so«, grinste Buck, »in den zwölfhundertachtzig stekken ja auch die Nigger — die Gesetze der Yankees zwingen uns dazu, sie mitzuzählen. Nigger haben aber gar keine Seelen, das leuchtet doch jedem Schwanz ein, oder?«

»Rrrichtig!« bestätigte Ken.

»Well, davon versteh ich nichts«, sagte ich. »Will zwar nicht behaupten, daß ihr Jungs nicht recht habt. Aber wenn ich so überlege, bin ich mir sicher, daß ich mit eurer Rechnung nicht ganz einverstanden bin. Ich meine, wie kommt ihr dazu, daß ihr behauptet, Nigger hätten keine Seelen?«

»Weil sie einfach keine haben!«

»Und warum nicht?«

»Sag's ihm, Buck. Gib unserm alten Nick 'ne Erleuchtung!«

»Mach ich!« versicherte Buck. »Das ist so, Nick: Nigger haben gar keine Seelen, weil sie gar keine richtigen Menschen sind!«

»Ehrlich nicht?!«

»Na klar! Das weiß doch jede Sau!«

»Wenn's aber keine Menschen sind, was sind sie denn dann?«

»Nigger! Weiter nichts als Nigger! Deshalb nennt man sie ja auch Nigger und nicht Menschen!«

Buck und Ken nickten mir stolz zu und taten so, als ob über diese Angelegenheit kein weiteres Wort zu verlieren wäre. Also nahm ich erst noch einmal einen kräftigen Zug aus der Pulle.

»Nun hört aber mal her«, protestierte ich. »Wie sieht denn das nun aus? Meine Mami ist gestorben, direkt nach meiner Geburt, und da hab' ich 'ne farbige Amme bekommen. Wär' heute nicht mehr am Leben, wenn ich nicht an ihren Titten gesaugt hätte. Und das beweist doch ...«

»Nichts beweist das«, fiel mir Ken ins Wort. »Überhaupt nichts beweist das. Schließlich hättest du auch an den Titten von 'ner Kuh sabbeln können, und du willst doch nicht etwa behaupten, daß Kühe Menschen sind?«

»Schön, vielleicht nicht«, gab ich zu. »Dann laßt mich ein anderes Beispiel bringen. Mit ein paar farbigen Miezen hab ich so gewisse Beziehungen gehabt, und die hätte ich bestimmt nicht mit 'ner Kuh haben wollen. Also ...«

»Hättest sie aber haben *können«*, fuhr mir Ken wieder dazwischen. »Kein Problem! Drüben in der Zelle hockt einer, den haben wir eingelocht, weil er 'ne Sau vergewohltätigt hat!«

»Das haut mich aber mächtig aus den Latschen«, sagte ich erstaunt. »Wie lautet denn die Anklage gegen ihn?«

Buck meinte, es würde möglicherweise auf Vergewaltigung hinauslaufen. Aber Ken sah ihn nur kopfschüttelnd an und meinte, mit der Anklage würden sie wohl kaum durchkommen. »Er kann schließlich immerhin behaupten, es sei mit Einwilligung der Sau geschehen, und dann würden wir ziemlich dumm dastehen.«

»Na ja«, räumte Buck ein, »wenn man die Sache so sieht, Ken ...«

»Man muß sie so sehen«, betonte Ken mit allem Nachdruck. »Oder willst du mir etwa weismachen, daß Tiere nicht kapieren, was man ihnen sagt?«

»Nee!« brummte Buck. »Ich meine nur, man weiß schließlich nicht genau ...«

»Kannst du nicht einmal dein verdammtes Maul halten?« schimpfte Ken. »Du hast wohl nicht mehr alle Tassen im Schrank. Vor fünf Minuten hab ich Nick noch erzählt, was für'n gewitzter Bursche du bist! Und jetzt hab ich verdammt das Gefühl, daß du mich vor ihm zum Lügner stempeln willst!«

Buck wurde ganz rot im Gesicht und sagte, es täte ihm leid. Und er hätte Ken ganz bestimmt nicht widersprechen wollen. »Jetzt, wo wir drüber sprechen, kann ich mir's richtig vorstellen, wie die ganze Schweinerei passiert ist. Wahrscheinlich hat der Mistkerl zu der Sau gesagt: ›Na, wie wär's mit 'nem kleinen Aufhupferl, du kleine Pottsau?‹ — da hat die Sau sicherlich gequiekt vor Vergüngen und mit ihrem Ringelschwänzchen gewedelt!«

»Rrrichtig«, grunzte Ken. »Laß also das beschissene Diskutieren mit mir! Weshalb versuchst du überhaupt erst einmal, mich zu überzeugen, die Sau hätte ihm ihre Einwilligung nicht geben können? Warum stellst du dich damit vor 'nem hauptamtlichen Sheriff, der bei uns zu Besuch ist, wie ein Vollidiot hin? Will dir mal was sagen, Buck, ich hab eigentlich verdammt große Hoffnungen in dich gesetzt und mir eingeredet, daß du ein vernünftiger Kerl bist und nicht so'n großmäuliger Klugscheißer. Es kommen mir jetzt aber gewaltige Zweifel. Schätze, du tust gut daran, dir in Zukunft genau zu überlegen, was du redest!«

»Werd ich tun! Tut mir leid, Ken«, beteuerte Buck.

»Und fang nie wieder an, mit mir zu diskutieren oder mir zu widersprechen! Sonst kannst du mit den Spatzen draußen auf der Straße in Roßäpfeln rumpicken — merk dir das. Oder willst du jetzt etwa wieder anfangen, mit mir herumzustreiten und zu behaupten, daß du dich in dem Fall nicht mit den Spatzen um die Pferdeäpfel balgen würdest? Na? Mach schon die Schnauze auf, du Blödmann!«

Einen Moment sah es so aus, als ob es Buck die Sprache verschlagen hätte. Dann aber nickte er und meinte, Ken hätte natürlich recht. »Genau wie du sagst, Ken, genau das würde ich tun.«

»*Was* würdest du tun? Drück dich gefälligst klar aus, verdammt noch einmal!«

»Mit den Spatzen in Roßäpfeln rumpicken«, würgte Buck hervor.

»In schön warmen, dampfenden Pferdebollen, stimmt's? *Stimmt es?*«

»Rrrichtig«, knurrte Buck. »Liegst wieder mal völlig richtig, Ken! Bin ganz deiner Ansicht, daß es nichts Unappetitlicheres gibt als 'nen kalten, abgestandenen Pferdeschiß!«

»Na schön, dann wär ja alles klar.« Ken ließ endlich von ihm ab und wandte sich mir zu. »Schätze, daß du nicht die ganze Strecke hier raus gefahren bist, Nick, um dir anzuhören, wie ich mich mit dem dämlichen Buck rumstreite. Hab den Eindruck, du hast 'ne Masse eigener Probleme!«

»Well, Sir, da liegst du wieder mal völlig richtig, Ken«, bestätigte ich.

»Und du willst wieder mal einen Rat von mir, stimmt's? Du gehörst nicht zu den Klugscheißern, die von niemandem 'nen guten Rat brauchen!«

»Rrrichtig«, stimmte ich zu. »Ich bin echt auf deinen Rat angewiesen, Ken!«

»Na«, grunzte er wohlwollend, »dann schieß mal los, Nick!«

»Die Sache ist so, daß ich da ein Problem habe, an dem ich noch halb verrückt werde. War in der letzten Zeit kaum in der Lage, zu schlafen oder zu essen, so hat's mir zugesetzt. Und ich hab mir den Kopf zerbrochen und überlegt, und hin und her überlegt, und immer weiter überlegt, bis ich dann schließlich zu 'nem Ergebnis gekommen bin!«

»Und?!«

»Ich kam zu der Entscheidung, daß ich um Tod und Teufel keinen blassen Dunst habe, was ich unternehmen soll!«

»So«, brummte Ken. »Nun ja, du brauchst dich wirklich nicht mit deinen Erklärungen überstürzen. Ich und der gute Buck, wir stecken zwar bis über die Ohren in verdammt schwierigen Fällen, aber wir haben immer 'ne Masse Zeit, um 'nen guten Freund zu beraten. Stimmt's, Buck?«

»Rrrichtig! Liegst wieder mal völlig richtig, Ken, wie immer!«

»Laß dir also Zeit, Nick, und verzapf uns die ganze Geschichte tropfenweise!«

Ich zögerte etwas, denn eigentlich wollte ich ihm ja von Myra und ihrem behämmerten Bruder erzählen. Ganz plötzlich schoß es mir aber durch den Kopf, daß so etwas wohl ein wenig zu persönlich wäre. Ich meine, man kann schließlich schlecht mit irgendeinem anderen Burschen über die eigene Frau palavern, und wenn's auch noch so'n guter Freund ist. Wie konnte er auch hier einen Rat geben, selbst wenn ich ihm alle Karten auf den Tisch gelegt hätte?!

Also entschloß ich mich, sie lieber aus der ganzen Geschichte rauszuhalten und das andere dicke Problem zur Sprache zu bringen, das mir an die Nieren ging. Hatte so das Gefühl, daß dies ein Problem so ganz nach seinem Geschmack war. Denn nachdem ich jetzt Gelegenheit gehabt hatte, meine alte Bekanntschaft mit ihm wieder aufzufrischen, und nachdem ich vor allen Dingen erlebt hatte, wie er mit Buck fertig geworden war, wußte ich, daß er genau der richtige Mann für mich war!

V

»Well, Sir, Ken«, begann ich, »du kennst doch den Puff drüben in Pottsville — den am Flußufer, knapp in Rufweite vom Ort entfernt?!«

Ken schielte hinauf zur Zimmerdecke, bohrte sich in der Nase und kratzte sich schließlich am Kopf. Und dann ließ er sich zu der Bemerkung herab, er könne zwar nicht direkt behaupten, daß er darüber Bescheid wisse, er könne sich aber lebhaft vorstellen, daß Pottsville einen Puff habe.

»So'n Ort ganz ohne läßt sich ja wohl kaum verwalten, stimmt's?«

»Genau! Wenn's keine Nutten gäbe, wären die anständigen Damen ja nicht mehr sicher auf der Straße!«

»Rrrichtig!« nickte Ken beifällig. »Die Kerls würden geil wie Schifferscheiße mit 'nem Steifen rumsausen und ihnen auf offener Straße nachjagen!«

»Ich sehe die Dinge genau so«, erklärte ich. »Jetzt hab ich da aber einige Schwierigkeiten! In dem Puff gibt's sechs Nutten — lauter nette freundliche und gefällige Weibsbilder, wie man sich's besser gar nicht wünschen kann. Über die Mädels kann ich mich wirklich nicht beklagen! Aber da gibt's dann gleichzeitig noch diese zwei Zuhälter. Meiner Rechnung nach also ein Zuhälter auf drei Weiber. Und diese Arschlöcher machen Schwierigkeiten, Ken. Sie sind furchtbar unverschämt zu mir!«

»Das darf doch wohl nicht wahr sein!« polterte Ken los. »Du willst doch nicht etwa sagen, daß sich diese Bubis dem hauptamtlichen Sheriff von Potts County gegenüber 'ne große Lippe leisten, oder?«

»Yes, Sir, leider«, mußte ich bekennen. »Genau das haben sie getan. Und besonders schlimm daran ist, daß sie's sogar ein paar Mal vor anderen Leuten getan haben. Und du mußt zugeben, Ken, das ist 'nem Sheriff geradezu abträglich. Es braucht sich doch nur rumzusprechen, daß ein paar Zuhälter Schindluder mit einem getrieben haben — und schon ist der ganze Ruf im Eimer!«

»Wem sagst du das?« empörte sich Ken. »Du hast den Nagel auf den Kopf getroffen, Nick! Was hast du gegen die miesen Schweine unternommen?«

»Well, das ist so, ich hab' ihnen ihre Unverschämtheiten heimgezahlt. Kann zwar nicht sagen, daß ich ihnen damit endgültig das Handwerk gelegt hätte — aber ich hab's ihnen echt in gleicher Münze heimgezahlt, Ken!«

»Mit *Unverschämtheiten* heimgezahlt?! Das darf doch nun auch wieder nicht wahr sein!«

»Es schien mir aber das Richtige zu sein«, verteidigte ich mich.

Ken verzog das Gesicht zu einer Grimasse und schüttelte den Kopf. Dann erkundigte er sich bei Buck, ob der jemals in seinem Leben schon so etwas Verrücktes gehört hätte, und der antwortete, nee, verdammt wolle er sein und in der Hölle schmoren, aber so etwas hätte er in seinem ganzen Leben noch nicht gehört.

»Jetzt will ich dir mal sagen, mein lieber Nick, was du in einem solchen Fall zu tun hast«, wandte Ken sich dann wieder an mich. »Besser gesagt, ich werd dir jetzt einmal zeigen, wie du dich in so einem Fall verhalten mußt. Und jetzt steh mal auf und dreh dich um — und dann wird Vater dir 'ne Art Anschauungsunterricht erteilen!«

Ich kam seinem Wunsch nach. Und er stand auf, nahm einen kleinen Anlauf und trat mir dann so kräftig in den Arsch, daß ich mit Schwung bis hinaus in den Vorraum flog.

»Kannst wieder zurückkommen«, brüllte er hinter mir her. »Und jetzt pflanz dich auf deinen Hintern, damit ich dir ein paar Fragen stellen kann!«

Ich meinte zwar, daß es vielleicht besser wäre, wenn ich noch 'ne Weile stehen bleiben würde, er aber hatte offensichtlich keine Lust, mit mir darüber zu diskutieren. »Kapierst du, warum ich dir in's Kreuz getreten habe, Nick?«

»Schätze, du wirst schon 'nen guten Grund dafür gehabt haben!«

»Stimmt auffallend! Und jetzt stelle ich dir eine Frage. Nimm mal an, ein Kerl versetzt dir 'nen Tritt in den Arsch, wie ich eben — was würdest du dann tun?«

»Genau weiß ich's nicht«, mußte ich zugeben. »Mir hat bisher noch niemand so sehr furchtbar in den Arsch getreten — von meinem Daddy abgesehen, Gott hab ihn selig, und gegen den konnte ich nicht viel unternehmen!«

»Nimm aber trotzdem mal den hypothetischen Fall an, daß

dir jemand den Stiefel in den Hintern donnert. Was würdest du denn da tun?«

»Na ja, dann würd' ich dem wohl auch einen Tritt in den Arsch geben — das dürfte wohl das Richtigste sein, oder?«

»Dreh dich wieder rum!« fuhr mich Ken schroff an. »Der Unterricht war noch nicht anschaulich genug.«

»Also, hör mal«, wehrte ich mich, »vielleicht wär's möglich, daß du's mir ganz einfach *erklären* könntest . . .«

»Auch noch undankbar werden, wie? Vorschriften machen, wenn ich dir helfen will, wie?«

»Aber nicht die Spur! Ich will ja nur . . .«

»Na, das möchte ich aber auch gehofft haben! Und jetzt dreh dich endlich um!«

Ich kehrte ihm also wieder den Rücken zu — allem Anschein nach blieb mir ja nichts anderes übrig. Dann standen er und Buck auf, und beide traten mir in den Hintern — gleichzeitig! Und mit solcher Wucht, daß ich diesmal regelrecht in die Luft geschleudert wurde. Als ich wieder auf dem Fußboden landete, verstauchte ich mir sämtliche Knochen und wußte einen Augenblick lang beim besten Willen nicht, ob ich Männlein oder Weiblein war!

Dann rappelte ich mich wieder hoch und versuchte vergeblich, mir Hintern und Arm gleichzeitig zu massieren.

Buck blickte mich scharf an. So, als ob er mich zum ersten Mal gesehen hätte. Ken fiel das natürlich nicht auf, weil er viel zu sehr damit beschäftigt war, mir seine Ratschläge zu erteilen.

»Schätze, daß du jetzt die Lektion gelernt hast«, brummte er. »Hoffe, du hast jetzt kapiert, daß es wichtig ist, immer stärker zurückzuschlagen, als du selber geschlagen worden bist. Haste dir weh getan am Arm?«

»Ja«, nickte ich, »entweder an der Speiche oder an der Elle.«

Wieder sah mich Buck scharf an — und wieder schien Ken nichts zu merken.

»Und nun paß auf«, schulmeisterte er, »eventuell kann der Tritt des anderen Kerls natürlich kräftiger ausfallen, als du in der Lage bist zurückzutreten. Eventuell hat er auch 'nen widerstandsfähigeren Arsch als du, und es tut ihm nicht so weh wie dir. Oder du kommst in dieselbe Lage, die ich und Buck dir eben vorexerziert haben — zwei Kerle fangen an, dir in den Arsch zu treten, und da mußt du für jeden Tritt, den du abfeuerst, zwei Tritte einstecken. Du gerätst also gewissermaßen in eine verdammt miese Lage. Und es kann passieren, daß dir dein Allerwertester glatt weggeputzt wird, bevor dir's gelungen ist, den Hut zu ziehen!«

»Die Zuhälter haben mich aber gar nicht getreten«, protestierte ich. »Die haben sich doch lediglich unverschämt aufgeführt und mir ein bißchen Ärger gemacht!«

»Macht nichts! Das Prinzip ist dasselbe, einwandfrei das gleiche Prinzip! Stimmt's, Buck?!«

»Rrrichtig! Liegst wieder mal völlig richtig! Kapiert der alte Nick schon, daß das die geeignetste Art ist, es einem Burschen heimzuzahlen. Man muß es ihm immer doppelt so stark servieren, wie er es selber eingetunkt hat. Sonst erreicht man bestenfalls 'nen Aufschub, aber die Probleme werden damit nicht gelöst!«

»Rrrichtig!« bestätigte Ken. »Deshalb werde ich dir jetzt eintrichtern, wie du mit den Zuhältern verfahren mußt. Bei der nächsten Gelegenheit, wo sie sich auch nur den Anschein geben, aufmüpfig zu werden, trittst du ihnen einfach so in die Eier, daß ihnen die Luft weg bleibt!«

»Was ist los? Tut das nicht irrsinnig weh?!«

»Nicht der Rede wert! Tut ehrlich nicht im geringsten weh, wenn du nur feste Stiefel ohne Löcher an hast!«

»Das ist genau der Punkt«, bestätigte Buck. »Du mußt nur dafür sorgen, daß deine Zehen nicht zu den Löchern rausstehen — dann tut dir's kein bißchen weh!«

»Was mich viel mehr interessiert, ist, ob's den Zuhältern nicht zu weh tut! Ich zum Beispiel könnte noch nicht mal 'nen leichten Tritt in die Eier vertragen!«

»Na klar — sicher tut's denen weh«, nickte Ken. »Wie willste denn sonst erreichen, daß sie sich ordentlich benehmen, wenn du's ihnen nicht einmal kräftig besorgst?!«

»Du willst die anscheinend schonen«, grinste Buck. »Ich weiß nur, daß ich verdammt ungerne im gleichen Raum wäre, wenn sich so zwei Scheißkerle Ken gegenüber was herausnehmen würden. Ken würde sich nicht lange damit aufhalten, ihnen Tritte zu verpassen. Bevor die überhaupt merken würden, was mit ihnen passiert, hätte der nämlich schon seine Kugelspritze gezogen und ihnen ein paar blaue Bohnen mitten in ihre Schandmäuler geballert!«

»Rrrichtig!« bestätigte Ken. »Diese lausigen Stinktiere würde ich in die Hölle schicken, ohne lange zu fackeln!«

»Na siehst du, du willst einfach zu schonend mit denen umgehen, Nick. Verteufelt viel schonender als ein stolzer, intelligenter und selbstbewußter Sheriff, wie eben Ken einer ist. Ken würde sie mit Eisen vollpumpen, daß man aus ihnen ihre eigenen Sargnägel basteln könnte, wenn er an deiner Stelle wäre! Das hat er dir wohl deutlich genug gesagt!«

»Rrrichtig!« bestätigte Ken. »Genau dies und nichts anderes würde ich tun!«

Well ...

Es sah so aus, als ob ich mittlerweile den beiden alle Auskünfte aus der Nase gezogen hatte, weswegen ich eigentlich hergekommen war. Und inzwischen war es reichlich spät geworden. Daher dankte ich Ken für seine Ratschläge und stand auf. Mir schlackerten zwar noch gewaltig die Knie, und ich schwankte hin und her. Ken wollte wissen, ob ich mir auch sicher wäre, daß ich heil zum Bahnhof käme.

»Ich glaube schon«, grinste ich mühsam. »Ich hoffe es jedenfalls. Wär ja schließlich auch zuviel verlangt, dich um deine Begleitung zu bitten, nachdem du schon so viel für mich getan hast!«

»Zu bitten brauchste mich gar nicht«, versicherte mir Ken. »Du glaubst doch nicht etwa, ich würde 'nen Burschen ganz allein zum Bahnhof marschieren lassen, der so kränklich aussieht wie du?!«

»Ich will dir doch aber keine Umstände machen«, wehrte ich ab.

»Umstände? Im Gegenteil — soll mir ein echtes Vergnügen sein! Buck, heb doch mal deinen Hintern aus dem Sessel und bring unsern alten Nick zum Zug!«

Buck nickte mit dem Kopf und lümmelte sich aus seinem Sessel hoch. Ich sagte, ich hoffte ehrlich, daß ich ihm keine Ungelegenheiten bereiten würde, und er sagte, nee, wirklich nicht, Ungelegenheiten sind das wirklich nicht. »Du mußt dich nur ganz einfach mit mir abfinden«, stellte er bescheiden fest. »Und ich weiß leider, daß ich keineswegs so'n guter Begleiter bin wie Ken.«

VI

Buck erwies sich echt als ein dufter Begleiter, und als wir an der Bahnstation ankamen, kaufte ich ihm und mir ein pfundiges Abendessen. Dann fuhr mein Zug ein, Buck half mir in meinen Wagen, und ich schlief beinahe sofort ein.

Aber obwohl ich hundemüde war, verfiel ich in einen Alptraum — in diesen beängstigenden Alptraum, der mich zeit meines Lebens verfolgte. Ich träumte, ich sei wieder ein Kind. Das alles so deutlich, daß es überhaupt kein Traum zu sein schien. Ich *war* plötzlich wieder ein Kind und hauste mit meinem Daddy auf der Pflanzung. Versuchte, ihm aus dem Weg zu gehen. Doch es gelang mir nie — und jedesmal, wenn er mich erwischen konnte, schlug er mich windelweich.

Ich träumte, ich hätte mich in einem Hauseingang versteckt — aber plötzlich wurde ich von hinten gepackt.

Ich träumte, ich hätte ihm das Frühstück auf den Tisch gestellt — und dann versuchte ich, meine Arme hochzuheben, als er mir das ganze Zeugs ins Gesicht schmiß.

Ich träumte — ich *erlebte* das geradezu —, wie ich ihm den Preis zeigte, den ich in der Schule fürs Lesen gewonnen hatte. War überzeugt, es würde ihm Spaß machen. Und ich *erlebte,* wie mich der kleine Silberpokal mitten im Gesicht traf und ich mit blutender Nase auf den Boden fiel. Und er schrie mich an und brüllte, daß die Scheiße mit der Schule jetzt endgültig vorbei sei, denn er wisse jetzt endlich, daß ich ein absoluter Nichtsnutz sei. Und lauter so'n Scheiß!

Er konnte es nicht fressen, wenn ich überhaupt zu irgend etwas gut war — das war's wohl. Denn wenn ich zu irgend etwas gut gewesen wäre, dann hätte ich ja nicht dieses erbärmliche Ungeheuer sein können, das seine eigene Mutter bei der Geburt umgebracht hatte. Er brauchte ganz einfach einen Sündenbock, dem er die Schuld in die Schuhe schieben konnte!

Ich war nicht groß sauer auf ihn, denn ich hab in meinem Leben noch 'ne ganze Masse anderer Typen kennengelernt, die ihm sehr ähnlich waren — die immer einfache Antworten auf wahnsinnig gewaltige Fragen bekommen wollten. Typen, die bei den Juden oder bei den Tintenköpfen die Schuld für alles suchen, was ihnen passiert. Leute, denen es einfach nicht eingeht, daß verdammt viele Sachen in 'ner wahnsinnig großen Welt einfach schieflaufen müssen. Und die nicht kapieren, daß es nie eine einfache Antwort, sondern immer gleich Tausende von Antworten gibt.

So 'n Typ war mein Daddy. Schätze, daß es kein Wunder ist, wenn ich mit den Weibern immer so gut ausgekommen bin — bei der Art, wie ich aufwuchs. Denn ein Bursche, der braucht schließlich jemanden, der ihn gern hat. Richtig naturbedingt. Und Weiber neigen ganz naturbedingt dazu, 'nen Mann gern zu haben.

Schätze aber, wenn ich noch mehr über dieses Problem nachdenke, daß ich dann dieselben blödsinnigen Fehler mache wie die Leute, über die ich gerade gesprochen habe. Denn 'n größeres Problem als die Liebe gibt's gar nicht — und da wäre ich jetzt beinah drauf ausgewesen, 'ne simple Antwort für zu finden!

VII

Well, Sir, ich will zur Hölle verdammt sein, wenn ich mir nicht die schwärzeste Nacht des Jahres ausgesucht hatte, um wieder in Pottsville einzutrudeln.

Natürlich störte mich die Dunkelheit nicht wirklich. Kannte schließlich jeden Winkel und jede Ecke in dem Nest und konnte meinen Weg auch im Schlaf überall finden. Deshalb war die pechschwarze Finsternis für mich sogar von Vorteil! Falls sich jemand noch draußen herumtreiben sollte — keiner würde sehen können, wohin ich ging, und keiner würde dämliche Fragen stellen, warum ich dorthin ging!

Ich ging die Main Street hinunter, bog dann nach Süden ab und latschte in Richtung Flußufer. In der Ferne war undeutlich ein kleiner Lichtfleck zu sehen — das mußte unser Puff sein mit dem kleinen Landesteg, wo jetzt sicher wieder die beiden Zuhälter rumlümmeln würden, um sich 'nen Rausch anzusaufen.

Ich riß ein Streichholz an, um auf meine Uhr sehen zu können. Der Flußdampfer *Ruby Clark* würde in ein paar Minuten anlegen, stellte ich fest. Und ich mußte zur Stelle sein, wenn er um die Flußbiegung kam.

Ich legte einen Zahn zu, stolperte aber wegen einer dieser ausgetrockneten Schlammfurchen und fiel der Länge nach in den Dreck. In dem gleichen Augenblick fuhr mir ein wahnsinniger Schreck in die Knochen. Denn ich hörte ein Geräusch, und es dauerte einige Minuten, bis mir echt 'n Stein von der Seele fiel, weil ich kapierte, was das für'n Geräusch war — nämlich sicher nichts weiter als einer dieser verdammten Nachtkäfer, die bei uns in der Gegend rumschwirren. Die können in 'ner ruhigen Nacht 'nen ganz schönen Spektakel veranstalten. Und 'nem Typen mit schwachen Nerven einen echten Bammel in die Knochen jagen!

Zwei oder drei Minuten später kam ich am Hurenhaus an. Ich schlich um die Ecke auf die Hinterseite.

Wie ich's mir vorgestellt hatte, gammelten dort die beiden Zuhälter herum, lehnten mit dem Rücken am Geländer des Landestegs und hatten einen Krug Whisky zwischen sich stehen. Außerdem auch noch eine Blendlaterne. Und als ich aus der Dunkelheit in den schwachen Lichtschein trat, stierten sie mich mit versoffenen Augen an.

»Wie haben wir's denn, Nick?« grunzte mich der eine an, der sich Curly nannte. »Sollst doch nur einmal in der Woche rüber kommen! Nur einmal! Und nur so lange, um dein Schmiergeld zu kassieren und zu verduften!«

»Genau«, grölte der andere, der Moose hieß. »Schon recht großzügig von uns, daß du überhaupt herkommen darfst. Haben hier 'nen Ruf zu verteidigen! Und es macht 'nen miesen Eindruck, wenn du hier herumstinkst!«

»Aber, aber«, gab ich zur Antwort, »ihr seid aber heute gar nicht nett zu mir!«

»Nimm's nicht persönlich«, brummte Curly. »Mußt dich einfach damit abfinden. Du bist ein mieser Gauner — und für die Gegend ist's kein besonderes Aushängeschild, wenn Gauner hier rumstrolchen!«

Ich fragte ihn, wie er denn drauf käme, mich für 'nen Gauner zu halten, und er fragte zurück, was ich denn sonst für 'ne Bezeichnung haben wolle. »Du läßt dich schmieren, stimmt's? Jeden fünften Dollar, für den hier gefickt wird, kassierst du!«

»Muß ich doch«, verteidigte ich mich. »Schätze, daß das so 'ne Art Bürgerpflicht von mir ist. Leute wie euch muß man ausnehmen, weil sie sonst größenwahnsinnig werden!«

Moose schnaubte höhnisch und torkelte auf mich zu. »Du schleimiger Hintertreppen-Komiker! Verschwinde von der Bildfläche! Oder soll ich dir Feuer unter'n Arsch machen?!«

»Das ist aber gar keine feine Art, mit 'nem Burschen zu sprechen, der immer so nett zu euch gewesen ist!«

Moose kam noch näher. »Hau endlich ab — ich krieg das große Kotzen, wenn ich dich sehe, du verpestest die gute Luft!«

In dem Moment konnte ich an der Flußbiegung die Lichter der *Ruby Clark* erkennen und das Aufklatschen der Radschaufeln hören. Jetzt war es so weit! Ich zog meinen Colt und zielte.

»Hey?!« schrie Moose und blieb wie vom Donner gerührt stehen.

Und das Grinsen verschwand aus Curlys Gesicht.

Das ist so 'ne Sache, die die Leute immer ahnen! Schätze, sie kapieren genau, wann der Augenblick da ist, wo sie krepieren müssen. Und Moose und Curly wußten, daß es aus war mit ihnen.

»Gute Nacht, die Herren!« gab ich ihnen mit auf den Weg.

Jetzt ertönte der langgezogene Pfiff der *Ruby Clark*. Und als der Pfiff verklungen war, trieben die beiden Arschficker im Fluß. Und jeder von ihnen hatte ein hübsches Einschußloch direkt über der Nasenwurzel.

Ich blieb noch 'ne Weile am Anlegesteg, bis die *Ruby Clark* wieder verschwunden war. War schon immer der Meinung, daß es nichts Schöneres gibt als einen Schaufeldampfer bei Nacht. Und dann machte ich mich auf den Weg nach Hause.

Es gelang mir, mich ins Bett zu schleichen, ohne jemanden zu wecken. Und ich pennte sofort ein. Aber schon ein paar Stunden später war's aus mit dem Schlaf, weil Myra wie eine Furie an mir rumrüttelte.

»Nick! Nick! Steh endlich auf ...«

»Was ist los?«

Aber während ich noch die Frage stellte, dämmerte es mir in meinem dösigen Schädel, daß unten offenbar jemand gegen die Eingangstür trommelte.

»Da bleibt einem doch die Spucke weg!« schimpfte ich. »Wer kann denn das sein zur nachtschlafenden Zeit?!«

»Brauchst ja nur runterzugehen und nachzuschauen! Beeil dich aber gefälligst, bevor der arme Lennie davon aufwacht!«

Ich hatte natürlich nicht die geringste Lust, mich aus den

Plünnen zu schälen — schließlich hämmerte kein anständiger Mensch zu nachtschlafender Zeit an anderer Leute Türen. Und mit Typen, die's trotzdem tun, kann's leicht Ärger geben.

Myra aber krakeelte herum wie eine angestochene Wildsau, schimpfte mich einen feigen Tölpel, einen beschissenen Hundsfott und tobte, es würde mir noch verdammt leid tun, wenn ich nicht endlich meine Pflicht täte. Also schwang ich mich aus dem Bett, wischte mit 'nem Finger voll Spucke 'ne Spur Dreck von meinen Stiefeln, kratzte mich ausgiebig unter der Achsel und marschierte gähnend hinunter zur Tür. Anziehen brauchte ich mich erst gar nicht, denn ich war so müde gewesen, daß ich gleich mit meinen Klamotten ins Bett geklettert war.

Hinter mir hörte ich noch immer Myras hysterisches Kreischen, während ich die Tür aufschloß.

Der gute, alte Ken Lacey fegte herein, glotzte mich wie ein Irrer an und packte mich an den Schultern.

»Haste das Ding gedreht?!« schrie er.

»Was für'n Ding?« fragte ich und versuchte, seinen Griff abzuschütteln.

»Frag nicht so saublöd! Haste das Ding gedreht, wie ich dir's gesagt habe?! Mach die Schnauze auf, du blöder Saftsack, oder ich prügle dir die Antwort aus den Knochen!«

Well, Sir, schätze, es sah verdammt danach aus, als ob ihm irgendwas gewaltig gegen den Strich ging. Schien direkt vor dem Durchdrehen zu stehen. Schob ihn daher erstmal in mein Büro und klemmte ihm 'ne Pulle Whisky zwischen die Zähne. Und erst als er seine Tollwut einigermaßen ersäuft hatte, stellte ich ihm vorsichtig die Frage, worum es sich denn verdammt noch mal handele.

»Was für'n Ding soll ich gedreht haben, Ken? Du machst ja ein Affentheater, als hätte ich jemanden umgebracht!«

»Du hast es also nicht getan? Hast also keinen umgelegt?!«

»Umgebracht?! Du stellst aber wirklich idiotische Fragen!«

»Also nicht?! Hast also die beiden Zuhälter nicht umgelegt?«

»Ken«, erklärte ich feierlich, »wie oft willst du's denn noch hören? Weswegen soll ich wohl 'nen Menschen umgebracht haben?«

Ken seufzte erleichtert auf, spülte noch ein gutes Viertel von der Whisky-Pulle nach und brach dann in eine wütende Schimpferei über seinen Deputy Buck aus.

»Gottverdammich, wenn ich den zu fassen kriege! Dem verpasse ich ’nen Tritt in seinen räudigen Arsch, daß er die Engel in der Hölle quietschen hört! Dieses Arschloch! Bei der nächsten Gelegenheit schlag ich dem ’nen Schmiedehammer auf den Schädel, daß er aus dem Brustkasten schielt, wie ein Affe aus dem Käfig!«

»Was hat denn der alte Buck gemacht?!«

»Der hat mich ganz durcheinander gebracht«, schnaubte Ken und zog über Buck her, daß kein gutes Haar an ihm blieb. »Schätze, ist aber auch irgendwo mein eigener Fehler! Hatte ja den Beweis direkt vor Augen, daß er ein niederträchtiger Idiot ist!«

»Aber wieso denn? Was ist denn das für ein Beweis?«

»Nicht mehr und nicht weniger, als daß ich ihn dabei erwischt habe, wie er ein Buch gelesen hat! Yes, Sir, auf frischer Tat ertappt. Hat zwar behauptet, daß er sich bloß die Bilder angeschaut hat, aber ich wußte, daß das ’ne verdammt stinkende Lüge war!«

»Da geht mir ja regelrecht der Hut hoch«, wunderte ich mich. »Aber was hat Buck damit zu tun, daß du hier aufgekreuzt bist?«

Und dann brabbelte Ken heraus, was sich alles zugetragen hatte. Da hatte Buck, nachdem er ins Büro gekommen war, einen Zirkus abgezogen, weil er sich den Kopf darüber zerbrach, ob ich wohl wahnsinnig genug sein würde, die beiden Arschficker zu killen. Denn das hätte ja Ken in einen verdammten Schlamassel reingezogen. Denn so, wie Buck die Sache sah, hatte Ken mir den Ratschlag mit auf den Weg gegeben, die beiden Typen abzuservieren. Und Buck hatte die Hosen gestrichen voll, daß ich mich eventuell an diesen Ratschlag hielt. Denn schließlich hatte ich bis jetzt immer Kens Ratschläge befolgt. Und Ken schien es dann offensichtlich nicht genügt zu haben, daß ihm eventuell ein Gericht im Falle des Falles mildernde Umstände zubilligen würde — denn das hätten immerhin auch noch knappe dreißig oder vierzig Jahre Knast bedeutet. Und so war Ken aus seinem Büro gesaust und als blinder Passagier auf ’nem Güterzug bei Nacht und Nebel nach Pottsville gefahren . . .

»Und jetzt hab ich die Nase voll«, gähnte er. »Ich habe nur noch einen Wunsch: ins Bett! Du kannst mich doch sicher irgendwo unterbringen?!«

Ich schüttelte den Kopf und schämte mich furchtbar, aber leider hatte ich keine Ahnung, wo ich ihn bei uns nächtigen lassen sollte.

»Scheißbesen!« fluchte er vor sich hin. »Okay, dann verziehe ich mich eben ins Hotel!«

Und da mußte ich ihm erklären, daß er mit diesem Vorsatz wohl ein paar Schwierigkeiten haben würde, weil's ja eigentlich auf der Hand lag, daß es in Pottsville kein Hotel gab.

»Und wo bei allen Teufeln soll ich pennen? Ich weiß so sicher wie das Amen in der Kirche, daß ich keine Lust habe, die ganze beschissene Nacht rumzusitzen!«

»Ich zerbrech mir ja schon den Schädel«, beruhigte ich ihn. »Aber ich will verdammt sein, Ken, wenn mir ein anderer Ort einfällt als ein einziger Stall, wo du zwar bestimmt ein Bett findest, wo du aber wohl kaum zum Schlafen kommen wirst!«

»Bring du mich hin! Das Schlafen erledige ich dann schon selbst!«

»Im Puff wird damit wohl nicht viel drin sein«, schüttelte ich den Kopf. »Du mußt das richtig verstehen, die Pimperliesen haben in der letzten Zeit nicht viel Betrieb gehabt, und da kannste verdammt sicher sein, daß sie alle verdammt scharf sind und dir die ganze Nacht das Mark aus den Knochen saugen!«

»Oha!« grinste Ken. »Schätze, ein richtiger Mann ist in der Lage, mit allem richtig fertigzuwerden, wenn's nötig ist. Wohl nette, junge Puppen, was?!«

»Nee, kann man nicht sagen!« mußte ich ihn enttäuschen. »Die meisten sind so um die siebzehn, achtzehn Jahre herum. Aber da ist noch diese alte Hure, die keinen Tag jünger ist als einundzwanzig! Und die läßt von keinem Kerl ab, wenn sie mal auf den Geschmack gekommen ist, das kann ich dir versichern. Und es wär echt nicht fair von mir, wenn ich dich nicht vorher warnen würde!«

Vor Aufregung lief ihm der Sabber aus der Schnauze und übers Kinn. Und dann stand er schwankend und mit gläsernem Blick auf.

»Dann werd ich mich wohl jetzt mal auf die Socken machen«, keuchte er.

»Ich zeig dir schon den Weg«, sagte ich. »Aber vorher mußt du noch etwas über diese beiden Zuhälter wissen ...«

»Mach dir um die keine Sorgen! Darum kümmere ich mich schon!«

»Wird nicht nötig sein«, meinte ich, »denn um diese Zeit sind die bestimmt nicht da, weil sie irgendwo besoffen rumliegen und ihren Rausch ausschlafen!«

»Na prima«, meinte Ken, der es nun ziemlich eilig hatte. »Wenn die Tanten glauben, daß die Typen nicht in der Nähe sind ...«

»Aber genau das glauben sie *eben nicht*! Diese Arschficker haben ihnen damit Angst gemacht, daß sie die Bruchbude angeblich Tag und Nacht im Auge behalten. Und da fällt's den Weibern natürlich schwer, mal richtig auszuspannen und sich so zu amüsieren, wie sie gerne möchten. Aber ich hab da 'nen echt duften Tip für dich. Du erzählst den Fotzen einfach, daß du dich um die beiden Bubis so gut gekümmert hast, daß die 'ne Weile ihre Nase dort nicht mehr reinstecken.«

Ken versicherte, genau das würde er ihnen erzählen. (Und wie sich's später rausstellte, hat er's auch brav gemacht!) Und dann marschierten wir beide hinaus aus der Tür, über den Hof, durch den Ort, und ich führte ihn den Weg hinunter zum Fluß. Und dann ging er alleine weiter und nahm sich nicht mal die Zeit, mir zum Abschied zuzuwinken.

VIII

Ken tauchte erst zum Frühstück wieder auf. Sah mächtig blaß aus um die Nase, ziemlich mitgenommen und ausgeflippt. Trotzdem schaffte er's irgendwie, Myra 'nen Haufen Schmeicheleien unters Hemd zu jubeln, und sogar für Lennie hatte er ein paar nette Worte übrig. Daher behandelte sie ihn auch nett — allerdings nicht *zu* nett, denn sie wußte schließlich, daß er die Nacht im Puff verbracht hatte.

Ken trank lediglich eine ganze Kanne Kaffee leer, aß aber keinen Bissen, weil er, wie er behauptete, mit seinem Gewicht aufpassen mußte. »Hab von Natur aus nicht so 'ne hübsche schlanke Figur wie Sie, Gnädigste, und Ihr hübscher Bruder!«

Lennie kicherte blöde vor sich hin und spuckte sich dabei

gleich wieder das ganze Kinn voll. Und Myra bekam feuerrote Backen und meinte, er sei ja bloß ein höflicher Schmeichler.

»Ich habe echt noch nie 'ner Frau geschmeichelt«, protestierte Ken.

»Aber Sie sehen doch ganz genau, daß ich gar keine *wirklich* gute Figur habe!«

»Das mag ja stimmen! Aber Sie sind ja auch noch ein junges Mädchen!«

»Sie sind ein kleiner Schelm«, gluckste Myra vor Vergnügen.

»Na, warten Sie bloß mal ab, bis Sie sich voll entwickelt haben und so alt sind wie Ihr Bruder«, flötete Ken.

Well, Sir, Lügen von der Preislage können 'nen Mann echt schaffen. Und ich war froh, daß Myra schließlich abzitterte, um irgendwelchen Scheiß in der Küche zu erledigen. Das gab mir die Gelegenheit, mich mit Ken runter in mein Amtszimmer zu verziehen.

Dort reichte ich ihm erst mal eine Pulle Whisky, und er führte sich einen Zug von 'ner halben Ewigkeit zu Gemüte, rollte mit den Augen, rülpste anhaltend und lehnte sich dann in seinem Sessel zurück.

»Uff!« entfuhr es ihm. »Das war mir jetzt ein echtes Bedürfnis!«

»Auf einem Bein kannste schlecht stehen, Ken! Nimm noch einen zur Brust!«

»Will verdammt sein, wenn das nicht 'ne echt gute Idee ist!« rülpste Ken und brachte mit einem weiteren Schluck den Inhalt der Flasche auf halbe Höhe. Und dann saßen wir da ein, zwei oder ein paar mehr Minuten lang herum, redeten nichts Besonderes und stellten nur übereinstimmend fest, daß sein Zug ja noch lange nicht fahren würde. Wir hätten noch 'ne Masse Zeit, nickte Ken bestätigend zu dieser Feststellung, nahm dann noch einmal einen kräftigen Schluck von meinem Whisky und schielte mich dann plötzlich verschmitzt an.

»Ein mächtig hübscher Bursche, dein Schwager«, grunzte er.

»Und mächtig bekloppt«, ergänzte ich. »Der hat so viele Schrauben locker, daß du schon nicht mehr von 'nem normalen Webfehler reden kannst!«

Ken nickte und meinte, das würde 'nem Blinden mit Krückstock auffallen. »Aber ich schätze, daß das für 'ne gewisse Sorte von Frauen keine Rolle spielt, Nick! Nimm mal an, 'ne Frau ist viel älter als er, ordentlich häßlich und weiß auch, daß sich daran vermutlich nichts ändern wird!«

»Well, davon versteh ich nichts«, erklärte ich.

»Nimm's nicht tragisch, das kommt sicher daher, daß du nicht allzuviel auf dem Kasten hast«, fuhr Ken fort. »Aber ich wette mit dir um 'nen Sack voll Flöhe, daß hier in diesem Kaff *eine* Frau ist, die Lennie tatsächlich 'nem Burschen wie dir vorziehen würde! Will nicht behaupten, daß du mies aussiehst! Aber du hast wahrscheinlich nicht so'n langes Beschäl-Messer wie er!« kicherte Ken. »Nicht so'n geilen Hammer wie dein behämmerter Schwager. Habe mir sagen lassen, daß diese Idioten ein Gehänge mit sich rumschleppen, mit dem 'n Zuchthengst Ehre einlegen könnte! Na ja, auf jeden Fall ...«

»Well, dazu kann ich nur sagen, daß ich davon auch nichts verstehe«, unterbrach ich ihn. »In dieser Hinsicht sind bei mir noch keine Beschwerden eingegangen!«

»Halt die Klappe, wenn ich rede«, knurrte Ken mich an. »Halt die Schnauze — dann lernst du vielleicht was. Wollte dir nämlich eben erklären, daß diese Bekloppten erstens 'nen Riemen haben, mit dem sie seilspringen können — und damit kannst du wohl kaum konkurrieren! Und selbst wenn du's könntest, dann hat's ein Weib zweitens möglicherweise lieber, wenn ihr so'n Blindgänger seinen Pint in die Fotze rammt, als irgendein normaler Bursche. Denn so einem braucht sie keinen Zirkus vorzuspielen, kapiert?! Sie kann mit ihm anstellen, was sie will, und ihn behandeln, wie sie will — sie bekommt immer das, was sie nötig hat!«

Ich kratzte mich am Schädel und gab zu, daß er möglicherweise den Nagel auf den Kopf getroffen habe, meinte aber, daß er sich in bezug auf Lennie doch wohl verdammt geirrt habe. »Es ist 'ne unumstößliche Tatsache, daß es hier im Ort keine Frau gibt, die ihn ausstehen kann. Sie tun zwar alle so, als ob's anders wäre, nur um mit Myra gutzustehen, aber ich weiß genau, daß er sie ankotzt!«

»Alle?!«

»Alle! Ausgenommen Myra natürlich — ist ja schließlich seine Schwester!«

Ken schnaufte und wischte sich mit der Hand den Mund ab. Aber das Thema schien ihn nicht loszulassen.

»Keine große Familienähnlichkeit zwischen Lennie und deiner

Frau, wenn ich nicht irre! Würde keiner glauben, daß sie Bruder und Schwester sind, wenn man's ihm nicht auf die Nase bindet!«

»Hab mir darüber noch keine großen Gedanken gemacht!«

Aber ich hatte mir darüber schon Gedanken gemacht! Yes, Sir, eine verdammte Masse von Gedanken sogar!

»Warst du mit Lennie bekannt, bevor ihr geheiratet habt? Haste gewußt, daß sie dir 'nen Schwachkopf als Schwager in die Familie bringen würde?«

»Nee! Wußte noch nicht einmal, daß Myra 'nen Bruder hat. War 'ne mächtige Überraschung für mich!«

»Aha!« schnaufte Ken. »Dann sei mal nicht überrascht, wenn du bei Gelegenheit wieder mal 'ne Überraschung erfährst!«

»Was willste damit sagen, Ken?«

Er schüttelte aber nur den Kopf, ohne was zu sagen. Und dann brach er in ein irres Gelächter aus. Und ich lachte mit. Denn es war wirklich ein echter Witz, so richtig zum Lachen. *Ich* war der Witz, *ich* war zum Lachen. Und an dieser Tatsache konnte ich jedenfalls im Moment nicht viel ändern. Im Moment noch nicht!

Ken nahm zwei, drei weitere Schlucke aus der Flasche, und ich stand auf und meinte, es sei jetzt wohl an der Zeit aufzubrechen. »Ist ein ziemliches Ende bis zum Bahnhof, und ich möchte dich mit ein paar Burschen bekannt machen, für die es sicher 'ne Ehre ist, 'nem Sheriff aus der Großstadt 'ne Hand schütteln zu können.«

»Kann ich mir vorstellen«, brummte Ken, schon mehr als reichlich taumelig auf den Beinen. »In diesem Pißpott-Kaff werden sie wohl selten Gelegenheit dazu haben.«

»Brauchst denen bloß zu erzählen, wie gründlich du's den beiden Zuhältern besorgt hast«, redete ich ihm ein. »Die werden irre beeindruckt sein, daß du denen ganz alleine heimgeleuchtet hast!«

Ken glotzte mich an wie eine Kuh. Was für Zuhälter, fragte er, was für'n gottverdammtes Gewäsch ich da von mir gebe, wollte er wissen. Ich sagte, die Zuhälter, vor denen ich ihn gestern nacht gewarnt hätte!

»Was ist los? Wie war das? Was hast du mir da erzählt?!«

»Soll das heißen, du hast sie entwischen lassen? Soll das heißen, Ken Lacey hat sich vor zwei miesen Zuhältern aus dem Staub gemacht?«

»Ich versteh überhaupt nichts mehr!« knurrte Ken und rieb sich mit der Hand fahrig über die Augen. »Wer behauptet, daß ich mich vor Zuhältern aus dem Staub gemacht habe?«

»Ich weiß ja, daß du's nicht getan hast«, beruhigte ich ihn und klopfte ihm auf die Schulter. »Das ist bei Ken Lacey nicht drin — beim tapfersten und gerissensten Sheriff des ganzen Bundesstaates!«

»Na also«, brummte Ken. »Hast wieder mal die Schnauze reichlich weit aufgemacht, Nick, wenn ich nicht irre!«

»Ehrlich, 'nen anderen hätte ich gestern nicht mehr mitten in der Nacht in den Puff gehen lassen! Bei dir war ich mir aber sicher, daß du vor den beiden Arschgeigen nicht den Schwanz einziehen würdest, selbst wenn sie dir ein ganzes Arsenal von Stich- und Schußwaffen präsentiert hätten! Mir war ganz einfach klar, daß du's ihnen so besorgen würdest, daß sie sich wünschten, lieber nicht geboren worden zu sein!«

Ken setzte ein verbissenes Gesicht auf wie Humphrey Bogart in seinen Filmen, richtete sich so steif auf, wie es der Whisky zuließ, und sah mich scharf an.

»Was haste mit ihnen angestellt, Ken?« erkundigte ich mich. »Wie haste sie überhaupt mundtot machen können?«

»Ich — äh — ach, hab mich bloß um sie gekümmert — äh — weiter nichts«, brabbelte er und zwinkerte mich schräg an. »Weißt schon, b-bloß, hicks ... b-bloß b-bißchen gekümmert!«

»Na prima! Hast du's aber auch so gut gemacht, da es ihnen für immer die Sprache verschlagen hat?!«

»Da kannste 'nen Besen fressen! Diese beiden Stinktiere werden keinem anständigen w-weißen — hicks — w-weißen Mann m-mehr l-lästig werden!«

Dann sah er sich nach der Whisky-Pulle um. Ich machte ihn darauf aufmerksam, daß er sich an ihr festhielt, und dann genehmigte er sich noch genau den Rest, der in der Flasche war. Und dann hielt er sie gegen das Licht.

»Sch-scheiße«, stotterte er. »Hicks — fast ein g-ganzer L-Liter!«

»Na und?! Sieht man dir ja kaum an!«

Dann marschierten wir los in Richtung Bahnhof. Ließ es mir nicht nehmen, ihn Gott und der Welt und jedem, dem wir begegneten, vorzustellen — und das war so ziemlich fast unser ganzes Stink-Nest! Und er warf sich jedesmal mächtig in die

Brust und erzählte allen, wie sauber er's den beiden Hurenböcken besorgt hätte. Besser gesagt, er erklärte ganz einfach, *daß* er's den beiden besorgt hätte!

»*Wie* — das ist ja w-wohl egal«, sabberte er. »G-ganz egal!« Und dabei zwinkerte er und wackelte mit dem Kopf, und alle waren irre mächtig beeindruckt.

Als wir schließlich am Bahnhof ankamen, schüttelte ich ihm die Hand. Und dann mußte ich plötzlich wahnsinnig lachen.

Er schielte mich mißtrauisch von der Seite an und wollte wissen, was ich denn — verdammt noch mal — so komisch fände.

»Nicht wichtig«, beruhigte ich ihn. »Mußte nur gerade dran denken, wie komisch das war, als du hier gestern angerast bist, weil du glaubtest, ich könnte die beiden Zuhälter umgebracht haben!«

»Yeah«, griente er mich mit einem seltsamen Gesichtsausdruck an. »Komisch, was?! D-die Idee, daß du'n K-kerl bist, der 'nen anderen K-kerl u-umlegen k-kann?!«

»Kannste dir nicht vorstellen, stimmt's, Ken?!«

Er meinte, nein, das könnte er bestimmt nicht. Und er sei mächtig sauer auf sich, meinte er, daß er sich hatte von dem gottverfluchten Buck aufhetzen lassen.

»Daß du jemanden umbringen würdest, könnte einem schon eher eingehen, stimmt's, Ken?! Dir würde das doch nichts ausmachen?!«

»W-wie?!« stotterte er. »Was willste d-damit s-sagen? D-daß ich . . .?«

»Ich meine, den Leuten wird's nicht schwer fallen, sich das bei dir vorzustellen! Stimmt's? Hast es ja so gut wie zugegeben allen Leuten gegenüber!«

Er blinzelte mich an. Plötzlich fing er irre mächtig an zu schwitzen, und aus dem Mundwinkel sabberte der Speichel. Und in seinen Augen lag plötzlich 'ne verdammte Masse Angst.

Schien endlich auf den Trichter gekommen zu sein, wie tief er in der Scheiße steckte. Hatte ihm endlich durch 'nen ganzen Liter Whisky den Lebensnerv getroffen!

»W-was? G-gott verdamm d-dich!« fluchte er. »Hab d-doch b-bloß 'n Schw-wätzchen gemacht! W-weißt du doch verdammt g-genau! Die beiden Zu-huhälter hab ich doch überhaupt n-nicht gesehen!«

»Da mach ich auch jede Wette mit dir«, grinste ich ihn an.

»D-du ...«, er schluckte tief, »w-willste damit sagen, d-daß du sie umgebracht ...?«

»Will nur sagen, daß Ken Lacey ein stinkehrlicher Mann ist«, fiel ich ihm ins Wort. »Wenn du sagst, du hast die beiden Zuhälter nicht gesehen, dann weiß ich, daß du sie *wirklich* nicht gesehen hast. Ein Haufen anderer Leute könnte aber ganz anderer Ansicht sein, meinste nicht auch, Ken? Wenn nun die Leichen von den beiden Typen mal irgendwo auftauchen, dann würde sich doch jeder an den zehn Finger abzählen, daß du sie umgelegt hast. Stimmt's?!«

Er fluchte plötzlich wie ein Wilder und wollte mich packen. Ich blieb aber ruhig stehen und grinste ihm mitten in sein versoffenes Gesicht — und das lähmte ihn irgendwie.

»Das ist bestimmt so, Ken«, sagte ich und nickte dabei kräftig mit dem Kopf. »Ganz ehrlich! Jetzt kannst du nur noch hoffen! Einfach hoffen, daß keiner die Leichen findet, falls irgendeiner die beiden Bubis *tatsächlich* umgebracht hat!«

Der Zug fuhr ein.

Ich half Ken in sein Abteil. »Und noch etwas«, gab ich ihm zum Abschied mit auf den Weg, »an deiner Stelle würde ich Buck wie ein rohes Ei behandeln. Schätze, daß du ihm nicht sonderlich sympathisch bist — so wie die Dinge stehen! Und deshalb würde ich mit dem Geseires aufhören, daß du ihn zwingen willst, Pferdemist zu fressen!«

Und dann drehte ich mich um und ging in unseren Ort zurück.

IX

Ich hatte in letzter Zeit schon echt 'ne Masse darüber nachgedacht, daß es allmählich Zeit wurde, mich mal wieder ein bißchen um die Politik zu kümmern. Zur Abwechslung war da nämlich ein ziemlich zäher Gegenkandidat für die nächsten Wahlen aus der Versenkung aufgetaucht.

Auf der anderen Seite hatte ich mir diesmal noch gar keinen richtigen Plan für den Wahlfeldzug zurechtgelegt. Früher setzte ich immer Gerüchte in Umlauf, ich würde gegen Hahnenkämpfe sein oder gegen Glücksspiele oder ganz einfach nur gegen das

Saufen oder so. Und dann bildete sich die Opposition sofort ein, sie müsse ebenfalls gegen diese Dinge wettern — nur eben doppelt so stark und doppelt so heftig wie ich.

Das machte mir überhaupt nichts aus, denn ich bin schließlich alles andere als ein guter Redner. Wenn's aber zur Abstimmung kam, dann hatten die Leute mächtig Bammel, ihnen könnte der ganze Spaß am Leben genommen werden, wenn meine Gegner die Wahl gewinnen würden!

Und auf diese Weise wurde ich meinen Mitbürgern langsam sympathisch. Denn wenn sie mir genau zuhörten, dann ging ihnen rasch ein Licht auf, daß ich kaum gegen irgend etwas war, außer vielleicht dagegen, daß man mir mein Gehalt nicht weiterzahlen würde. Und daß ich außerdem wohl kaum genug Grips hatte, um im Zweifelsfalle überhaupt was zu unternehmen — selbst wenn ich gewollt hätte. Ich war genau der Typ, von dem man annahm, daß er nach einer Wahl alles beim alten lassen würde. Und deshalb war ich nach der Wahl bisher immer Sheriff geblieben.

Das soll nicht heißen, daß nicht ein paar Leute wirklich etwas für mich übrig hatten. Es *gab* sie — Leute, die mich schon als Kind gekannt hatten, und die von mir wußten, daß ich 'n Kerl war, der andern immer gern 'nen Gefallen tut, wenn er nicht aus der eigenen Tasche dafür aufkommen oder jemand anderem deswegen Unrecht tun muß.

Ich wurde aber das verdammte Gefühl nicht los, daß ich in letzter Zeit nicht mehr so viel Freunde hatte wie früher. Gerade solche Leute, denen ich ganz enorm gefällig gewesen war, zeigten mir plötzlich die kalte Schulter — als ob sie's mir übel nehmen würden, daß gerade ich so nett mit ihnen umgesprungen war. Und mir war nicht klar, was da zu tun war, denn ich hatte mich nie richtig daran gewöhnt, überhaupt etwas zu tun. Und deshalb hatte ich auch keine Ahnung, wie ich es anstellen konnte, mich wieder wählen zu lassen. Ich wußte nur, daß ich langsam anfangen mußte, irgend etwas zu tun. Wenn ich nicht im Herbst meinen Job los sein wollte.

Ich ging die Main Street entlang. Und da entdeckte ich plötzlich ein paar Häuserblocks von mir entfernt eine aufgebrachte Menschenmenge, die sich auf den Bürgersteig drängte. Schien verdammt nach 'ner Schlägerei oder so auszusehen — und das bedeutete für mich, daß ich raschestens verduften mußte, ehe ich jemanden zu verhaften hatte oder selbst eins auf den Deckel bekam.

Ich wollte schon wie ein geölter Blitz in eine Seitenstraße verschwinden, dann aber fing ich mich wieder und marschierte mutig auf die Stelle zu, wo's den Auflauf gab.

Eine Schlägerei, wie ich's befürchtet hatte, fand eigentlich gar nicht statt. Tom Hauck verprügelte lediglich 'nen Nigger, der Uncle John hieß. Allem Anschein nach war Tom mit 'ner Schachtel Patronen in der Hand aus der Eisenwarenhandlung gekommen, und da war ihm Uncle John in den Weg gelaufen. Oder umgekehrt! Jedenfalls waren die Patronen in den Straßendreck gefallen.

Ich schob mich zwischen die beiden und befahl Tom, er solle gefälligst aufhören.

Dabei war mir mächtig komisch zumute, denn der alte Tom war ausgerechnet der Mann von Rose Hauck, die so viel für mich übrig hatte. In so einer Lage entwickelt jeder Mann gewisse Schuldgefühle. Ganz abgesehen davon, daß Tom ein gutes Stück größer war als ich — typisch, widerliche Typen sind immer einen Kopf größer als ich! Und außerdem war er mit Schnaps vollgelaufen bis zum Kragenknopf!

Der Suff und die Jagd war so ziemlich alles, womit sich Tom beschäftigte. Rose schmiß den ganzen Kram auf der Farm, wenn sie nicht gerade bettlägerig war, weil Tom sie verwalkt hatte. Und das war verdammt häufig der Fall.

»Willste mir vielleicht weismachen, daß 'n Weißer 'nem Tintenkopf keine Keile geben darf, wenn's ihn juckt? Willste behaupten, daß da irgendein Gesetz was gegen zu meckern hat?« stank er mich an, wobei er sein versoffenes Gesicht fast in mein Gesicht hineinschob.

»Well«, meinte ich, »davon hab ich keine Ahnung. Ich sag nicht, daß irgendein Gesetz es verbietet, ich sag auch nicht das Gegenteil. Was es aber gibt, das ist ein Gesetz, das Verstöße gegen die öffentliche Ordnung verbietet. Und genau dagegen verstößte gerade!«

»Und wie findest du das, daß dieser stinkende Nigger meinen Seelenfrieden stört? Was sagst du dazu? Ein gottverdammtes Stinktier von 'nem Schwarzen, der mich doch glatt vom Bürgersteig runterrempelt, daß mir meine ganzen Patronen in den Dreck fliegen?!«

»Well, schätze, daß man da unterschiedlicher Auffassung sein kann«, entgegnete ich freundlich. »Siehst so aus, als könntest du auch ihm in den Weg gelaufen sein, anstatt er dir.«

Tom brüllte wie am Spieß, wo denn da der Unterschied läge, verdammt nochmal?! Ein Nigger wäre schließlich verpflichtet, einem Weißen gefälligst aus dem Weg zu gehen.

Man konnte so etwas wie ein Beifallsgemurmel unter den Leuten feststellen — allerdings nur sachte, denn so recht mochte eigentlich niemand Tom leiden.

Schätze, daß man wohl lieber mir die Stange gehalten hätte. Brauchte also nichts weiter zu tun, als das Bild ein bißchen zu verschieben, damit es wie 'ne Angelegenheit zwischen ihm und mir und nicht wie 'ne Angelegenheit zwischen 'nem räudigen Schwarzen und 'nem ehrbaren Weißen aussah.

»Darf ich fragen, wo du das Brett her hast, mit dem du ihn versohlt hast?« fuhr ich Tom forsch an. »Schätze, daß du's aus dem Bürgersteig gerissen hast, oder?!«

»Na und?!« blökte er frech zurück. »Verlangst du etwa, daß ich meine Fäuste an 'nem lausigen Nigger schmutzig mache?«

»Das geht mich nichts an. Hier geht's nur darum, daß du kein Recht hast, ihn mit städtischem Eigentum zu verdreschen. Nimm mal an, das Brett zerbricht dabei, ha?! Diese ehrbaren Steuerzahler müßten in so 'nem Fall für ein neues Brett blechen! Denn es könnte ja hier irgend jemand entlangkommen, und er könnte mit dem Fuß in das Loch hier treten, wo du das Brett rausgerissen hast! Und dann müßten diese braven Steuerzahler hier für den ganzen Schaden aufkommen!«

Tom tobte, fluchte und warf wilde Blicke um sich — aber er begegnete keinem freundlichen Gesicht, und deshalb schimpfte er noch 'ne verdammt lange Zeit weiter und meinte dann schließlich, na schön, also zum Teufel mit dem Brett. Er würde sich also die Strippen von seinem Gaul holen und Uncle John damit auspeitschen!

»Glaube kaum«, widersprach ich ihm, »daß du das tun wirst!«

»Und wer will mich aufhalten?«

»Will nur sagen, daß du es *jetzt* nicht tun wirst«, grinste ich. »Uncle John ist nämlich gar nicht mehr hier. Schätze, er war ganz einfach zu müde, um auf dich zu warten!«

Tom riß erstaunt sein Maul auf und blickte wie ein angestochener Stier um sich. Und dann schwang er sich auf seinen Gaul, ritt davon und gab dabei dem Tier in einer Art die Sporen, daß es vor Schmerz aufwieherte.

Mit einem Fußtritt schob ich das Brett in die Lücke vom Bürgersteig. Und dann machte mir Robert Lee Jefferson, der Besitzer der Eisenwarenhandlung, ein Zeichen, daß ich doch mal kurz in seinen Laden kommen sollte. Und ich folgte ihm in sein kleines Büro im Hinterzimmer.

Robert Lee Jefferson war nebenher noch Staatsanwalt unseres Bezirks. Er meinte, ich hätte mich in der Angelegenheit mit Tom Hauck mächtig geschickt verhalten, und Tom würde nun vor Gesetz, Recht und Ordnung 'nen mächtigen Respekt haben.

»Schätze, daß ganz Pottsville, daß alle ehrbaren Steuerzahler der gleichen Ansicht sind. Denn schließlich waren sie ja dabei, wie du dich um die öffentliche Ordnung gekümmert hast!«

»Schätze, daß du genau das Gegenteil meinst«, grinste ich ihn an. »Und jetzt spuck mal aus, Robert Lee, was ich deiner Ansicht nach hätte tun sollen!«

»Das pfeifen doch die Spatzen von den Dächern, daß du Hauck hättest verhaften müssen! Und hinter Gitter bringen! Mir wär's echt ein Vergnügen gewesen, Anklage gegen ihn zu erheben.«

»Und weswegen hätte ich ihn verhaften sollen? Doch wohl kaum, weil er 'nen Farbigen verprügelt hat, oder?«

»Und warum nicht?«

»Nu hör aber mal«, widersprach ich ihm. »Nu hör aber mal, Robert Lee! Das willste doch nicht im Ernst behaupten, oder?«

Er sah 'ne Weile auf seinen Schreibtisch und schien nicht recht zu wissen, was er antworten sollte. »Naja, vielleicht nicht. Aber es hätte ja noch andere Gründe gegeben, weswegen du ihn hättest einbuchten können. Zum Beispiel Trunkenheit in der Öffentlichkeit. Oder Jagen während der Schonzeit. Oder das Verprügeln seiner Ehefrau. Oder die verdammten ...«

»Robert Lee«, fuhr ich ihm dazwischen, »ich bitte dich doch, das tut doch nun wirklich jeder! Oder wirklich fast jeder!«

»Wirklich? Mir ist aber bisher keiner bekannt, gegen den Anzeige erstattet worden wäre!«

»Kann doch unmöglich jeden verhaften!«

»Wir reden ganz speziell über einen einzigen Mann! Über diesen gemeinen, nichtsnutzigen, versoffenen, stinkfaulen Gesetzesbrecher und Weiberschinder! Warum haste nicht mal ein Exempel statuiert, an dem sich die anderen Typen 'ne Scheibe abschneiden können?!«

Ich sagte, daß ich darauf beim besten Willen keine Antwort wüßte.

»Ich weiß aber die Antwort«, polterte er los. »Jeder kennt sie, der nur 'nen Funken Verstand besitzt. Du bist ein feiger Waschlappen!«

»Ich weiß wirklich nicht, ob ich das so ausdrücken würde«, meinte ich. »Will ja gar nicht behaupten, daß ich kein Feigling bin, aber ...«

»Wenn du Schiß hast, deine Aufgaben selbst zu erledigen, warum nimmst du dir dann keinen Deputy? Die Bezirksverwaltung stellt dir schon die nötigen Geldmittel zur Verfügung!«

»Ja, weißt du, 'nen Deputy hab ich ja bereits! Meine Frau! Hab sie als Deputy eingeschworen, damit sie meinen Bürokram erledigen kann.«

Robert Lee Jefferson sah mich an wie der Ochse das neue Scheunentor.

»Sag mal, Nick, ganz ehrlich, wie lange glaubst du eigentlich noch, daß du mit dieser Masche durchkommst? Bildest du dir eigentlich ein, du könntest weiterhin Schmiergelder kassieren und den Bezirk bestehlen, weil du nichts tust, um dein Geld zu verdienen?«

»Ich sehe nicht viele andere Möglichkeiten, wenn ich im Amt bleiben will, das mußt du verstehen«, konterte ich. »Ich muß doch für alles aufkommen, was dir und dem Bezirksrichter vom Leibe gehalten wird. Ich stehe doch an vorderster Front und muß mich mit den Leuten auseinandersetzen, während ihr nur ab und zu mal einen zu sehen bekommt. Jeder, der Schwierigkeiten bekommt, hat doch nur das Gefühl, daß ich ihm diese Suppe eingebrockt habe. Euch kommen sie erst später unter die Nase. Jeder, der sich 'nen Dollar pumpen will, kommt zu mir. Die Damen vom Kirchenverein rennen mir die Bude ein wegen ihrer Spenden ...«

»Nick ...«

»Ich veranstalte jede Nacht im letzten Monat vor der Wahl ein großes Barbecuefressen! Und da ist echt die Bude voll. Ich kaufe Geschenke ein, wenn die Leute 'nen neuen Balg bekommen haben. Und außerdem muß ich ...«

»Hör zu, Nick«, unterbrach mich Robert Lee. »Das ist alles nicht deine Aufgabe. Niemand braucht diese Dinge von dir zu erwarten!«

»Mag ja sein, daß es so ist«, räumte ich ein. »Es sind aber zwei Paar Stiefel, ob man kein Recht hat, solche Dinge zu erwarten — und ob man's *trotzdem* erwartet!«

»Kümmere dich um deinen Job, Nick! Zeig den Leuten, daß du 'n ordentlicher, ehrlicher und harter Arbeiter bist. Und daß du Mumm in den Knochen hast! Weiter brauchst du ehrlich nichts zu tun!«

Ich schüttelte den Kopf und sagte, nee, das ginge nun wirklich nicht. »Und zwar aus zwei Gründen. Erstens bin ich *kein* mutiger, ehrlicher und harter Arbeiter! Und zweitens wollen meine Wähler auch gar nicht, daß ich einer bin!«

»Wie ist denn das nun wieder zu verstehen?!«

»Ganz einfach! Sie haben mich gewählt, oder?! Und sie wählen mich immer wieder!«

»Du betrügst dich selbst!« urteilte Robert Lee. »Man hat dir möglicherweise vertraut und dir 'ne Masse Chancen gegeben, deinen Mann zu stehen. Aber du mußt dich am Riemen reißen, das sag ich dir als Freund! Wenn du für dieses Vertrauen nicht endlich mal Leistungen zeigst, dann biste im Herbst dein Amt los!«

»Glaubst du wirklich«, warf ich ein, »daß es für Sam Gaddis so günstig steht?!«

»Das kannst du dir hinter die Löffel schreiben, Nick! Sam bringt so ziemlich all das mit, was du nicht zu bieten hast. Und die Wähler mögen ihn! Du mußt dir was einfallen lassen, sonst stehst du im Hemd da!«

»Eiwei«, brummte ich. »Was dagegen, wenn ich mal dein Telefon benutze?«

Robert Lee meinte, ich sollte mir keine Verzierung abbrechen, und so rief ich Myra an. Erklärte ihr, ich wollte zu Rose Hauck fahren, um ihr ein bißchen bei der Arbeit unter die Arme zu greifen, damit sie ihr Soll erfüllen konnte, da Tom ihr sonst 'ne Tracht Prügel verabreichen würde. Und Myra sagte, daß das 'ne prächtige Idee von mir sei, wenn ich ihrer Freundin helfen würde — und ich sollte ruhig so lange bleiben, wie's mir paßte!

Lee glotzte mich an, als ob er 'nen Irren vor sich hätte. »Nick, haste den Verstand verloren?! Haste nicht kapiert, was ich dir gesagt habe?! Glaubst du wirklich, daß du damit deinen Job verrichtest, daß du rausfährst zu Rose Hauck und auf der Farm rumschuftest?!«

»Rose braucht aber Hilfe — und es ist doch bestimmt kein Fehler, wenn man ihr hilft, oder?!«

»Davon ist doch gar keine Rede, Mann Gottes! Feiner Zug von dir, daß du ihr helfen willst, zugegeben! Aber verstehst du denn nicht, daß es nicht dein Job ist, das zu tun?! *Dafür* bezahlt man dich nicht! Wenn du das nicht verdammt rasch einsiehst, schlägt dich Sam Gaddis!«

»Mich schlagen?!« wunderte ich mich. »Ach so, du meinst bei der Wahl, oder?!«

»Klar — darüber sprechen wir ja die ganze Zeit!«

»Well, ich hab auch schon darüber nachgedacht. Und ich glaube, ich bin da auf 'nen Gesichtspunkt gestoßen, durch den der gute Sam geschlagen wird!«

»Du meinst sicher irgendeinen Trick, oder?!«

»Na ja, kannst es vielleicht auch als Trick bezeichnen«, räumte ich ein.

»Aber ...«, schnaubte er und machte ganz den Eindruck, als ob er in die Luft gehen wollte. »Aber *warum*, Nick? Warum hängste den Job nicht einfach an den Nagel, he?!«

»Well, weißt du, auch darüber hab ich schon massig nachgedacht«, versicherte ich ihm. »Yes, Sir, echt massig! War schon fast so weit, mir einzureden, es sei tatsächlich an der Zeit, endlich mal ein paar Verhaftungen vorzunehmen und mich mal ein bißchen als Sheriff aufzuspielen. Dann aber hab ich noch 'ne Weile weiter nachgedacht und bin auf den Trichter gekommen, daß ich genau das besser nicht mache!«

»Nick ...?!«

»Weil nämlich die Leute gar nicht wollen, daß ich's tue«, unterbrach ich ihn. »Vielleicht bilden sie sich's ein, daß sie's wollen. Aber in Wirklichkeit wollen sie's eben nicht! Sie wollen nur, daß ich ihnen 'nen Grund liefere, damit sie mich wieder wählen können!«

»Da liegst du aber verdammt schief!« knurrte Robert Lee. »Verdammt schief! Bis jetzt hast du dich mit deinen Tricks über Wasser halten können — aber jetzt ist der Ofen aus! Gegen so 'nen feinen Kerl wie Sam Gaddis kommst du nicht an!«

Ich sagte, na schön, wir könnten ja mal abwarten, und er sah mich plötzlich scharf an.

»Ist dir vielleicht die Idee gekommen, daß Sam kein feiner Kerl ist?! Oder?! Ich sag dir's, wenn du versuchen solltest, irgendwelchen Schmutz aufzuwühlen, um ...«

»Durchaus nicht«, unterbrach ich ihn. »Wie willst du Schmutz aufwühlen, wo keiner vorhanden ist?!«

»Gut! Bin froh, daß du wenigstens das begriffen hast!«

»Nee«, sagte ich. »No, Sir, weiß doch ganz genau, daß es keinen besseren Menschen als Sam Gaddis gibt! Deswegen will's mir ja auch nicht in den Schädel, wie ausgerechnet er so ins Gerede gekommen ist!«

»Na bestens! Ich ... — *was* hast du da gesagt?!« fuhr er mich plötzlich entgeistert an.

»Noch nichts davon gehört?!« fragte ich erstaunt.

»Von *was*?!«

»Nee, du kannst wirklich nicht von mir verlangen, daß ich diesen Mist in den Mund nehme«, lehnte ich jede weitere Diskussion — zunächst — ab. »Wenn du noch nichts darüber gehört hast, dann wirst du's von mir bestimmt nicht hören.«

Er beugte sich vertraulich vor. »Nick«, flüsterte er, »mir kannst du's doch aber erzählen! Ehrenwort, von mir erfährt keiner was!«

»Ist nicht drin! Unmöglich, Robert Lee. Wäre einfach nicht fair von mir. Ist doch egal, ob es da gewisse Gerüchte über den guten Sam gibt — Hauptsache, wir beide wissen, daß da echt nichts dran ist!«

Robert Lee begleitete mich bis vor seinen Laden. Er versuchte richtig geil, was über diese Gerüchte herauszubekommen. Aber ich blieb eisern und sagte, daß ich am nächsten Sonntag bei der Versammlung direkt nach Sams Wahlrede aufstehen würde, um ihm meine Unterstützung zu geben und um allen zu sagen, daß ich kein Sterbenswörtchen von all den dreckigen und gemeinen Geschichten glaube, die man über ihn erzählt! »Nichts zu wollen, Robert Lee! Wenn du 'nen üblen Scheiß über Sam Gaddis erfahren willst, mußte dir schon 'ne andere Adresse aussuchen. Es gibt genügend Leute, die 'nen anständigen Menschen mit Dreck beschmeißen, obwohl's gar keinen Grund dafür gibt. Horch dich bei denen um! Von mir erfährst du nichts! Kein Wort«, beharrte ich auf meinem Standpunkt.

Und der Hauptgrund dafür war, daß ich in meinem ganzen Leben noch von keinem einzigen Menschen ein übles Wort über Sam Gaddis gehört hatte!

X

Mit meiner Zweirad-Kutsche fuhr ich hinaus aus dem Ort. Allerdings noch nicht gleich zu Rose Hauck — denn ich hatte vorher noch 'ne Kleinigkeit zu erledigen.

Nach einer guten Stunde hatte ich Toms Jagdrevier erreicht. Und dort fand ich ihn auch — er saß unter einem Baum, die Knarre neben sich und damit beschäftigt, sich Whisky in den Wanst zu pumpen. Schneller, als er schlucken konnte!

Er stierte mich aus glasigen Augen an und rülpste, was zum Teufel ich in seiner Nähe treiben würde. Und was in drei Henkers Namen ich mir einbilden würde, sein Schießeisen in die Hand zu nehmen?!

»Alles der Reihe nach«, erwiderte ich ihm. »Erstens bin ich hier aufgetaucht, um deiner Frau 'nen Besuch zu machen! Werde bald mit ihr ins Bett steigen. Und dann wird sie mir genau das geben, was du versoffenes, impotentes Schwein dir schon lange nicht mehr von ihr geholt hast, kapiert?! Das weiß ich deshalb so genau, weil wir's schon 'ne ganze Weile miteinander immer dann treiben, wenn du besoffene Sau hier draußen bist!«

Er torkelte auf seine Füße und stieß 'ne Reihe gar nicht feiner Flüche aus. Und ich legte das Gewehr auf ihn an.

»Zweitens«, fuhr ich fort, »bin ich hier aufgetaucht, um 'ne Sache zu erledigen, die ich schon längst hätte erledigen sollen. Ich werde dir nämlich jetzt eine Ladung in deinen stinkenden, aufgedunsenen Bauch ballern!« Und das tat ich dann auch.

Er krepierte langsam, und so blieb mir genügend Zeit, ihn in den Genuß von drei oder vier Fußtritten zusätzlich kommen zu lassen. Hatte schon lange das Bedürfnis gehabt, ihm die Eier zu Matsch zu trampeln — bis zu diesem Augenblick aber war's mir nie sicher genug erschienen.

Schließlich ließ ich ihn so, wie er sich da in einer schmierigen Lache aus Blut und Gedärm am Boden krümmte, liegen. Und fuhr weiter zu seiner Farm, einer Bretterbude aus rohem Holz mit geteertem Dach mitten in der fruchtbaren Landschaft der Flußniederung.

Rose kam mir vom Feld her entgegengelaufen — eine toll hübsche Frau, deren Schönheit selbst Tom nicht hatte ruinieren können.

»O verflucht, Honey«, begrüßte sie mich, wobei sie sich kurz, aber verdammt fest an mich drückte, »heute wird's nichts mit einer Verschnaufpause. Das Hurenschwein von Tom hat mir so viel Arbeit aufgehalst, daß ich nicht weiß, wo mir der Kopf steht!«

»Ach was«, beruhigte ich sie, »komm schon. Ein paar Minuten werden wir schon rausschinden können — hinterher helf ich dir dann auch!«

Sie sagte, verdammte Scheiße, aber nicht mal sechs Männer würden reichen, ihr bei der Arbeit zu helfen, die Tom ihr aufgetragen habe. »Ich bin verrückt auf dich, das weißt du. Aber die verdammte Schinderei läßt mir einfach keine Zeit . . .!«

Ich wußte aber, auf welche Weise ich sie noch geiler machen konnte, als sie eh schon war.

»Na ja«, sagte ich, »lange brauchen wir uns ja auch nicht dabei aufzuhalten. Brauch dich ja nur ein bißchen zu küssen, dir ein paar Mal in den Po zu kneifen und . . .«

»Hör auf!« wimmerte sie.

»Ich könnte dich vielleicht sogar kurz auf den Schoß ziehen«, überlegte ich weiter. »Dabei würde dein Fummel ein bißchen hochrutschen, und ich könnte kurz deinen warmen Arsch spüren. Und vielleicht könnte ich auch noch ganz kurz oben dein Kleid etwas runterziehen, damit ich ein bißchen an deinen saftigen Titten rumknutschen kann. Und außerdem . . .«

»Hör auf, Nick! Du weißt doch, wie mir dabei wird! Und ich kann jetzt *wirklich* nicht!« keuchte sie.

»Ich würde dir deinen Fummel ja gar nicht ganz ausziehen! Wenn man's genau überlegt, braucht's das nämlich gar nicht, ehrlich nicht! Bei deiner Figur schafft es ein Kerl auch so, richtig . . .«

»Gottverdammte Scheiße«, stöhnte sie, »soll er mich doch vertrimmen!«

Dann packte sie mich an der Hand und zog mich mit einem Tempo ins Haus, als hätte sie echt 'ne Horde Wespen zwischen den Beinen. Und im Haus warf sie sich sofort aufs Bett und zog ihr Kleid hoch.

»Komm! Schnell!« geiferte sie.

»Wofür legst du dich hin?!« erkundigte ich mich. »Ich denke, ich sollte dich nur auf den Schoß nehmen?! Außerdem hab ich noch eine Nachricht für dich, die ich dir eigentlich vorher noch verraten sollte!«

»Scheiß auf deine Nachrichten«, keuchte sie. »Wir müssen uns beeilen ...«

»Schätze, daß wir's gar nicht so eilig haben müssen«, grinste ich. »Die Nachricht bezieht sich nämlich auf den guten, alten Tom!«

»Er soll verrecken!« zischte sie.

»Eben! Genau das dürfte er nämlich getan haben! Sieht so aus, als ob er im Suff über seine Knarre gestolpert ist und sich selbst in die ewigen Jagdgründe befördert hat — jedenfalls hat er sich die Innereien durchs Rückgrat geschossen!«

»B-bist du sicher, Nick«, flüsterte sie. »Ist er ... — hast du ...?!«

»Sagen wir mal, daß er 'nen Unfall erlitten hat«, erklärte ich. »Das Schicksal hat einfach zugeschlagen, das ist es!«

»Aber er ist *tot*! Verreckt! Das ist sicher, oder?!«

»Wenn er's nicht ist, dann ist er der einzige Mann, den ich kenne, der nicht muckt, wenn man ihm die Eier zertritt!«

Ihre Augen leuchteten auf, wie wenn ich ihr ein unerwartetes Weihnachtsgeschenk gemacht hätte. Dann ließ sie sich in die Kissen zurückfallen und brach in ein irres Gelächter aus.

»Heiliger Strohsack, der Hurenbock ist also ehrlich krepiert? Dann bin ich den Dreckskerl also endlich los?!«

»Well, Gnädigste, viel ist jedenfalls mit ihm nicht mehr anzufangen!«

»Den Rest soll der Teufel holen«, kicherte sie. »Wär ich doch bloß dabei gewesen, um mit 'nem glühenden Schürhaken Rühreier aus seinem ...«

»Rose!« unterbrach ich sie. »Man sollte nicht so häßlich über die Toten reden! Und außerdem sollten wir endlich mal zu 'nem anderen Thema übergehen!«

»Hast völlig recht«, lachte sie. »Los, hilf mir, zieh mir das blöde Kleid aus!«

Als ich gerade dabei war, mir und ihr das störende Zeugs von der Pelle zu reißen, klingelte das Telefon. Rose fluchte wie eine Wildsau, ich solle das gottverfluchte Ding bimmeln lassen und sie endlich an meinen Pimmel lassen, aber ich meinte, es könne ja Myra sein, und nahm den Hörer ab.

Es war Myra.

Sie ratschte 'ne halbe Ewigkeit auf mich ein, und dann gab ich sie an Rose weiter. Und dann ratschte sie 'ne weitere Ewigkeit mindestens auf Rose ein.

»Na klar«, sagte Rose schließlich, »ich werd's ihm sagen, wenn er vom Feld kommt. Und laßt es euch gutgehen, du und Lennie, bis wir uns wiedersehen!«

Dann knallte sie den Hörer auf die Gabel. Und ich fragte, was Myra denn gewollt hätte, denn ich hatte nichts begriffen in dem Durcheinander, das sie in mein Ohr gebrabbelt hatte. Aber Rose meinte, das könne jetzt warten, denn es gäbe wichtigere Dinge zu tun!

»Zum Beispiel?!« fragte ich neugierig.

»*Das* zum Beispiel«, erklärte sie und wurde handgreiflich.

Und daher kamen wir 'ne ganze Zeit nicht dazu, uns weiter zu unterhalten.

Erst als wir ziemlich abgeschlafft waren, da grinste sie mich plötzlich an. »Schätze, dieser Tag ist echt aus guten Nachrichten zusammengeflickt! Erst beißt dieses Dreckschwein ins Grab. Und jetzt sieht's auch noch so aus, als ob du deine Wiederwahl schon in der Tasche hast!«

»Hey?! Und wieso?!«

»Wegen Sam Gaddis! Alle zerreißen sich die Mäuler über ihn. Weißt du, was für Dreck der am Stecken hat?!«

»Keinen Dunst«, mußte ich ehrlich bekennen. »Scheint doch 'n anständiger Bursche zu sein, oder nicht?!«

»Er hat ein zweijähriges Niggerbaby vergewaltigt — *so* anständig ist der!«

»Da schau an«, wunderte ich mich. »Ein männliches oder ein weibliches?!«

»Weiblich — nehme ich an. Mann, bist du ein komischer Vogel«, kicherte sie. »Aber sag mal, das ist doch ehrlich mies, oder?! Wenn ein ausgewachsenes Mannsbild ein unschuldiges Baby stopft! Aber es kommt noch mehr!«

»Noch mehr?!«

Rose berichtete mir, Sam Gaddis habe auch 'ne arme Witwe

um ihre ganzen Ersparnisse geprellt und seinen eigenen Vater mit 'nem Knüppel zum Krüppel und schließlich sogar mausetot geprügelt, damit er nichts verriet.

»Das ist aber erst der Anfang, Nick! Alle erzählen sich, Sam Gaddis habe das Grab seiner Großmutter aufgebuddelt, um ihr die Goldzähne zu klauen. Unglaublich, was?! Und dann hat er seine Frau umgebracht und seinen Schweinen zum Fraß vorgeworfen und außerdem ...«

»Also, Moment mal!« unterbrach ich sie. »Sam Gaddis war ja nie verheiratet!«

»Du meinst, man habe seine Frau nie gesehen! Na klar — das war ja auch alles, bevor er hierher zog!«

»Nun mal halblang«, protestierte ich. »Wann soll er denn all das angestellt haben?!«

Rose zögerte etwas und meinte, das wisse sie natürlich auch nicht — aber es bestünde kein Zweifel daran, *daß* er es getan habe.

»Es ist jedenfalls ausgeschlossen, daß die Leute sich das aus den Fingern saugen. Das ist sonnenklar! Außerdem hat Myra die meisten dieser Geschichten von der Frau von Robert Lee Jefferson erfahren. Brühwarm hat die's erzählt, nachdem sie's erfahren hat von ihrem Mann. Und der erzählt ja wohl keine Lügen in der Weltgeschichte rum, oder?!«

Schätze, ich wußte in dem Augenblick nicht so genau, ob ich lachen oder heulen sollte. Da hatte ich also 'nen echt billigen Köder ausgeworfen, und Robert Lee Jefferson hatte genauso gehandelt, wie ich's mir ausgerechnet hatte — war herumgelaufen und hatte die Leute ausgequetscht wegen der Gerüchte über Sam Gaddis. Und das hatte 'ne hübsche Kettenreaktion ausgelöst! Die Leute, die er ausgefragt hatte, hatten ihrerseits andere Leute ausgefragt. Und aus vielen Fragen war plötzlich 'ne verdammte Masse von Antworten geworden — ein miefiger, schmutziger Kehrichthaufen! Und das machte mich traurig. Richtig echt traurig! Ehrlich! Konnte ja nichts dagegen tun — aber ich wünschte mir, Robert Lee hätte den Köder nicht angeknabbert. Denn durch seine Fragereien hatte er diese Welle von Schmutz gegen Sam Gaddis in Bewegung gesetzt. Yes, Sir! Wünschte mir ehrlich, es wäre nicht so gelaufen. Selbst wenn dadurch Sam Gaddis das Nachsehen und ich meine Wiederwahl in der Tasche hatte, was ja jetzt so gut wie sicher war!

XI

Es regnete die ganze Nacht — und ich schlief ausgezeichnet, weil Regen immer wahnsinnig beruhigend auf mich wirkt.

So etwa gegen zehn Uhr am nächsten Morgen machte ich mir 'ne Kleinigkeit zum zweiten Frühstück, weil ich nach dem Aufstehen abgesehen von ein paar Spiegeleiern, etlichen Pfannkuchen und Bratwürsten nichts gegessen hatte. Da rief Rose Hauck an.

»Nick«, überfiel sie mich mit einer Neuigkeit, die für sie nun ehrlich keine Neuigkeit mehr hätte sein dürfen, »Nick, ich glaube, Tom ist etwas passiert! Sein Pferd ist ohne ihn in den Stall zurückgekommen!«

»Wirklich?!« wunderte ich mich mit einem Seitenblick zu Myra, die neugierig lauschte. »Soll ich mal lieber kommen und mich nach ihm umsehen?!«

»Weiß nicht recht, Nick«, meinte sie zögernd. »Wenn er auf dem Damm sein sollte, dann wird er ganz schön sauer werden, wenn ich ihm den Sheriff auf den Hals jage!«

Ich meinte, daß das wohl sicher der Fall wäre. »Vielleicht hat er sich auch nur untergestellt, weil's so geregnet hat?!«

»Möchte fast wetten, daß es so ist«, meinte sie und gab ihrer Stimme einen erleichterten Ton. »Sicher hat er für den Gaul keinen geeigneten Unterschlupf gefunden — und da hat er ihn heimgeschickt!«

»Sicher! Jedenfalls brauchst du dir jetzt bestimmt noch keine Sorgen zu machen. Wenn er morgen immer noch nicht auftaucht, dann werde ich mich auf die Socken machen und ihn suchen!«

Und an dieser Stelle unseres Gesprächs nahm mir Myra den Hörer aus der Hand und lud Rose zu uns zum Abendessen ein — es gäbe 'ne Menge Neuigkeiten zu besprechen, mit der Postkutsche um vier könne sie reinfahren und ich würde sie dann nachts nach Hause bringen.

»Arme Rose!« sagte sie dann, nachdem sie eingehängt hatte. »Die arme, liebe, herzensgute Frau!«

»Na, entschuldige aber mal«, protestierte ich. »So arm ist sie ja nun auch wieder nicht — die beiden haben immerhin 'ne hübsche Farm!«

»Halt doch das Maul!« zischte Myra mich an. »Wenn du wenigstens die Hälfte von 'nem richtigen Mann an dir hättest, dann wärst du Tom Hauck längst schon mal aufs Dach gestiegen. Hättest ihn eingelocht — anstatt ihn frei herumlaufen und seine hilflose Frau verprügeln zu lassen!«

»Ich soll mich zwischen 'nen Mann und seine Frau stellen?!« meuterte ich. »Das kann ich nicht!«

»Klar kannst du's nicht«, geiferte sie. »Weil du nicht mal 'n halber Mann bist! Du Waschlappen!«

»Ich weiß nicht, was du damit sagen willst. Ich möchte dir ja nicht widersprechen, aber ...«

»Schnauze!« brüllte sie mich an. »Lennie hat mehr von 'nem Mann an sich als du — stimmt's, Lennie?!«

Lennie sabberte vor Vergnügen seine ganze Umgebung voll und zeigte mit dem Finger auf mich. »Waschlappen! Feiger Waschlappen! Sheriff Nick ist 'n feiger Waschlappen!«

Ich sagte kein Wort. Warf ihm nur einen Blick zu — und da hörte er auf mit der dämlichen Lacherei, wurde ganz still und dazu mächtig blaß um die Nase.

Auch Myra warf ich einen Blick zu. Und auch sie wurde plötzlich schneeweiß im Gesicht.

»N-nick?!« stotterte sie verunsichert. »W-warum schaust du so? So, als ob du ... du uns umbringen wolltest?!«

»Ich und jemanden umbringen?!« lachte ich albern. »Nun mach aber mal 'nen Punkt, ja!«

Ihr schien durch meinen Blick ein verdammt mächtiger Schreck in die Knochen gefahren zu sein! Sie gurkste sogar so was wie 'ne Entschuldigung raus, weil sie und Lennie so mies zu mir gewesen waren. Und ich grinste nur, sie solle sich mal nicht gleich in die Hosen pissen, denn ich hätte sicher nur so grimmig geschaut, weil mir der Wahlkampf durch den Kopf gegangen wäre. Myra wollte dann noch wissen, warum Robert Lee gesagt hätte, daß ich ausgerechnet meinem Gegenkandidaten Sam Gaddis helfen wollte. Und ich sagte ihr, wenn Robert Lee gesagt hätte, ich hätte zu ihm gesagt, ich wollte für Sam Gaddis eintreten, weil ich kein gottverdammtes Wort von den ganzen Gerüchten glaubte — dann sei das 'ne verdammte Tatsache, von der mich niemand abbringen könnte!

Schätze, Myra lagen in dem Moment wieder 'ne Masse Vorwürfe gegen mich auf der Zuge — aber sie schluckte sie runter, weil sie meinen Blick immer noch nicht ganz verdaut hatte. Und ich zwitscherte endlich ab in mein Amtszimmer.

Nach einem kleinen Nickerchen von vier oder fünf Stunden fühlte ich mich echt entspannt und ging zum Mittagessen wieder nach oben. Und beim Futtern kamen wir irgendwie wieder auf Rose Hauck zu sprechen und darauf, daß ich sie in der Nacht wieder heimfahren sollte.

»Ich hab mir da 'ne Masse Gedanken gemacht heute vormittag«, erklärte ich. »Nachdem Tom jetzt so lange nicht nach Hause gekommen ist, wird er wahrscheinlich stinkbesoffen und zu 'ner Masse Gemeinheiten aufgelegt sein, wenn er wieder auftaucht! Krieg echt eine Gänsehaut, wenn ich mir so denke, was Rose dann alles ausbaden muß!«

»Du widerlicher Zwerg«, keifte Myra mich an. »Falls Tom da ist, wenn ihr kommt, und du läßt es zu, daß sich Tom an Rose vergreift, dann sorge ich dafür, daß du dein Lebtag nicht mehr froh wirst!«

Ich erklärte, daß sie mir mit dieser Unterstellung massig unrecht täte, und meinte, ich hätte nur so gedacht, was passieren könnte, wenn Tom auftauchen würde, nachdem ich schon wieder auf dem Heimweg war. Ich meinte, es sähe wohl echt unpassend aus, wenn ich zu Roses Schutz die ganze Nacht auf ihrer Farm verbringen würde — und es sei ja auch gar nicht sicher, wann Tom zurückkäme. Das könne ja acht Tage dauern! Aber man sollte, erklärte ich, doch mal überlegen, was man sonst noch tun könnte, um Rose vor ihrem Mann zu schützen.

»Wie wär's zum Beispiel mit 'nem Wachhund?!« kaute ich mit vollem Mund einen Vorschlag durch die Zähne.

»Idiot!« belferte Myra. »Den würde Tom doch mit einem Griff erledigen!«

»Na ja«, gab ich zu, »da ist schon 'ne Menge dran, stimmt! Da bliebe dann eigentlich nur ein Schießeisen. So 'n Ding, womit man schießt, verstehst du?! Wär aber vielleicht auch nicht das Richtige für Rose. Sie ist ein sanfter Typ, nicht energisch genug, fürchtet sich vor dem eigenen Schatten. Und deshalb ...«

»Das ist die Idee!« wischte mir Myra über den Mund. »Wir besorgen ihr ein Schießeisen. Damit wird sie sich diesen Grobian schon vom Leib halten können!«

»Also, ich weiß nicht ...«

»Du weißt nie etwas! Und dich fragt auch keiner! Friß deinen Teller leer und halt die Klappe! Noch heute gehe ich mit Myra ein Schießeisen kaufen!«

Ich äußerte nichts mehr zu diesem Thema und verdrückte mich nach dem Essen wieder in mein Amtszimmer. War direkt erstaunt über mich, wieso ich auf die Idee mit dem Schießeisen gekommen war. Weil's mir nämlich eigentlich völlig egal war, ob Rose Hauck 'nen Schießprügel bekam oder nicht. Ich versuchte mir zwar einzureden, daß so ein Ding gut war für ihren persönlichen Schutz, falls sie mal wieder Ärger haben sollte. Aber ich spürte irgendwie im Urin, daß das nicht der eigentliche Grund dafür war, daß sich diese Idee plötzlich in meinen Kopf gesetzt hatte. Der eigentliche Grund war was ganz anderes — etwas, worüber ich mir noch gar keine größeren Gedanken gemacht hatte. Hing wohl zusammen mit so ein paar Wunschvorstellungen, in denen Myra und Lennie 'ne entscheidende Rolle spielten. Was weiß man schon?!

Schätze, es macht nicht unbedingt 'nen geistreichen Eindruck, wenn einer was aus 'nem Grund tut, über den er sich gar nicht so richtig klar ist. Aber ich hatte mir da echt noch nichts Genaueres ausgedacht. Und so war es wohl immer in meinem Leben gewesen, verstehen Sie?! Zum Beispiel der Grund, weswegen ich Ken Lacey aufgesucht hatte, war durchaus nicht der, den ich vorgegeben hatte! Ich hatte ihn besucht, weil ich einen Plan mit ihm hatte — und Sie haben ja selber mitbekommen, was für 'n Plan das war. Aber als ich ihn besuchte, hatte ich davon noch keinen blassen Dunst gehabt!

Ich hatte mir 'ne Art Ziel gesetzt, zugegeben, und mir gedacht, daß ein Typ wie Ken mächtig hilfreich sein könnte, das Ziel zu erreichen. Das war aber auch alles! Und ich war mir nicht mal halbwegs sicher gewesen, wie er mir nützlich sein könnte!

Und jetzt steckte ich wieder in der gleichen Lage. Das einzige, worüber ich mir klar war, bestand darin, daß Rose Hauck und das Schießeisen irgendwie gut in den Plan paßten, in dem Lennie und Myra die Hauptrollen spielen sollten. Aber ich hatte noch nicht die geringste Ahnung, wie dieser Plan aussehen sollte. Ehrlich nicht!

Sofern man davon absah, daß es vermutlich 'ne sehr häßliche Angelegenheit werden würde ...

Rose tauchte am Nachmittag auf und witschte kurz zu mir ins Amtszimmer, bevor sie zu Myra ging.

»War's auch richtig von mir, daß ich angerufen habe?!«

flüsterte sie. »Hat's wirklich so geklungen, als ob ich mir um das Stinktier Sorgen machte?!« wollte sie wissen und erzählte mir, daß sie in Wirklichkeit kaum hatte schlafen können vor Freude über die Vorstellung, wie Toms zerfetzter Kadaver irgendwo draußen im Schlamm lag.

Ich beruhigte sie und erzählte ihr dann von der Geschichte mit dem Schießeisen. Und daß sie so tun müßte, als sei sie mächtig froh über das Ding, weil das ja schließlich beweisen würde, daß sie echt keine Ahnung von Toms Tod hatte.

»Ich mach alles, was du sagst, Nick! Wenn du nur glaubst, daß es 'ne gute Idee ist«, meinte sie nach einigem Zögern.

»Eigentlich war's ja 'ne Idee von Myra«, räumte ich ein. »Ich hab nur einverstanden sein müssen, weil's ja sonst so ausgesehen hätte, als wüßte ich, daß Tom nie wieder auftauchen und dir Schwierigkeiten machen kann!«

Das leuchtete ihr ein. Und außerdem meinte sie, jetzt könnte sie mich ja mal rasch als Zielscheibe nehmen, wenn ich nicht spurte.

Und dann verschwand sie nach oben zu ihrer angeblichen Busenfreundin Myra. Und kurze Zeit später rauschten die beiden Weibsen aus dem Haus, um das Schießeisen einzukaufen.

Gegen sechs Uhr ging ich rauf zum Abendessen.

Myra bestritt wie üblich den größten Teil der Unterhaltung. Jedesmal, wenn ich den Mund aufmachte, forderte sie mich auf, ihn in drei Teufels Namen zu halten. Und Rose beschränkte sich darauf, ab und zu mal eine Bemerkung darüber fallen zu lassen, was für 'ne tolle Frau Myra sei.

Nach dem Essen räumten Myra und Rose das Geschirr in die Küche. Und Lennie versuchte, sich unbemerkt hinauszuschleichen. Ich hustete kräftig, um Myra aufmerksam zu machen.

»Liebling«, meinte ich, »wir hatten doch etwas abgemacht, oder?!«

»Was quasselst du denn jetzt schon wieder zusammen?!« pfiff sie mich an.

»Das weißt du sehr gut«, antwortete ich höflich. »Du weißt, was dein Herr Bruder macht, wenn er nachts ausgeht. Und fünf Minuten vor der Wahl finde ich das gar nicht so gut!«

»Ach was«, tat Myra meine Bemerkung ab, »der Junge muß schließlich irgendwann mal an die frische Luft, oder?! Das wirste ihm doch nicht übelnehmen!«

»Wir haben aber abgemacht, daß er ...«

»Einen Scheiß hab ich abgemacht«, geiferte sie los. »Du hast mich bloß völlig irre gemacht mit deiner Rederei, und da hab ich nicht mehr gewußt, wo's lang geht! Und außerdem weißt du ganz genau, daß Sam Gaddis gar keine Chance mehr hat, die Wahl zu gewinnen. Was soll's also?!«

»Na schön! Aber ich seh nicht ein, warum man ein unnötiges Risiko eingehen muß. Meiner Ansicht nach ...«

»Schnauze!« brüllte mir Myra dazwischen. »Ist dir schon mal so ein Trottel von Mann unter die Finger gekommen, Rose?! Ist es ein Wunder, wenn ich durchdrehe, weil ich mit ihm zusammenleben muß?!«

Dann strich sie ihrem Bruder über den Wasserkopf. »Laß dich nicht ärgern, Lennie! Geh ruhig und amüsier dich — aber bleib nicht zu lange weg!«

Lennie verduftete, nachdem er irgend etwas Höhnisches an meine Adresse gesabbert hatte. Und ich verzog mich ebenfalls, da Myra auf meine Anwesenheit keinen gesteigerten Wert mehr zu legen schien.

Ich legte mich aufs Bett, nachdem ich das Leintuch zurückgeschlagen hatte, denn nach dem Regenwetter der letzten Tage sahen meine Stiefel verdammt dreckig aus. Und dann döste ich echt friedlich vor mich hin. Draußen zirpten die Grillen, ab und zu hörte man auch einen Ochsenfrosch, irgendwann war das quietschende Geräusch einer Wasserpumpe zu vernehmen, und irgendwo brüllte eine heisere Frauenstimme *Henry Clay ... Henry Clay Huston ... komm sofort heim!* Dazu der Geruch nasser Erde in der Luft. Eine verdammt friedliche Nacht.

Nach 'ner Stunde oder so wachte ich auf durch einen Mordsradau! Myra keifte hysterisch, Lennie blökte wie eine angestochene Wildsau, und irgendein Weibsbild schien den beiden nicht gerade etwas zu flüstern. Bei dieser Dame handelte es sich ganz ohne Zweifel um Amy Mason — und sie ließ ganz offenkundig keinen Zweifel daran, daß sie auf hundertneunzig war! Und wenn sie das war, dann tat man gut daran, sich ihre diversen Warnungen zu Herzen zu nehmen. Denn Amy konnte verdammt unangenehm werden!

Offenbar war das auch Myra inzwischen eingegangen, denn sie drosselte ihre Lautstärke und versuchte, Lennie in Schutz zu nehmen und zu erklären, daß er ja sicherlich nichts Böses vorgehabt hätte, als er zu Amy Mason ins Fenster lurte — er sei halt nur so neugierig und interessiert an anderen Leuten.

Amy aber konterte in ihrer zwar sanften, aber doch sehr entschiedenen und energischen Art, daß sie ganz genau wisse, *was* Lennie gewollt habe. »Er soll mir ja nicht mehr mit dieser Tour kommen«, erklärte sie scharf. »Ich habe schon Ihren Gatten in diesem Sinne gewarnt, Mrs. Corey! Jetzt warne ich Sie! Sollte ich Ihren Herrn Bruder noch einmal an meinem Fenster erwischen, dann lernt er meine Reitpeitsche kennen!«

Ich drückte die Tür 'nen kleinen Spalt auf und besah mir das Theater. Lennie hatte 'nen roten Kopf und rieb sich sein Ohr, das Amy gerade in diesem Moment losließ — weil's ihr 'ne Gänsehaut machte, wenn sie den Kretin berührte, wie sie sagte. Myra hatte richtig gluckenhaft den Arm um ihren idiotischen Bruder gelegt. Rose stand neben ihr und versuchte, einen teilnehmenden Eindruck zu schinden — wobei mir klar war, daß sie innerlich sicherlich darüber feixte, daß zur Abwechslung auch mal Myra eins eingetunkt bekam. Und Amy ...

Ich mußte verdammt schlucken, als ich sie sah! Und fragte mich, was ich eigentlich an Rose fand, nachdem ich so eine wie Amy gehabt hatte?!

Sie war nicht mal hübscher als Rose und hatte auch keine bessere Figur. In der Hinsicht war Rose schon 'ne Klasse für sich! Nein, bei Amy kam etwas von innen heraus, das einen schwach machte und regelrecht an Herz und Nieren ging — fast schon so was wie ein Brandmal, daß die Erinnerung und das Andenken an sie nie ganz verlöschte. Man hatte immer das Gefühl, ganz in ihrer Nähe zu sein — selbst wenn man sich was weiß ich wohin verirrte!

Dann machte ich die Tür ganz auf und platzte richtig geräuschvoll aus dem Schlafzimmer herein.

»Was geht hier vor?!« fragte ich und ließ niemandem Gelegenheit, darauf zu antworten. »Ach, guten Abend, Miss Mason! Irgendwelche Schwierigkeiten?! Gibt's irgendwo Zopf oder Feuer am Arsch?!«

Nein, erwiderte Amy, es gäbe weder Zopf noch Schwierigkeiten noch Feuer am Arsch. Schien mich dabei irgendwie nachzuäffen. »Es ist alles geklärt, Sheriff! Und Ihre Frau wird Ihnen mitteilen können, wie Zopf, Schwierigkeiten und Feuer am Arsch in Zukunft vermieden werden können.«

»*Frau* ist gut!« entgegnete ich. »Hat der Bruder meiner *Frau* was angestellt? Sagen Sie mir bitte die volle Wahrheit, Miss Mason!«

»Nicht die Spur«, rief Myra aufgebracht. »Er hat nur ...«

»Wußte gar nicht, daß *du* Miss Mason bist«, fuhr ich sie an. »Ich habe Miss Mason 'ne Frage gestellt. Es sollte auch dir bekannt sein, daß sie eine der geachtetsten und prominentesten Damen von Potts County ist. Sie *wird* mir die Wahrheit sagen — also fang nicht an, ihr vorher schon zu widersprechen!«

Myra fiel fast das Gebiß in den Ausschnitt. Totenblaß wurde sie. Ein Skandal lag in der Luft! Aber sie behielt sich in der Gewalt — wollte sich wohl offensichtlich vor Amy nicht blamieren.

Und der gefiel anscheinend mein Auftritt. Sie sagte, es täte ihr leid, ein wenig verletzend gewesen zu sein, und bat, man möge sie jetzt entschuldigen, weil sie schnell wieder nach Hause müsse!

»Ich werde Sie begleiten«, erklärte ich. »Es ist schon längst über die Zeit, wo junge Damen allein die Straße entlanglaufen dürfen!«

»Aber Sheriff, das ist doch wirklich nicht nötig! Ich kann ...«

Ich erklärte, daß es durchaus nötig sei, und daß ich und meine Frau darauf bestünden. »Stimmt's, Myra?! Du bestehst doch echt darauf, daß ich Miss Mason nach Hause begleite, oder?!«

Myra bestätigte es, ihre Worte zwischen zusammengebissenen Zähnen zermalmend.

Ich zwinkerte Rose zu, sie zwinkerte zurück, und dann machte ich mich mit Amy auf den Weg.

Sie wohnte direkt im Ort — Pferd und Kutsche brauchte ich also gar nicht erst aus dem Stall zu holen. Und wie wir so durch den Straßenschlamm in der pechschwarzen Dunkelheit stapften, fing ich an zu erzählen, wie das alles so gekommen war, daß Myra mich eines Tages geangelt hatte. Und abstandhalterisch konnte sie sich nicht verhalten, da ich sie bei unserem schlammigschmutzigen Spaziergang ja irgendwie stützen mußte. Trotzdem meinte sie, das interessiere sie alles nicht und ginge sie auch gar nichts an. Aber mit der Zeit hörte sie auf, mir dauernd ins Wort zu fallen. Schätze, sie begann langsam zu glauben, was ich ihr da alles erzählte!

Und unterm Vordach ihres Hauses warf sie mir plötzlich die Arme um den Hals und preßte sich ganz fest an mich.

»Nick«, flüsterte sie, »Nick, das ist entsetzlich!«

»Yeah«, bestätigte ich, »das will ich wohl meinen. Hab echt Mist gebaut, daß ich Dummkopf mich von Myra so einschüchtern ließ, daß ich sie heiratete!«

»Davon spreche ich nicht! Das ließe sich mit Geld ins Reine bringen, und Geld habe ich. Aber ...«

»Aber was geht dir denn dann an die Nieren?! Was ist denn so furchtbar, Darling?!«

»Ach ... nichts!« wich sie mir aus. »Nichts Bestimmtes! Ich weiß schon, *was* — aber ich weiß nicht, *warum*! Und ich weiß auch nicht, ob es was ausmachen würde, wenn ich Bescheid wüßte. Ich — ich kann jetzt nicht darüber reden! Ich will nicht einmal etwas davon wissen! Ich — ach Nick! *Nick*!!!«

Sie kuschelte ihr Gesicht an meine Brust und zitterte echt, und ich streichelte sie und meinte, jetzt, wo's wieder was wäre zwischen uns beiden, da könnte es doch gar nichts geben, was *so* furchtbar und schrecklich und entsetzlich sei! Und sie solle mir nur sagen, was sie beunruhige — dann würde ich ihr schon schnell beweisen, daß es ein Windei sei! Und da sie nichts drauf antwortete, meinte ich, wir könnten's uns auch für 'nen anderen Tag aufsparen, wo ich dann nicht 'nen Haufen Wespen in der Hose hätte vor lauter Eile wie heute.

»Kannst dich doch sicher noch erinnern, wie ich nachts immer zum Fischen gegangen bin«, sagte ich. »Das könnte ich ja morgen nacht wieder tun! Und dann wär's nichts weiter als ein ganz natürlich zu erklärender Irrtum, wenn ich plötzlich hier und nicht unten am Fluß auftauchen würde, oder?!«

»Nick!« lachte Amy und schniefte mächtig dabei. »So einen wie dich gibt's nicht zweimal!«

»Will ich aber auch schwer hoffen!« griente ich. Und dann drückte ich sie ganz fest an mich und meinte, noch zweimal rund um die Uhr, und wenn's dann dunkel sei, wär ich bei ihr.

Und sie lehnte sich zitternd gegen mich und meinte, das sei mal wirklich 'ne prima Idee. »Mußt du denn jetzt wirklich schon gehen?!«

»Müßte schon«, setzte ich ihr auseinander. »Myra wird sich schon längst fragen, wo ich so lange stecke. Und ich muß ja auch noch Mrs. Hauck heimfahren!«

»Ach so?!« meinte Amy. »Rose hatte ich jetzt ganz vergessen!«

»Yeah, Myra hat sich in den Kopf gesetzt, daß ich sie heimfahren soll!«

»Armer Nick! Alle gängeln ihn!«

»Schätze, mir macht's echt nichts aus«, lachte ich. »Einer muß sich ja schließlich um die Hauck kümmern, oder?!«

»Du hast den Nagel mal wieder auf den Kopf getroffen«, meinte Amy spitz. »Und es ist ein glücklicher Zufall, daß sie auch gleich einen gefunden hat, der sich so bereitwillig um sie kümmert! Es ist nur merkwürdig, daß es der armen Mrs. Hauck bei all ihren bedauernswerten Kümmernissen recht gut zu gehen scheint! Sie wirkte richtig aufgeblüht auf mich! So richtig wie eine liebende Frau, oder nicht?!«

»Tatsächlich?!«

»Komm mal kurz mit rein, Nick! Muß mit dir sprechen!«

»Hat das nicht bis morgen abend Zeit — es ist schon echt verdammt spät und ...«

»Jetzt! Oder nie ...!«

»Aber Rose — äh, Mrs. Hauck, sie wartet bestimmt schon!«

»Laß sie warten, Nick! Ich fürchte, es wird nicht die einzige Enttäuschung sein, die sie erwartet. Los, komm rein!«

Amy öffnete die Tür und marschierte voraus. Dabei zog sie mich bei der Hand hinter sich her — schnurstracks in ihr Schlafzimmer. War schon irre komisch, daß sie behauptet hatte, mit mir sprechen zu müssen — weil sie kein Wort dabei verlor.

Oder jedenfalls kaum ein Wort.

Hinterher kuschelte sie sich in die Laken, gähnte herzhaft, streckte und dehnte sich und wurde echt nervös darüber, daß ich in der Dunkelheit nicht so schnell in meine Klamotten fand.

»Beeil dich doch ein bißchen, Darling. Ich habe jetzt grade so die richtige Bettschwere, verstehst du? Ich will schlafen!« brummte sie mich an.

»Na 'nen weiten Weg haste ja nicht mehr bis in deine Furzmulde«, lachte ich — wobei ich mich bemühte, trotz meiner Nachtblindheit mich einigermaßen korrekt anzuziehen. »Und von was wolltste denn nun eigentlich mit mir sprechen, hey?!«

»Vielleicht über deinen primitiven Wortschatz, über deine fehlerhafte Grammatik«, meinte sie. »Vielleicht über deine Art, manchmal richtig ungehobelt wie ein primitiver Mensch zu sprechen. Warum tust du das, Nick?!«

»Reine Gewohnheit, nehme ich an! So was wie 'n Trott, in dem ich mich festgefahren habe. Mit dem Reden nach der Schrift geht's so wie mit 'ner verdammten Masse anderer Sachen!

Macht man mal länger keinen Gebrauch davon — weil man merkt, daß es gar nicht so recht gefragt ist — wumms, verliert man's aus dem Griff! Da wird das Falsche plötzlich richtig — und umgekehrt, verstehste?!«

Amy rutschte im Bett hin und her. Konnte schummrig sehen, daß sie mich mit aufgerissenen Augen anglotzte.

»Ich glaube zu ahnen, was du damit meinst! In gewisser Weise bin ich das Opfer eines ähnlichen Vorgangs!«

»Ehrlich?!« fragte ich, wobei ich in meine Stiefel schlüpfte. »Wie meinste denn das?!«

»Besser gesagt, ich bin im Begriff, Opfer eines solchen Vorgangs zu werden. Und weißt du, eigentlich macht's mir Spaß!«

»Und was wolltest du mir sagen, Amy?!« fragte ich und schob mir das Hemd in die Jeans.

»Nichts, das nicht bis morgen abend warten könnte«, erklärte sie. »Und je länger ich nachdenke, desto mehr werde ich der Überzeugung, daß ich dir dann überhaupt nichts mehr zu sagen haben werde!«

»Aber du hast doch gesagt . . .?!«

»Ich hab auch noch ganz andere Sachen gesagt, wenn du auch vielleicht nicht darauf geachtet hast! Und jetzt mach endlich, daß du verschwindest. Ich will hoffen, daß die arme Mrs. Hauck nicht zu sauer ist!«

»Yeah«, brummte ich, »das will ich auch hoffen!«

Aber 'ne innere Stimme sagte mir, daß ich mich da 'ner verdammt falschen Hoffnung hingab!

XII

Zu meiner Bekanntschaft mit Myra war's vor ein paar Jahren bei 'ner Art von Jahrmarkt in der Hauptstadt gekommen. Ich hatte mich echt fein in Schale geworfen — und das muß auf Myra, die sich auch mit einiger Mühe ganz hübsch herausgeputzt hatte, irgendwie Eindruck gemacht haben.

Die Geschichte spielte sich ab an so 'ner Bude, wo man 'nem Tintenkopf Bälle an den Kopf schmeißen konnte und 'nen Preis bekam, wenn man traf. Ich stand ja eigentlich nicht drauf, 'nem Nigger was an den Kopf zu schmeißen — aber der Besitzer der Bude hatte mich so verdammt höflich darum gebeten, daß es verdammt wenig höflich gewesen wäre, wenn ich es nicht gemacht hätte. Und wie ich da so warf, klatschte jemand hinter mir Beifall, und dann sah ich Myra, die sich so benahm, als ob ich echt der größte Ballwerfer aller Zeiten gewesen wäre.

Sie gab mir sogar Geld, damit ich für sie ein paar Bälle an den Kopf von dem Nigger werfen sollte. Das lehnte ich aber ganz entschieden ab. Und ich sagte ihr, daß ich's irgendwie echt ungerecht fände, dem Tintenkopf Bälle an den Kürbis zu knallen — echt unanständig sogar.

»Ich nehm ja an«, räumte ich ein, »daß es sein Job ist, sich beschmeißen zu lassen. Aber mein Job ist's ehrlich nicht, ihn mit Bällen zu beschmeißen. Da möcht ich schon sagen, daß einer, der gar keinen Job hat, besser dran ist als der da. Wenn er sich immer treffen lassen muß, um davon leben zu können, dann kann man das echt kein lebenswertes Leben nennen!«

Myra setzte 'ne feierliche Miene auf und bemerkte, sie könne feststellen, daß ich 'n tiefgründiger Denker sei, und ich meinte, darüber hätte ich noch nicht nachgedacht, und ich sei vielleicht tiefgründig — ganz bestimmt aber sehr durstig!

»Darf ich Ihnen vielleicht eine Limonade anbieten, Gnädigste, als Ausgleich dafür, daß ich Sie mit der Werferei enttäuschen mußte?!«

»Ach Sie«, zierte sie sich, »werden Sie mich auch nicht für schrecklich dreist halten, wenn ich damit einverstanden bin?« zwitscherte sie. »Werden Sie es nicht schrecklich ungehörig von 'ner Lady finden, wenn ich ja sage?!«

»Wieso denn? Sie haben es ja grade schon gesagt, Gnädigste«, grinste ich und führte sie zur Limonadenbude. »Gerade haben Sie ja gesagt, aber ich denke durchaus nicht das, was Sie denken, daß ich jetzt denke!«

Und das dachte ich auch gar nicht.

Ich dachte vielmehr, daß die 'n verfluchtes Feuer in der Fotze und 'nen kribbelnden Sack voll Maden in der Möse haben mußte, oder wie man's sonst noch ausdrücken mag. Schätzte, daß es höchste Zeit war, dagegen etwas zu unternehmen, weil ihre Unterhosen sonst Feuer fangen und den ganzen Rummelplatz in Brand stecken konnten. Und ich sah nur einen einzigen Ausweg, daß ich ihr nämlich mit meiner Feuerspritze oder vielleicht, besser gesagt, mit meinem Feuerlöscher zu Leibe rückte, um echt 'ne Katastrophe zu verhindern.

Andererseits wollte ich natürlich nichts überstürzen — schon deshalb nicht, weil meine Hochzeit mit Amy für die nächste Woche angesetzt war. So drückte ich mich zunächst um 'ne klare Entscheidung herum und schlenderte mit Myra an den Schaubuden vorbei, während ich mich bemühte, zu 'ner Entscheidung zu kommen. Eigentlich war's ja nicht meine Angelegenheit, ob Myra den Jahrmarkt in Brand setzte und 'ne Panik auslöste — denn schließlich befand ich mich ja nicht in meinem Amtsbezirk. Andererseits konnte ich 'ne Masse von ihren Beinen und so sehen, wenn ich ihr beim Auf- und Absteigen an Karussells oder so half, daß es verdammt nicht lange dauerte, bis ich 'ne Entscheidung getroffen hatte.

Myra machte einen schockierten Eindruck, als ich ihr meine Entscheidung zuflüsterte — fast so schockiert, wie wenn ich ihr 'ne Tüte Popcorn gekauft hätte.

»Ach nein, das kann ich mir überhaupt nicht vorstellen«, kicherte sie, »daß ich mit 'nem fremden Mann in ein Hotel gehe!«

»So fremd bin ich doch gar nicht«, grinste ich und kniff ihr in den Arsch. »An mir ist alles dran, was andere Männer auch haben!«

»Sie sind aber ein ganz schrecklicher Mensch, Sie Schlimmer«, gackerte sie. »Sie können einem ja Angst machen!«

»Schrecklicher als andere Männer auch nicht«, lachte ich. »Und Angst brauchen Sie auch nicht zu haben, denn es wäre ungerecht zu behaupten, daß mir 'ne nähere Kenntnis der Materie abgeht.«

Sie kicherte mit rotem Kopf herum und meinte, nee, in ein Hotel könnte sie auf gar keinen Fall mit mir gehen!

»Well, wenn Sie nicht können, dann können wir eben nicht«, brummte ich, weil ich die ganze Geschichte schon langsam leid war. »Liegt mir fern, in Sie dringen zu wollen«, meinte ich anzüglich.

»Aber hören Sie, wir könnten ja gut in meine Pension gehen«, schlug sie vor. »Keiner würde was dabei denken, wenn Sie auf 'nen Sprung in mein Zimmer kommen würden!«

Wir nahmen uns 'ne Straßenbahn und fuhren runter zu einem weißen Gebäude am Fluß. Schien ein ganz achtbarer Schuppen zu sein, was man so von außen feststellen konnte. Und das schien auch für die Leute in dem Schuppen zu gelten. Denn niemand verzog auch nur 'ne Augenbraue, als wir gemeinsam in Myras Zimmer verschwanden.

Well, Sir, ich kam aber ehrlich kaum dazu, bei dem Weib handgreiflich zu werden. Ich war zwar einsatzbereit und ziemlich erpicht darauf und hab sie vielleicht auch ein bißchen angefaßt, was aber bei den vielen Klamotten, in die sie sich verpackt hatte, echt verdammt wenig war!

Aber da stieß sie mich plötzlich völlig unerwartet von sich, so daß ich auf den Boden plumpste, und fing an zu heulen und zu brüllen und zu schreien, daß man's bestimmt bis auf die andere Seite vom Fluß hören konnte. Ich schnappte sie mir und versuchte, sie zum Schweigen zu bringen. Und fragte sie, was zum Teufel denn eigentlich in sie gefahren sei — denn ich sei's ja nun ehrlich nicht gewesen. Sie aber zeterte weiter wie eine angestochene Wildsau herum und brach 'nen echten Skandal vom Zaun.

Mir blieb gar nicht die Zeit, so was wie 'ne Entscheidung zu treffen, was ich tun sollte, denn plötzlich war das ganze Zimmer voll mit Leuten. Die Weibsbilder sausten aufgeregt um Myra herum und versuchten, sie zu beruhigen — was aber hoffnungslos war, weil Myra weiter wie am Spieß brüllte und keine Antwort auf die Frage gab, was denn eigentlich los gewesen sei. Und die Männer prügelten mich von einer Ecke in die andere und versuchten mich auszuquetschen, was ich mit der bedauernswerten Myra angestellt hätte. Das war echt eine von den Situationen, wo die Wahrheit so viel wert ist wie ein feuchter Furz und 'ne Lüge auch keine Hilfe ist!

Die hysterischen Weiber schrien, man solle die Polizei holen. Aber die Männer erklärten, nee, mit dem Problem würden sie schon selber fertig werden, und zur Not gäb's in der Nachbarschaft noch 'ne weitere Masse Männer, die man zu Hilfe holen könnte.

Die bildeten sich alle echt ein, ich hätte die Zicke vergewaltigt — was man ihnen bei der ganzen Situation auch gar nicht zum Vorwurf machen konnte. Wenn aber ein Kerl in unserem Landstrich ein Mädel vergewaltigt, dann kann er kaum damit rechnen, daß er das Gefängnis noch von innen zu sehen bekommt. Oder er bekommt's zu sehen, aber dann nur verdammt kurzfristig — wenn Sie verstehen, was ich meine!

Hatte mir schon oft Gedanken darüber gemacht, daß man darin auch 'nen Grund für die Tatsache sehen konnte, daß man bei uns längst nicht solche Fortschritte macht wie in anderen Teilen unseres Vaterlandes. Die Leute bei uns haben so einen großen Arbeitsausfall durch das pausenlose Lynchen ihrer Mitbürger, und sie verbrauchen so massig viel Geld für Stricke und Brennöl für die Scheiterhaufen und so viel Zeit, um sich auf diese Freizeitbeschäftigung vorzubereiten und sich vollaufen zu lassen und so, daß ihnen am Ende einfach nicht mehr genug Geld oder Arbeitszeit übrigbleibt, um vernünftige Dinge zu tun!

Wie dem auch sei, ich wurde jedenfalls das verdammte Gefühl im Magen nicht los, daß ich zum Ehrengast auf so 'ner ungemütlichen Strickkrawatten-Party auserkoren war, als Myra sich endlich entschloß, den Schnabel zu öffnen.

»Ich bin überzeugt, Mr. Corey wollte nichts Unrechtes tun«, flüsterte sie mit verweinten Augen.

»Ehrenwort, Gnädigste, das wollte ich ehrlich nicht«, erklärte ich und fuhr mir mit dem Finger unterm Hemdkragen entlang. »Das können Sie als Tatsache nehmen!«

»Und warum haben Sie's dann getan?« schnauzte mich ein Mann an. »So was macht man nicht rein zufällig, oder?!«

»Well, Sir, das weiß ich auch nicht!« bemerkte ich. »Will ja nicht behaupten, daß Sie nicht recht haben, aber ich kann auch nicht behaupten, daß Sie recht haben!«

Als Antwort holte der Kerl zu 'nem Schwinger aus. Ich duckte mich zwar rechtzeitig — dafür aber schnappte mich eine andere Type und schmiß mich gegen die Wand. Und plötzlich war die Keilerei wieder in vollem Gange, und dann stießen sie mich alle gemeinsam zur Tür raus.

Myra rief zwar hinter ihnen her, daß sich alles um einen bedauerlichen Irrtum handele. Aber die Männer ließen nicht locker und meinten nur, Myra solle sich die Sache nicht so zu Herzen nehmen, denn so ein mieses Stinktier wie ich sei schließlich die ganze Aufregung echt nicht wert.

»Aber er will mich doch heiraten«, rief Myra aufgeregt. »Noch heute abend soll die Hochzeit sein.«

Da waren natürlich alle ganz hübsch baff, ich natürlich auch. Alle machten verdammt erstaunte Gesichter, ich natürlich auch. Und es sah verdammt danach aus, als ob ich meine Erbsensuppe gegen einen Klumpatsch stinkender Nachgeburt eingetauscht hätte, oder wie das sonst in der Bibel zu lesen steht. Ein Leben lang war ich den Weibern nachgerannt und hatte nicht kapiert, daß alles, was Futt und Fotze am einen Ende hat, am anderen Ende auch Zähne hat. Und jetzt hatte ich meinen saftigen Biß abbekommen.

»Stimmt das, Corey?« schnauzte mich einer der Männer an, wobei er mir einen Fausthieb in die Rippen versetzte. »Sie und Miss Myra heiraten?«

»Well, Sir, well«, stotterte ich, »das ist eben so — oder so sieht es jedenfalls aus — daß ich — äh ...«

»Er ist ja so schrecklich schüchtern«, kicherte Myra.

»Und so leicht erregbar! Und da war er natürlich auch gleich schrecklich erregt, als ich ihm sagte, daß ich ihn heiraten wollte. Und da — da — da hat er ...«, stotterte sie plötzlich und schaute an ihrem Körper herunter und bekam 'ne knallrote Birne und fummelte an ihrem Kleid herum.

Die anderen Weiber umarmten und küßten sie.

Und die Männer klopften mir auf die Schulter und fingen mit mir ein großes Händeschütteln an. Und sie sagten alle, es täte ihnen verdammt ehrlich leid, daß sie die Lage so mißverstanden hätten.

»Da hätten wir Ihnen doch echt 'nen Strick um den Hals geknotet, wenn Miss Myra die Angelegenheit nicht in Ordnung gebracht hätte. Und das wär doch echt ein beschissenes Unrecht gewesen, oder?«

»Yeah«, stimmte ich ihnen zu. »Das wär ein verdammt peinlicher Spaß gewesen! Aber nun hört mal, Freunde, diese Geschichte da mit der Hochzeit ...«

»... ist 'ne prächtige Idee! Und Sie kriegen auch 'ne prächtige Frau!«

»Und ich kriege 'nen prächtigen Mann«, rief Myra, sprang auf und umarmte mich. »Noch heute abend feiern wir Hochzeit, weil Mr. Corey es gar nicht mehr abwarten kann, und Sie sind alle eingeladen!«

Wie der Zufall so spielt, wohnte im nächsten Häuserblock ein Prediger. Und da marschierten wir hin. Alle anderen marschierten hin, denn ich wurde ja eigentlich hinmarschiert — wenn Sie verstehen, was ich meine. Mitgegangen, mitgehangen — das war so genau das, was ich fühlte. Ich kam mir vor wie ein Schlachtopfer und muß wohl auch so ausgesehen haben — aber die Leute fanden das wahnsinnig komisch, lachten und rissen Witze über mich und schienen mein Zögern und mein ganzes Theater für 'nen irre komischen Einfall von 'nem Junggesellen kurz vor der Hochzeit zu halten, der so tat, als ob er nicht wollte, obwohl er's verdammt sicher wollte! Mir war's aber verdammt ernst mit meinem beschissenen Gefühl. Und ich sollte auch verdammt recht behalten mit diesem beschissenen Gefühl! Das merkte ich schon in der Hochzeitsnacht, als Myra und ich im Bett lagen — und ich endgültig kapierte, mit was für einer Teufelin ich mich da auf 'nen Tanz in der Hölle eingelassen hatte!

XIII

Ich holte mein Pferd und die Kutsche aus dem Stall und fuhr zum Gerichtsgebäude zurück, wo mich Myra gleich wie eine Furie überfiel und wissen wollte, wo ich mich so lange herumgetrieben hätte. Ich erklärte ihr, es hätte 'ne Masse Zeit gebraucht, die Sache mit Lennie bei Amy auszubügeln. Und ich meinte, daß es jetzt vielleicht ganz gut wäre, wenn sie endlich begriffen hätte, daß man ihren perversen Vollidioten von Bruder nachts ganz einfach unter Verschluß halten müsse, wenn man weitere Skandale verhindern wolle. Und da setzte Myra bereits an, einen Mordsspektakel abzuziehen, aber Rose meinte, sie müsse jetzt endlich nach Hause. Und dann dankte sie Myra fürs Abendessen und für die schönen Stunden in unserem Heim und umarmte sie und knutschte sie und zog mich schließlich die Treppe hinunter, bevor die Streiterei richtig losgehen konnte.

»Pfui Teufel!« spuckte sie aus und wischte sich den Mund ab, als wir in der Kutsche saßen. »Jedesmal, wenn ich das alte Miststück küsse, hab ich echt Bedürfnis nach 'ner Mundspülung!«

»Mit der Schimpferei solltest du lieber aufpassen!« warnte ich sie. »Kann leicht passieren, daß dir mal ein Schimpfwort rausrutscht, wenn du gar nicht die Absicht hast!«

»Stimmt«, schimpfte sie. »Da ist Tom dran schuld, dieses gottverfluchte Dreckstück! Aber mich soll der Teufel holen, wenn ich mir nicht bald 'nen besseren Ton angewöhne.«

»So mag ich dich«, lobte ich sie. »Habe so das dumpfe Gefühl, daß du schon bald überhaupt keine Schwierigkeiten mehr haben wirst!«

Wir waren schon ’ne ganze Weile raus aus dem Ort, als Rose mir ganz nahe auf die Pelle rückte und begann, mir mit der Hand in der Hose rumzufummeln. Dann aber rückte sie plötzlich wieder ein Stück weg und sah mich scharf an.

»Was ist los, Nick?«

»Was soll schon los sein, Rose?«

»Ist was mit dir nicht in Ordnung?«

»Absolut nicht«, erklärte ich. »Natürlich bin ich etwas abgeschlafft und erschöpft von der ganzen Aufregung heute abend — aber sonst bin ich völlig auf dem Damm!«

Sie stierte mich einige Zeit wortlos an. Und dann platzte sie, ganz leise, mit einer Frage raus, bei der es mir ziemlich lausig kalt über den Rücken lief.

»Wie kannst du nur so eine Frage stellen«, antwortete ich, »Um Gottes willen — du weißt doch ganz genau, daß Amy Mason nicht zu der Sorte von Frauen gehört! Das weiß schließlich jeder, Rose!«

»Was soll denn das heißen?« fauchte mich Rose an. »Soll das heißen, daß sie verdammt zu gut dafür ist, um für dich die Beine breit zu machen — ich aber nicht?!«

»Ich will damit nur sagen, daß ich mit ihr nur oberflächlich bekannt bin! Kenne sie kaum gut genug, um ihr zum Gruß nur an meinen Hut tippen zu können!«

»Ihr wart aber heute abend lange genug weg, um nähere Bekanntschaft zu schließen!«

»*So* lange nun auch wieder nicht«, protestierte ich. »Dir ist nur die Zeit so lang vorgekommen. Mir hat’s ja auch viel zu lange gedauert, wo es mich doch schon die ganze Zeit über richtig gejuckt hat, seit du bei uns aufgetaucht bist. Und was sollte ich überhaupt mit Amy Mason haben wollen, wenn ich dich habe?!«

Rose rückte wieder näher zu mir heran und meinte, es täte ihr leid, ich hätte aber so merkwürdig reagiert vorhin, und es würde sie immer auf die Palme bringen, wenn Männer sich so benehmen würden.

»Nimm nur mal diesen gottverdammten Tom, zum Beispiel. Immer hat dieser Hurensohn mich erst so richtig in Fahrt gebracht, bis ich nachgegeben habe, und dann ist er einfach abgehauen, und hat Gott und die Welt gevögelt — nur mich nicht!«

»Nicht zu fassen!« wunderte ich mich. »Solche Kerle verstehe ich einfach nicht!«

Rose drückte sich noch näher an mich ran und knutschte an meinem Ohr rum, knabberte daran und flüsterte mir zu, was sie alles mit mir anstellen wollte, wenn wir endlich die Fahrt hinter uns hätten.

»Myra wünscht, daß du 'ne Weile dableibst und dich überzeugst, daß alles mit mir zum besten steht. Irre nett von ihr, oder?! Da können wir uns richtig Zeit lassen!«

»Prima!«

»Das wird so aufregend, wie nie zuvor! Heute schieben wir 'ne ganz besondere Nummer!« flüsterte sie, und ich konnte deutlich spüren, wie ihr ein geiles Zittern über den Rücken lief.

»Halleluja!«

Sie flüsterte pausenlos weiter, daß das 'ne Nacht werden würde, die ich nie vergessen würde! Und ich erklärte, ja, ich wollte wetten, das würde ich auch bestimmt nicht, und ich meinte es echt so, wie ich's sagte. Denn so, wie ich mich fühlte, so ausgezutschelt wie 'ne leere Wurstpelle und mit 'nem Gefühl im Rücken, als hätte mir jemand das Mark aus den Knochen gelöffelt, also da konnte ich mir ehrlich nicht vorstellen, daß ich heute noch für 'ne kleine Fickerei zu gebrauchen war. Und das bedeutete, daß Rose ein Licht aufgehen würde, daß sie in bezug auf Amy ziemlich richtig gelegen hatte. Und das wiederum würde bedeuten, daß sie sich vermutlich ihr nagelneues Schießeisen schnappen und mir ein Sieb in die Eier ballern würde. Und genau unter diesem Gesichtspunkt würde ich die heutige Nacht ganz bestimmt nicht vergessen.

Während der ganzen Fahrt bis zur Farm versuchte ich mir 'nen Trick auszudenken, um nicht dran glauben zu müssen — aber als wir schließlich am Ziel waren, hatte ich noch immer keinen blassen Dunst, wie dieser Trick aussehen sollte. Ich half Rose aus der Kutsche und machte mich dann daran, das Pferd von der Deichsel zu spannen. Und als ich sah, wie es mit dem Schwanz wedelte, da kam mir endlich der rettende Gedanke, wie ich meinen Schwanz davor retten konnte, 'ner unbefriedigten Frau als Schießscheibe zu dienen.

Ich rammte dem Pferd mal kurz — aber kräftig — 'nen

Finger ins Arschloch. Das Pferd schlug natürlich aus. Und ich tat so, als ob der Gaul mich genau dorthin getreten hätte, wo's 'ne geile Frau am wenigsten brauchen kann, daß ihr Liebhaber hingetreten wird. Und ich hüpfte hin und her und schrie und stöhnte und hielt mir die Hände zwischen die Beine, und Rose kam zu mir gerannt und klammerte sich an meinem Arm fest, während ich mich vor Schmerzen, die ich echt gar nicht hatte, echt krümmte.

»Um Gottes willen, Darling! Hat dich der verdammte Gaul getreten?«

»Mitten in den Sack«, ächzte ich. »Noch nie solche Schmerzen gehabt!«

»Der Teufel soll die Mähre holen! Ich hol mir gleich 'ne Mistgabel und reiß ihr die Gedärme raus!«

»Nee, laß das sein«, stöhnte ich. »Der Gaul hat das schließlich nicht absichtlich getan. Hilf mir lieber, damit ich wieder einsteigen und heimfahren kann.«

»Heimfahren? In dem Zustand laß ich dich nicht aus den Augen«, erklärte sie energisch. »Du kommst mit ins Haus und legst dich hin!«

»Ist doch besser«, widersprach ich, »wenn ich nach Hause fahre und mich mit ein paar nassen Wickeln in die Falle lege.«

»Du wirst dich hier bei mir ins Bett legen! Und das mit den Wickeln werden wir noch sehen, sobald ich mir den Schaden angeschaut habe. Vielleicht brauchst du nämlich ganz was anderes?!«

»Aber hör mal, Honey«, protestierte ich. »Das gehört doch irgendwie in den Intimbereich, oder?! Das gehört sich doch einfach nicht, daß sich eine Frau damit beschäftigt.«

»Und seit wann nicht?« wollte Rose wissen. »Jetzt mach schon und komm rein!«

Was blieb mir übrig — ich ließ mich also von ihr ins Haus verfrachten. Und dort half mir alles Protestieren nichts — sie zog mich splitternackt aus, obwohl meine angebliche Verletzung ja eigentlich nur in oder besser gesagt unter meiner Hose zu finden war, und steckte mich ins Bett.

Dann beugte sie sich über die Stelle mit meinem angeblichen Wehwehchen und richtete den Schein der Lampe mal hierhin und mal dorthin, um 'ne echt eingehende Inspektion vornehmen zu können.

»Hmmm«, urteilte sie schließlich, »Prellungen oder Quetschungen oder Hautabschürfungen kann ich nicht feststellen, Darling!«

»Well«, stöhnte ich, »ein Bursche braucht auch nicht unbedingt einen starken Schlag in die Weichteile zu bekommen, um wahnsinnige Schmerzen zu bekommen!«

»Untersuchen wir's doch mal genauer«, schlug sie vor, »und du sagst mir einfach, an welcher Stelle es weh tut. Tut's *hier* weh, oder *dort,* oder vielleicht *da* . . .?!«

Sie ging bei ihrer Untersuchung echt so feinfühlig vor, daß es mir an keiner der Stellen weh getan hätte, selbst wenn ich verletzt worden wäre. Und so erklärte ich ihr, sie sollte vielleicht mal ein bißchen stärker prüfen, damit ich genauer feststellen könnte, wo nun der Schmerz säße. Und daher fummelte und drückte sie dann plötzlich fester dran rum und fragte mich jedesmal, ob's denn hier weh täte oder da weh täte und so. Und ab und zu stieß ich ein Wimmern und dann ein Stöhnen und mal ein »Oh!« und dann auch mal ein »Ah!« aus — es waren aber echt keine Schmerzen, die ich da spürte!

Inzwischen war mir die Geschichte mit Amy scheißegal geworden — daß ich noch vor ein paar Stunden bei ihr gewesen war, verstehen Sie?! Ich fühlte mich stockgeil und so richtig angespitzt, um sofort loszuprotzen. War also wieder völlig der Alte und einsatzbereit, und natürlich brauchte Rose nicht lange, um das freudige Ereignis festzustellen.

»Hey, wie haben wir's denn da?!« kicherte sie vergnügt. »Was steht denn hier plötzlich auf dem Programm, Mister?!«

»Was macht die Geschichte denn für'n Eindruck?«

»Die Aktien steigen!«

»Dann sollten wir sie eigentlich nicht unter der Hand verschleudern«, schlug ich vor, und dieser Vorschlag schien ganz nach Roses Geschmack zu sein, und ich muß ehrlich sagen, daß ich noch nie 'ne Frau gesehen habe, die so schnell aus ihren Plünnen raus war, wie Rose . . .

Anschließend gestattete ich mir ein Nickerchen. Allerdings nur kurz. Denn dann wurde ich schon wieder wachgerüttelt.

»Nick! *Nick!* Wach auf! Draußen ist jemand!«

»Da ist er ja auch gut aufgehoben«, brummte ich völlig verschlafen. »Und hier drinnen kann ich sowieso niemanden brauchen!«

Gleichzeitig hörte ich aber deutlich leise, vorsichtige Schritte draußen am Vordereingang, wie wenn jemand auf Zehenspitzen geht. Und dann war da noch so'n dumpfes, schleppendes Geräusch, als wenn jemand 'nen schweren Sack auf die Veranda schleppen würde.

»Was sollen wir tun, Nick?« fragte Rose ängstlich.

Ich schwang meine Beine aus dem Bett und beruhigte sie, ich würde mir meine Knarre holen und mal nachsehen. Da aber meinte Rose, man könnte es unter Umständen verdammt in die falsche Kehle kriegen, wenn ich hier plötzlich zur nachtschlafenden Zeit aus ihrem Haus käme, und es sei wohl besser, wenn ich mit meinem Schießeisen im Hintergrund warten würde, während sie schnell mal zur Türe gehen würde, um die Lage zu peilen.

Ich war natürlich inzwischen ziemlich nervös geworden, weil ich mir doch 'ne Masse Gedanken machte, wer oder was da wohl auf der Veranda rumorte, und was das wohl mit mir und mit Rose zu schaffen haben könnte. Und ich sah ihr mit 'nem verdammt kribbeligen Gefühl im Bauch nach, wie sie zur Tür ging und diese langsam öffnete. Und dann ...

Und dann schrie sie gellend auf und heulte wie eine Verrückte.

»Nick! Der Hurensohn ist zurück! Diese gottverfluchte Sau von Tom ist wieder da!«

XIV

Ich schnappte mein Schießeisen und rannte so nackt, wie ich war, zur Tür. Dann raste ich hinaus auf die Veranda. Und dann konnte ich feststellen, wie die Dinge standen — und die standen bestimmt nicht gut, aber sie standen doch immerhin bedeutend besser, als ich gefürchtet hatte.

Nicht Tom persönlich war gekommen, sondern nur seine Leiche. Zusammen mit seiner Knarre hatte man ihn auf die Veranda gelegt — mit dem Gesicht nach oben. Der Bart war etwas nachgewachsen, er war über und über mit Schlamm bedeckt, und irgendwo in der Mitte klaffte ein verdammt mächtiges Loch im Gedärm.

Alles in allem kein hübscher Anblick mit den offenen starren Augen, aus denen die Furcht immer noch nicht verschwunden zu sein schien. Und man konnte Rose eigentlich keinen Vorwurf daraus machen, daß sie sich wie eine Irre aufführte. Das Spektakel, das sie aufzog, war verdammt verständlich bei 'ner Frau, wo der Ehemann in so einem Zustand nach Hause kommt — aber damit war mir nicht geholfen. Ich hatte das verdammte Gefühl, daß ich ziemlich rasch 'ne Entscheidung treffen mußte — schon allein deswegen, weil Rose mir Vorwürfe zu machen begann, warum ich ihn nicht richtig so totgemacht hätte, damit er nicht mehr hier auftauchen konnte.

Ich versicherte ihr also zunächst mal, daß ich ihn ehrlich echt totgemacht hätte, und daß er toter gar nicht hätte sein können, nachdem ich ihn totgemacht hatte.

»Aber wer hat ihn dann hierher gebracht? Welches gottverdammte Mistvieh hat das getan?«

Aber noch während sie sprach, wirbelte sie herum und deutete in die Dunkelheit. »Da!« schrie sie. »Dort ist er!«

Splitternackt, wie sie war, raste sie herunter von der Veranda, und ihr nackter Körper wurde von der Dunkelheit verschluckt. Ich hielt mich nicht lange mit der Frage auf, ob ich mir vielleicht doch nicht wenigstens 'ne Hose anziehen sollte, und rannte hinter ihr her.

Erkennen konnte ich nichts in der Dunkelheit — aber ich hörte das Quietschen von Wagenrädern und das Trappeln von Hufen auf dem schlammigen Zufahrtsweg. Ich rannte weiter. Und dann hörte ich, wie Rose mit jemand herumkeifte und ihm befahl, vom Wagen herunterzusteigen.

»Komm runter, du schwarze Drecksau! Komm runter, oder soll dich erst der Teufel holen?! Mir den Hurensohn von Ehemann vor die Tür zu karren. Ich werd dir deine schwarze Haut bis auf die Knochen vom Arsch peitschen«, brüllte sie.

Und dann hatte ich sie erreicht und konnte feststellen, daß sie Uncle John erwischt hatte, den ich zuvor schon mal erwähnt habe, wenn Sie sich erinnern. Er stand mit halberhobenen Händen da, sagte kein Sterbenswörtchen, und seine verängstigten Augen leuchteten unheimlich weiß in der Dunkelheit. Natürlich schaute er weg, denn ein Schwarzer steht mindestens mit einem Bein im Grab, wenn er 'ne weiße Frau ansieht — besonders dann, wenn die Dame nackt ist.

»Er hat's getan!« zeterte Rose.

»Bitte, Madam ... Mrs. Rose ... bitte ...«, stotterte Uncle John.

»Er hat's aber sicher nicht böse gemeint«, lenkte ich ein. »Wie geht's, Uncle John? Schöner Abend, wie?!«

»Danke, Mr. Nick! Fühl mich erträglich! Yes, Sir, ganz bestimmt ist es ein schöner Abend!« antwortete Uncle John, und seine Stimme zitterte vor Furcht.

»Du Arschloch!« geiferte Rose. »Wozu haste ihn wieder zurückgebracht, hey?! Was denkste wohl, warum wir den Kerl loswerden wollten?«

»Rose!« mahnte ich. *»Rose!«*

»Ich bitte Sie, Madam Mrs. Rose«, wimmerte Uncle John, ließ dabei die Augen rollen, und sein Gebettele klang wie ein Gebet.

Er hatte echt schon mehr gesehen, als es gesund für ihn sein konnte, und er schien echt nicht scharf drauf zu sein, zusätzlich auch noch etwas zu erfahren. Und während Rose sich einfach nicht bremsen konnte, auf ihn einzuschimpfen, steckte er sich die Finger in die Ohren. Aber es half ihm nichts. Er hörte alles. Und er merkte, daß ich's gemerkt hatte.

»So 'ne unfaire Sauerei, Nick!« tobte Rose. »Du machst dir 'ne verdammte Mühe und bringst das Hurenaas um, und diese Pottsau von 'nem Nigger schleppt ihn uns wieder ins Haus!«

Ich schlug ihr auf den Mund und nahm sie, weil sie mit ihren Krallen auf mich losgehen wollte, in den Schwitzkasten.

»Merkst du immer noch nichts?!« fragte ich, nachdem ich sie losgelassen hatte, weil ich ihr sonst die Puste abgeschnürt hätte. »Halt endlich die Klappe und verzieh dich in's Haus, oder ich verdresche dich so, daß du's dein ganzes Leben nicht mehr vergißt.«

Langsam hob Rose die Hand zum Mund. Endlich schien ihr ein Licht aufzugehen — auch darüber, daß sie hier völlig nackt ein nicht gerade jugendfreies Schauspiel gab. Fröstelnd und zitternd versuchte sie, sich mit den Händen zu bedecken, und dabei warf sie Uncle John einen ängstlichen Blick zu.

»N-nick! W-was sollen wir ...?«

»Geh schon und tue, was ich dir gesagt habe,« brummte ich und gab ihr 'nen Klaps auf den Arsch. »Ich und Uncle John, wir erledigen das schon.«

»A-aber — aber warum hat er das getan?«

»Ich hab da so 'ne Ahnung«, meinte ich. »Und nun hau ab — ich bring das schon wieder in Ordnung!«

Sie zögerte noch einen Moment, und dann rannte sie zurück zum Haus. Und ich wandte mich an Uncle John, und ich lächelte ihn an, und er gab sich echt verdammte Mühe, auch zu lächeln. Was echt verdammt komisch aussah, weil seine Zähne so mächtig klapperten.

»Aber, Uncle John, keine Angst!« beruhigte ich ihn. »Bei mir brauchst du doch keine Angst zu haben, oder?!«

»Yes, no, Sir Mister Nick«, brabbelte er eifrig los. »Und für Sie war ich doch auch immer 'n regelrecht braver Nigger, oder?!«

»Well«, meinte ich, »schätze, daß wir uns beide gegenseitig nichts vorzuwerfen haben!«

»Yes, Sir Mister Nick! Wenn die ganz schlechten Nigger Ärger machen, komm ich doch immer zu Ihnen und tu es melden, Sir. Wenn von denen einer Hühner klaut oder würfelt oder besoffen ist, dann sag ich's Ihnen doch immer, stimmt's nicht, Sir?!«

»Well«, bestätigte ich, »schätze, das vergeß ich dir auch nicht, Uncle John. Aber worauf willste eigentlich raus?!«

Er würgte und schluckte 'nen Schluchzer runter und meinte, er wolle auch nichts sagen über das, was heute nacht passiert sei, ganz echt und ehrlich, niemandem wolle er davon was erzählen, und ich sollte ihn doch um Christi willen nach Hause gehen lassen und ...

»Ich halte dich ja gar nicht zurück, oder?!«

»Ehrlich nicht, Mister Nick? Ich darf also direkt wieder heim und halt mein großes Maul für immer und ewig?«

Ich sagte ihm, selbstverständlich könne er gehen, nur wäre mir bedeutend wohler, wenn er mir zuvor noch ein kleines Geheimnis verraten würde — nämlich, warum er mit Tom Haucks Leiche mitten in der Nacht hier aufgekreuzt sei.

»Wenn du das nicht tust, dann muß ich dir möglicherweise mißtrauen, versteht du?! Schätze, dann könnte ich meinen, daß du irgendwas Schlimmes verbergen willst!«

»O nein, Sir Mister Nick! Was Schlimmes anstellen, das tu ich doch nicht. Und das hab ich auch nicht getan. Wollte doch nur was Gutes tun, und dann bin ich alter Esel ganz durcheinandergeraten ... und ... ach Gott, Mister Nick!« stotterte er und schlug sich die Hände vors Gesicht. »Bitte nicht böse sein, Sir! Uncle John weiß überhaupt nichts von allem. Hat nichts gehört und nichts gesehen und nichts ... und ... und bitte, Sir Mister Nick, machen Sie mich nicht tot, Mister Nick, bitte, machen Sie den armen, alten Uncle John nicht tot!«

Ich klopfte ihm auf die Schulter und sagte, soviel ich wüßte, hätte er ja nichts Unrechtes getan, was mich veranlassen könnte, ihn totzumachen. Aber ich meinte, daß ich ihm echt verdammt dankbar wäre, wenn er endlich sein verdammtes Maul aufmachen würde, um mir zu erzählen, was denn nun eigentlich passiert sei.

»Sie ...«, er nahm die Hände vom Gesicht und sah mich an, »... Sie werden mich also ehrlich und wahrhaftig nicht totmachen, Mister Nick?«

»Willst du mich etwa 'nen Lügner nennen?« maulte ich ihn an. »Jetzt bete dein Sprüchlein endlich runter — und merke dir, ich will nur die Wahrheit hören!«

Und dann erzählte er mir, was passiert war, und es stellte sich heraus, daß ich so einigermaßen 'nen richtigen Riecher gehabt hatte.

Am Abend war er der Leiche über den Weg gelaufen, während er Beutelratten jagte, und er war bereits drauf und dran gewesen, sich auf die Socken zu machen und nach Pottsville zu flitzen, um mir die Sache brühwarm aufzutischen. Dann aber war's ihm eingefallen, daß es doch wahrscheinlich das Beste war, wenn er die Leiche gleich mitnahm, weil's doch da draußen so viel streunendes Viechszeugs gab. Und so war er also mit der Leiche und ihrer Knarre auf seinem alten Fuhrwerk in Richtung Pottsville gefahren, als ihm plötzlich wieder ein Einfall kam — daß es nämlich möglicherweise gar kein so gesunder Einfall war, mit Tom Haucks sterblichen Überresten in dem Ort aufzutauchen, wo 'ne Menge Leute der Ansicht sein konnten, daß er ein erstklassiges Tatmotiv hatte, um Tom umzubringen, der ihn ja schließlich so mordsmäßig verprügelt hatte. Es gab zwar niemand in Pottsville, der Tom Hauck für 'ne Zierde der Gemeinde hielt — trotzdem aber hätte man Uncle John gelyncht, weil er eben ein verdammt einleuchtendes Tatmotiv hatte, und weil er eben ein verdammter Nigger war.

Well, da saß der arme, alte Uncle John also plötzlich ganz schön in der Scheiße. Mit Toms Leiche zusammen durfte er sich nicht sehen lassen. Weil aber andererseits der tote Tom ein Weißer war, konnte er sich selbst auch nicht dazu überreden, die Leiche einfach in 'nem Straßengraben abzuladen. So blieb ihm also seiner Meinung nach bloß ein Ausweg übrig — er mußte den Toten zu seinem eigenen Haus zurückschaffen und ihn dort liegen lassen.

»Mister Nick, mir ist nichts anderes eingefallen, das müssen Sie mir glauben. Und ich hab's zunächst auch ganz richtig gefunden, Sir, verstehen Sie, daß ich damit nämlich dem weißen Geist von Tom und dem allwissenden Gott was Gutes tun wollte, wie ich's in der Sonntagsschule gelernt habe. Aber jetzt scheint mir's fast so, wie wenn ich was falsch gemacht hätte, wo ich so sehe, wie Mrs. Rose so böse geworden ist, denn . . .«

»Aber Uncle John, darüber brauchst du dir keine Sorgen zu machen«, beruhigte ich ihn. »Mrs. Rose war bloß verdammt aufgeregt, weil sie ihren toten Mann gesehen hat. Wahrscheinlich braucht sie 'ne Masse Zeit, bis sie drüber weg ist, und deshalb schätze ich, ist es besser, wenn wir die Leiche einstweilen woanders hinschaffen!«

»Aber Sie haben doch gesagt, ich darf weg, Mister Nick?! Wenn ich bloß die Wahrheit sage . . .«

»Das mußt du wohl auch«, überlegte ich. »Yes, Sir, das wird wohl das Beste sein! Beeil dich also! Und dreh deinen Wagen rum!«

Er stand da, hielt den Kopf gesenkt, malmte mit den Zähnen, als ob er vergeblich nach 'nem Wort suchte. Und dann grollte ein mächtiger Donner durch die Wolken über uns, ein greller Blitz schoß durch die Nacht, und sein Gesicht tauchte für ein paar Sekunden ganz deutlich aus der Dunkelheit auf. Wie ein Blitz aus heiterem Himmel hatte es ihn erwischt, und er stand da wie vom Donner gerührt, weil irgendwas — so liest man's ja oft in irgendwelchen Schmökern — auf ihn wie ein Donnerschlag gewirkt hatte. Und irgendwie mußte ich wegsehen!

Schließlich fuhren wir zum Haus zurück und luden Toms Kadaver wieder auf. Mittlerweile goß es in Strömen, und ich schlug Uncle John vor, er solle sich doch kurz auf der Veranda unterstellen, damit er nicht so naß würde — da kann sich einer in der Nacht, wenn's kalt ist und er richtig durchnäßt ist, nämlich 'ne verdammt ungesunde Erkältung holen!

Ich selbst verschwand im Haus, rubbelte mich mit 'nem Handtuch trocken und zog mich an. Dabei unterhielt ich mich mit Rose über all die verdammten Probleme, die jetzt aufgetaucht waren. Und obwohl sie mich erst gar nicht verstehen wollte, erklärte ich ihr, daß es von jetzt an unser ganzes Leben lang für uns verdammt ungesund sein würde, daß einer all das wußte, was Uncle John wußte. Und ich erklärte ihr, daß in so 'nem Fall Mitleid und so 'ne verdammt verkehrte Sache wäre — denn Uncle John zwitscherte gern mal einen und quasselte dann vielleicht 'ne Menge ungesunde Sachen, auch wenn man ihm vorher mit Geld das Maul stopft, und außerdem sei er verdammt religiös und finge vielleicht an, laut für unser Seelenheil zu beten, und selbst wenn man ihn mit dem Zug in den Norden schickte, wäre das 'ne Gefahr, weil er so weit da oben vielleicht sogar eher den Mut hätte, das Maul aufzumachen! Und ich erklärte ihr, daß dies nun echt ein Problem sei, wo sie auch mit drinsteckte, weil sie's nicht erst hinterher erfahre, daß es passiert sei, wie bei der Sache mit Toms Tod.

Und sie verstand mich schließlich, daß es mich auf die Dauer auch irgendwie sauer machte, wenn ich immer Dinge tun mußte, von denen die anderen insgeheim erwarteten, daß ich sie tat, wo ich aber immer die ganze verdammte Verantwortung tragen mußte. Und sie umarmte mich, und dann besprachen wir noch kurz, was nun alles getan werden mußte. Und dann ging ich, denn mir stand ja noch 'n verdammtes Stück Arbeit bevor!

Ich ließ Uncle John ein weites Stück von der Farm wegfahren. Und da luden wir dann Toms Leiche an 'ner Baumgruppe ab und suchten selbst ein paar Schritte weiter Schutz vor dem Regen.

Er setzte sich mit dem Rücken gegen einen Baum, weil ihm die Knie schlotterten. Und ich hockte mich ein paar Meter von ihm entfernt hin und klappte die Läufe von Toms Knarre auf. Schien sauber genug zu sein für'n sauberen Schuß — also lud ich sie mit den Patronen, die ich Tom aus der Tasche gezogen hatte.

Uncle John beobachtete mich dabei mit entsetzten Augen, in denen der Menschheit ganzer Jammer und alle Gebete der Welt zu liegen schienen. Dann visierte ich ihn mit der Knarre an, und er fing wieder an zu heulen und zu jammern. Und das machte mich richtig ärgerlich, wenn Sie verstehen, was ich meine!

»Was soll das Theater?!« fuhr ich ihn an. »Du hast doch genau gewußt, was ich jetzt tun muß!«

»No, Sir Mister Nick! Ihnen hab ich doch geglaubt! Sie sind doch nicht so einer wie die anderen Weißen! Ihnen glaub ich doch aufs Wort jedes Wort, ehrlich, Sir!«

»Na, erlaube mal, Uncle John! Jetzt glaub ich aber ehrlich, daß du mich echt verkohlen willst, oder?! Und in der Bibel steht, daß du niemanden verkohlen darfst — weil's nämlich 'ne verdammte Sünde ist!«

»Leute totmachen ist aber 'ne schlimmere Sünde als jemanden verkohlen, Mister Nick, Sir!«

»Jetzt will ich dir mal was sagen, Uncle John«, erklärte ich. »Ich will dir mal was sagen, und ich hoffe, daß es 'ne Art Trost für dich ist, ehrlich wahr! Jeder Mensch tötet das, was er liebt!«

»Aber mich lieben Sie doch gar nicht, Mister Nick . . .«, wimmerte der Nigger.

Und da sagte ich ihm, daß er mit dieser Feststellung verdammt richtig läge. Weil ich eigentlich mich selbst am meisten lieben würde — und weil ich für diese Liebe alles zu tun bereit sei! Sogar mich selber würde ich wegen dieser Liebe innerlich echt abtöten dadurch, daß ich mit den Wölfen heulte und log und schwindelte und Betrügereien machte und Whisky soff und Frauen vögelte und am Sonntag mit allen ehrbaren Scheißbürgern in die Kirche latschte!

»Und noch etwas kannste dir hinter die Ohren schreiben!« sagte ich. »Noch etwas, das um 'nen verdammten vollen Pißpott vernünftiger ist als all die Scheiße, die ich in der Heiligen Schrift gelesen habe! Ein Blinder, Uncle John, der aus dem offenen Fenster auf die Straße pinkelt, ist besser als der Blender, der ihn dazu verführt! Und weißt du auch, wer so ein Blender ist, Uncle John?! Bei Gott, das ist beinahe jeder — jedes Arschloch, das zur Seite sieht, wenn Scheiße geflogen kommt; jeder Lumpenbastard, der sich einen Daumen ins Arschloch steckt und am anderen Daumen lutscht und hofft, daß alle gottverdammten Kelche ausgerechnet an ihm vorübergehen, wenn's in deinen Schädel geht, was ich damit meine; jeder Zuhälter, der glaubt, daß Pisse sich in Limonade verwandeln kann; jeder Mamificker, der angeblich nach Gottes Ebenbild fabriziert ist, weswegen ich gerade ihm verdammt ungern in 'ner lausig dunklen Nacht über den Weg latschen würde, was du verstehen kannst, wie du's verstehen willst! Auch du, ganz besonders du, Uncle John, bist so ein Blender! Gehörst zu den Scheißtypen, die mit offenem Maul herumsausen und nach Scheiße schnüffeln und verdammt erstaunt tun, wenn ihnen einer 'n Stück Scheiße in die Schnauze feuert. Yeah, du kannst höllisch wenig dran ändern, daß du das bist, was du bist — ein armer, alter und beschissen schwarzer Mann. So wie ich nichts dran ändern kann, was ich bin! Das weißt du selber ganz genau. Und weißt du, was für'n Rat ich dir gebe?! Fick dich in den Arsch! Und laß dich vom Teufel holen! Du kannst nichts daran ändern, was du bist, und ich kann nichts daran ändern, was ich bin — und du weißt verdammt gut, *was* ich bin und was ich tun muß! Du weißt verdammt gut, daß du keine Freunde unter den Weißen hast! Und du solltest auch verdammt gut wissen, daß du unter den Weißen keine Freunde finden wirst, Uncle John, weil du zum Himmel stinkst, und weil du versuchst, anderen Leuten in den Arsch zu kriechen, und weil du wie ein gottverdammter Arschficker herumwinselst und herumbettelst, daß man dir 'n Freund sein soll — und wieso, bei allen Höllenfeuern, bildest du dir eigentlich ein, daß ein Weißer so einen gottverfluchten Lausekerl zum Freund haben will?!«

Und dann verpaßte ich ihm die volle Ladung aus beiden Läufen.

Und das war verdammt genug, um ihn fast in zwei Hälften zu zerreißen.

XV

Ich wollte, daß es so aussah, als ob Uncle John auf Tom mit dessen Knarre geschossen hätte — und als ob Tom im letzten Moment noch seine Knarre hätte schnappen und Uncle John erschießen können. Oder umgekehrt!

Und so idiotisch das eigentlich war, weil Uncle John ja schließlich zwei Tage später als Tom Hauck die Reise ins Jenseits angetreten hatte — es stellte sich später heraus, daß ich mir überhaupt keine Sorgen zu machen brauchte, ob die Leute diese Geschichte auch wirklich fressen würden! Keinem schien's irgendwie verdächtig aufzustoßen, daß 'ne Leiche 'ne andere Leiche gekillt haben sollte. Oder umgekehrt!

Als man die beiden Leichen entdeckte, waren sie so durchnäßt und verschlammt und verdreckt, daß man mit den in Potts County zur Verfügung stehenden Mitteln den genauen Zeitpunkt des Krepierens nicht mehr feststellen konnte. Und so glaubten die Leute einfach das, was sie sahen — und was sie sehen wollten. Außerdem waren die beiden Leichen zu Lebzeiten keinem Menschen auch nur 'n Deut mehr als scheißegal! Und so war's eigentlich für alle nichts weiter als 'ne prima Art, 'nen Sack Müll bequem loszuwerden — was Tom betraf. Und ansonsten kümmerten sich die Leute 'nen feuchten Furz darum, ob's einen Farbigen mehr oder weniger auf der Welt gab!

Aber eins nach dem anderen ...

Ich schmiß also die Knarre zwischen Tom und Uncle John, marschierte zu Fuß zur Farm zurück und fuhr von dort sofort mit meiner Kutsche nach Pottsville. Es war noch gut 'ne Stunde bis Sonnenaufgang, und keine Sau sah mich, wie ich mich ins Gerichtsgebäude schlich, wo ich mich verdammt erschöpft ins Bett fallen ließ und sofort einschlief.

Doch schon ein paar Minuten später — so schien's mir wenigstens — rüttelte mich Myra wieder wach. »Nick Corey«, brüllte sie, »willste den ganzen Tag über pennen?! Steh auf, du fauler Sack! Es ist schon Mittag, und Rose ist am Telefon!«

Ich friemelte mich also verschlafen aus den Federn und unterhielt mich 'ne Weile mit Rose Hauck und meinte, das täte mir aber echt und ehrlich leid, daß sie sich wegen Tom solche Sorgen machen müßte, weil er noch immer nicht aufgetaucht war, und ich sagte, daß ich nun vermutlich wohl mal rausfahren müßte zu ihr, um mich nach ihm umzuschauen, selbst wenn's wieder verdammt nach Regen aussah und ich mir dabei sicherlich 'nen Schnupfen holen würde. Und ich sagte ihr, daß sie heute oder morgen mit meinem Besuch rechnen könnte.

Und dann hing ich ein und setzte mich an den Frühstückstisch. Dabei warf ich einen Blick auf die Uhr und stellte fest, daß es tatsächlich schon Mittagszeit war, und deshalb nahm ich nicht viel zu mir — nur ein paar Eier und gebratenen Schinken und Maisgemüse mit dicker Rahm-Soße und sieben oder acht Fladen und 'ne Schüssel Pfirsiche mit Schlagsahne.

Ich hatte gerade erst meine dritte Tasse Kaffee vor mir, als Myra aus der Küche kam und mir das Geschirr vor der Nase weggrabschte.

»Friß endlich dein Frühstück auf«, plärrte sie mich an, »und mach, daß du rauskommst! Tu zur Abwechslung mal deine gottverdammte Pflicht! Und bilde dir nicht dauernd die Schwachheiten ein, daß es deine Pflicht ist, überhaupt nichts zu tun, weil die Leute dich Waschlappen von 'nem Einfaltspinsel angeblich nur deshalb gewählt haben!«

Ich meinte darauf, daß es nicht sehr sinnvoll sei, in 'nem Augenblick aufzustehen, wo jeden Moment das Mittagessen auf den Tisch gestellt würde.

Und darauf meinte sie, ich solle endlich abhauen, weil ich mir gerade erst meinen Wanst vollgepumpt hätte und nicht erwarten könnte, daß sie mir jetzt noch ein Mittagessen vorsetzen würde.

Und so stritten wir uns 'ne Weile von so zwei bis drei Stunden herum in der üblichen Weise, wo jeder jedem gehörig die Meinung sagte, und wo keiner keinem richtig zuhörte.

»Wo treibt sich eigentlich Lennie herum?!« wechselte ich dann nach einiger Zeit das Thema. »Wenn er sich nicht beeilt, kommt er zum Mittagessen zu spät!«

»Hab ihm 'nen Happen gemacht, bevor er weg ist!«

»Willst du etwa sagen, daß er draußen rumstrolcht, wo die Sonne möglicherweise bald aufhört zu scheinen und's anfangen kann zu regnen?! Als Schwester solltest du aufpassen, daß er sich nicht 'ne schreckliche Erkältung holt! Und wozu ist er eigentlich überhaupt am Tag unterwegs?! Schätze, daß er doch da sehr schlecht in anderer Leute Fenster linsen kann, oder?!«

»Du Aas!« blaffte Myra mich an. »Du ... du ... raus mit dir. *Raus!*«

Sie schien am Ende ihrer Kräfte zu sein, ihr ganzer Körper schüttelte sich wie in Krämpfen, und mit der ausgestreckten Hand zeigte sie mir, wo der Maurer das Loch für die Tür gelassen hatte.

Da nicht mehr viel fehlte, bis sie zu Tätlichkeiten übergehen würde, tippte ich zum Abschied kurz an meinen Hut und verschwand treppab.

In meinem Arbeitszimmer legte ich die Beine auf den Tisch, zog mir den Hut in die Augen und bereitete mich auf ein Nickerchen vor. Wegen dem Schlamm in den Straßen trieben sich heute wenig Leute draußen rum — und da war's gar nicht weiter auffällig, wenn der Sheriff nicht seine Runde machte.

Aber es schien ein Tag zu sein, wo ich nicht recht zum Ausspannen kommen sollte. Erst grübelte ich nämlich 'ne ganze Weile über das Problem nach, ob die Leute es tatsächlich fressen würden, daß Tom und Uncle John sich gegenseitig das Lebenslicht ausgepustet hatten. Dann platzte Lennie aufgeregt zu mir herein und sabberte alles mit Spucke voll bei dem Versuch, mir 'ne Mitteilung zu machen. Und dann bimmelte das Telefon, und Robert Lee Jefferson forderte mich auf, genau in der Angelegenheit, die Lennie auszuspucken versuchte, 'ne sofortige Amtshandlung vorzunehmen.

Also machte ich mich auf den Weg.

Henry Clay Fanning, ein Farmer, der ein paar Meilen südlich von den Haucks wohnte, hatte — so stellte es sich heraus — beim Holzfällen die Leichen von Tom und Uncle John entdeckt, auf sein Fuhrwerk geladen und nach Pottsville gefahren.

»Hab keine Sekunde gezögert«, prahlte er und spie 'nen braunen Platsch Kautabak auf die Straße. »Wie ist denn das — wird sich die Bezirksverwaltung drum kümmern, daß ich 'ne Entschädigung für meine Arbeit kriege?!«

»Well, bin mir nicht ganz sicher, ob damit was drin ist«, meinte ich. »Schließlich wolltest du ja sowieso nach Pottsville fahren!«

»Was ist aber mit dem Nigger?!« brummte er und deutete auf Uncle John, dessen Schädel zwischen zwei Baumstämmen eingedrückt wurde. »Steht doch 'nem Weißen sicher 'ne Belohnung zu, wenn er an 'nen Nigger Hand anlegt, oder?!«

»Well«, beruhigte ich ihn, »die kriegste bestimmt! Wenn nicht hier, dann im Jenseits!«

Es gab 'ne regelrechte Diskussion in der Menge um uns herum. Die einen meinten, Henry Clay *müßte* eine Belohnung dafür bekommen. Und die anderen meinten, die einzig richtige Belohnung für 'nen Weißen, der sich mit 'nem Nigger — tot oder lebendig — abrackern würde, sei ein kräftiger Tritt in den Arsch.

Ich ließ Uncle John von ein paar Tintenköpfen zu seinen Leuten schleppen. Und ich und Robert Lee und einer seiner Angestellten schleiften Tom in die Eisenwarenhandlung.

Und dort sagte ich Robert Lee, daß ich echt neugierig auf seine Ansicht zu der ganzen Geschichte sei.

»Kannst du nicht wenigstens warten, bis ich mir die Hände

gewaschen habe«, blaffte er mich bissig an, und dabei sah er aus, als ob's ihm kotzübel wäre. »Hast du's plötzlich so brandeilig, daß du mir dafür keine Zeit mehr lassen kannst?!«

»Ich hab's nicht eilig«, stellte ich klar. »Jedenfalls nicht eiliger als der gute Tom — und ich hab nicht den Eindruck, daß der's besonders eilig hat, oder etwa du, Robert Lee?! Es wär übrigens echt 'ne Preisfrage, was größer ist — Tom oder das Loch in seinem Bauch!«

Diese Frage veranlaßte Robert Lee, erneut mit einem Affenzahn an die Abort-Schüssel zu wetzen. Und nachdem er sich weitere zehn Minuten lang den Rest seiner Innereien aus dem Schlund gegurgelt hatte, sah er so bleich aus wie'n Gespenst am Jüngsten Tag.

Ich mußte ihn stützen, als wir wieder vor in den Laden gingen — wir hatten uns nämlich in dem Hinterzimmer seines Geschäfts von den Spuren der Leichenträgerei gereinigt.

Im Laden wartete Henry Clay Fanning immer noch auf 'ne Zusicherung, daß er irgendwo ein paar Scheinchen für die Erledigung seiner gottverdammten Christenpflicht kassieren konnte. Eine Arschgeige, eine Nervensäge, ein Nörgler und Kwerulannt, oder wie das heißt. Einer von der Sorte der Winkeladvokaten von eigenen Gnaden, der sich in sämtlichen und ein paar zusätzlichen Rechten auskennt, die ihm zustehen — der aber 'n verdammt gestörtes Verhältnis zu seinen Bürgerpflichten hat. Keines seiner Gören hat jemals 'ne Schule von innen gesehen, weil der Zwang, Kinder zur Schule zu schicken, nach der Verfassung gegen die Grundrechte von 'nem Menschen verstößt. Vier von seinen sieben Mädels, die das naturnotwendige Alter dazu hatten, waren schwanger. Aber er ließ es nicht zu, daß jemand seine Nase in die Angelegenheit steckte im Interesse der Klärung der Frage, wer denn da wohl die Jungfernhäute perforiert hatte. Er duldete keine Verstöße gegen die gesetzlich festgelegten Grenzen des Verantwortlichkeitsbereichs, wo er als Vater für die Moral seiner Kinder zuständig war. Und *wie* zuständig!

Selbstverständlich war's für alle Leute sonnenklar, wer die Mädels angebumst hatte — unter den gegebenen Umständen gab's aber keine Möglichkeit, Näheres zu beweisen. Und da Henry Clay verdammt unangenehm werden konnte, verlor niemand sehr viel Worte darüber!

Und jetzt hatte Henry Clay mal wieder einen seiner Auftritte. Wollte ihn haben, besser gesagt! Behauptete, ich Hundsknochen würde mich in den gesetzlichen Bestimmungen nicht auskennen — aber Robert Lee sei sicherlich gebildeter und wisse, daß 'nem Weißen, der sich mit Niggerblut bekleckert, 'ne angemessene Entschädigung zusteht. Dabei vergriff er sich aber wohl irgendwie im Ton, denn Robert Lee schimpfte ihn ein blutschänderisches Stinktier, das kein Recht habe, ihn beim Vornamen zu nennen, und verpaßte ihm einen Kinnhaken, daß er durch die Ladentür hinaus auf die Straße flog.

»Jetzt fühl ich mich besser«, brummte er dann. »Hatte schon immer das dringende Bedürfnis, diesem Kinderficker eins in die Fresse zu donnern — hab nur immer nach 'nem Rechtfertigungsgrund gesucht, damit mir mal die Hand ausrutschen konnte! Und jetzt zu der anderen Geschichte. Scheint mir nicht sehr sinnvoll, in so einem sonnenklaren Fall 'ne offizielle Leichenbeschau einzuberufen. Die Tatsachen liegen doch auf der Hand, oder?!«

»Todsicher ein sonnenklarer Fall«, nickte ich.

»Genau. Der Meinung sind alle! Selbstverständlich, falls Rose Hauck darauf bestehen würde, dann . . .«

»Oder Uncle Johns Sippschaft . . .«

»Also bitte«, lachte Robert Lee, »wir wollen doch nicht lächerlich sein!«

»Hab ich was Komisches gesagt?!« erkundigte ich mich.

»Na ja«, brummte Robert Lee und räusperte sich die Kehle frei. »Vielleicht hab ich mich falsch ausgedrückt — hätte wohl besser ›unpraktisch‹ sagen müssen!«

Ich sah ihn etwas verwundert an und bat um 'ne Erklärung.

»Kein Doktor gibt sich mit 'ner Leichenschau bei 'nem Nigger ab«, fauchte Robert Lee verärgert über meine Fragerei. »Kriegst ja 'nen Arzt kaum dazu rum, 'nen lebendigen Tintenkopf anzufassen — geschweige denn 'nen toten!«

»Stimmt«, bestätigte ich. »Aber nur mal angenommen, es wäre nötig — könntest du dann nicht 'nen Gerichtsbeschluß erwirken, um einen Arzt zu zwingen, seine Pflicht zu tun?!«

»Yeah, weißt du . . .«, überlegte Robert Lee langsam und wichtigtuerisch, ». . . schätze, das ist so 'ne Sache, die man schon de jure durchführen könnte, nicht aber de facto!« erklärte er. »So ein Paradoxon wäre das — eine gesetzliche und rechtliche Befugnis, etwas zu tun, was in praxi undurchführbar ist!«

Ich meinte, ich wollte in der Hölle schmoren, wenn er nicht ein verdammt verteufelt kluger Mann sei.

»Schätze, daß mir bald der Schädel platzt von all den interessanten Dingen, die du mir da erklärst, Robbie Lee! Ziehe wohl mal besser Leine, bevor du mir noch ein paar mehr Informationen gibst und mein Schädel endgültig auseinanderspringt!«

Robert Lee meinte, ich wolle ihm ja nur schmeicheln. Und dann machte er mir noch 'ne Masse Komplimente, weil ich mich so pflichtbewußt verhalten hatte. Und dann meinte er noch, daß ich sicher bei der Wahl ganz groß abschneiden würde, wo jetzt diese ganzen miesen Geschichten aus Sam Gaddis' Vergangenheit aufgewühlt wurden.

Und dann schlenderte ich durch den Ort und hielt mich da und dort zu 'nem kleinen Gedankenaustausch mit meinen Mitbürgern auf. Alle waren der Ansicht, daß es sich um 'nen sonnenklaren Tötungsfall handelte, wo Tom Uncle John erledigt und der erledigte Uncle John Tom erledigt hatte. Oder umgekehrt!

Nur ein paar Streuner waren anderer Ansicht. Verlangten, daß ein Geschworenengericht zusammengerufen würde, und waren auch gerne bereit, sich selbst als Geschworene bestellen zu lassen. Wenn sie aber schon auf die paar Dollars so scharf waren, dann konnte ich daraus schließen, daß sie ihre Kopfsteuer* nicht bezahlt hatten — und deshalb konnte es mir auch scheißegal sein, was sie überhaupt für 'ne Einstellung hatten.

Zu Hause forderte mich Myra auf, sofort zu Rose zu fahren, die mit den Nerven völlig am Arsch war. Ich sollte sie zu Myra bringen.

Während der Fahrt überlegte ich, daß es doch einfach verdammt komisch sei, daß man sofort wieder in ein neues Problem schliddert, wenn man ein altes Problem gerade einigermaßen ausgebügelt hat! Jetzt wollte also Rose die Nacht bei uns verbringen. In dieser Nacht stand aber für mich ein Besuch bei Amy auf dem Programm, und wenn ich sie *überhaupt jemals* wiedersehen wollte, dann durfte ich diesen Besuch nicht unter den Tisch fallen lassen. Andererseits würde es Rose verdammt komisch finden, wenn ich nicht blieb, wenn sie bei uns zu Besuch war!

---

* Anmerkung des Übersetzers: Kopfsteuer (= poll tax) — in den amerikanischen Südstaaten zu der Zeit, in welcher der Roman spielt, eine Steuer, deren Zahlung zur Wahl berechtigte.

Ein echtes Problem, Rose und Amy — ein größeres Problem, als ich meinte!

Das Farmhaus von Rose war ganz von stinkendem Dampf durchquollen. Sie entschuldigte sich dafür mit 'nem Kopfnicken zu einem schwarzen Kleid, das überm Herd zum Trocknen aufgehängt war.

»Mußte den gottverdammten Fummel auf die Schnelle färben. Es wird bald trocken sein — komm so lange ins Schlafzimmer!«

Ich folgte ihr, und sie machte sich dran, ihre Schuhe und Strümpfe auszuziehen — will sagen, alles, was sie anhatte.

»Hör mal, Honey«, meinte ich, »das ist doch jetzt aber wohl nicht der richtige Augenblick, oder?!«

»Red nicht so'n Scheiß«, brummte sie stirnrunzelnd. »Warum denn nicht?!«

»Well, offiziell biste gerade in den Witwenstand getreten, und es ist nicht grade fein, mit 'ner Dame ins Bett zu hüpfen, die seit 'ner knappen Stunde Witwe ist!«

»Wo ist denn da der Unterschied, zum Teufel?! Du hast doch mit mir auch geschlafen, *bevor* ich Witwe war, oder?!«

»Well«, erklärte ich, »das ist ja auch ganz normal! Schätze, das kann man sogar als 'ne Art Kompliment einer Frau gegenüber bezeichnen. In so 'nem Fall aber, wo der Witwenstand noch nicht mal so lange dauert, daß das Trauerkleid trocken werden konnte, da wäre das doch regelrecht respektlos! Da gibt's doch bestimmte Anstandsregeln, die man beachten muß! Ein anständiger Kerl kann ebensowenig auf 'ne taufrische Witwe springen, wie 'ne taufrische Witwe sich einfach von 'nem Kerl bespringen lassen kann!«

Sie sah mich nachdenklich an und nickte schließlich mit dem Kopf.

»Well, stimmt schon, Nick! Der liebe Herrgott weiß, daß ich mich immer verdammt bemüht habe, alles zu tun, um Respekt zu verdienen — obwohl ich mit dem Hurensohn Tom verheiratet war!«

»Sicher haste den verdient«, meinte ich hinterhältig. »Weiß ich doch am besten, Rose!«

»Dann warten wir also bis heute nacht, wenn Myra sich aufs Ohr gelegt hat!«

»Yeah, well ... äh ... ich ...«

»Und jetzt hab ich noch 'ne kleine Überraschung für dich!«

überging sie mein Gestottere ganz einfach. Und dann legte sie mir ihre Zukunftspläne auseinander.

Es würde nicht mehr lange dauern, meinte sie, dann könnten wir Myra mit oder ohne Scheidung zur Hölle jagen. Tom hatte nämlich am Anfang ihrer Ehe eine Lebensversicherung abgeschlossen über zehntausend Dollar zu Gunsten seiner Frau — und über doppelte Versicherungssumme bei Tod durch nicht naturbedingte Ursachen! Als Tom mit der Zeit eine andere Einstellung zu seiner Frau entwickelte und die Police zum Teufel wünschte, hatte Rose die Prämien heimlich weiterbezahlt mit dem Schmugeld aus dem Butter- und Eierverkauf. Diese zwanzigtausend Dollar konnte Rose jetzt kassieren. Und außerdem die Farm verkaufen, die auch gut ihre zwölftausend Dollar bringen mußte! Und mit dem Geld könnten wir, meinte sie, Pottsville für immer den Rücken kehren.

Ich brauchte 'ne verdammte Zeit, um ihr klarzumachen, daß das 'nen verdammt verdächtigen Eindruck machen würde so kurz nach Toms Tod, und daß wir mindestens zwei Jahre warten müßten, um diesen Plan auszuführen.

Sie war natürlich zunächst stocksauer und meinte, es sei ein verdammtes Scheißspiel, daß sie so 'ne verflucht lange Zeit warten sollte. Dann aber meinte sie, sie wolle vernünftig sein — ich solle aber nie vergessen, daß sie mir ihr Brandzeichen in die Weichteile gepreßt habe!

»Vergiß es nie, Nick Corey, du gehörst *mir*!«

»Well«, erklärte ich, »wofür sollte ich denn auch 'ne andere Frau haben wollen, wenn ich dich habe?!«

»Sollst es ja nur nicht *vergessen*! Und deshalb werden wir auch heute nacht ein feines Fickerchen machen, wenn Myra in der Falle liegt!«

»Könnte mir keinen Grund vorstellen, weswegen wir's nicht tun sollten«, bekräftigte ich — schickte aber gleichzeitig ein Stoßgebet zum Himmel, daß mir noch einer einfiel, und zwar rechtzeitig!

Und im stillen fragte ich mich, wieso ich eigentlich immer so über alle Ohren in die Scheiße geriet?! Heute nacht war ich verpflichtet, mit Rose ins Bett zu steigen — konnte einfach nicht riskieren, es nicht zu tun! Außerdem war ich mit Amy Mason zu 'nem geschlechtlichen Abenteuer verabredet, nach dem ich richtig geil war, obwohl ich dazu nicht verpflichtet war!

Ich war aber doch dazu verpflichtet.
Nur wußte ich es noch nicht . . .

XVI

Myra zog natürlich wieder mal eine irre Schau ab, als ich Rose zu ihr brachte. Beide fielen sich in die Arme. Tränen flossen.

»Du armes, verlassenes Wesen«, heulte Myra.

»Was wär ich ohne dich?!« wimmerte Rose.

Und dann heulten beide um die Wette. Aber am lautesten plärrte Myra bei dieser Arie — obwohl das wohl eher Rose zugestanden hätte, die sich sogar während der ganzen Fahrt im Heulen und Zähneklappern geübt hatte! Aber wie gesagt — Myra schoß mal wieder den Vogel ab, weil sie eben einfach unschlagbar war, wenn's darum ging, irgendeine Art von Krach zu veranstalten!

Sie ging so auf in ihrem Gezetere und Gejammere, daß sie ihrem geliebten Lennie dabei auf die Flossen latschte. Der schrie natürlich auf wie 'ne kastrierte Katze. Und das wiederum störte Myra so sehr bei ihrem Affentheater, daß sie abzog, daß sie ihm ein paar Ohrfeigen an sein Mondgesicht schallerte, die beinahe sogar mir weh taten!

Yeah, mir tat's 'nen Moment lang richtig leid um ihn! Es hielt aber nicht lange an, dieses Mitleidsgefühl. Denn so bin ich nun mal — erst fang ich immer an und hab Mitleid mit anderen Leuten, mit Rose zum Beispiel, oder sogar mit Myra oder Uncle John. Für 'ne Masse Leute einfach! Aber dann stellt sich's raus, daß es besser ist, gar kein Mitleid zu haben. Für die Betreffenden, verstehen Sie?! Und das ist ganz natürlich. Denn wenn einer mit jemandem Mitleid hat, dann will er dem ja auch helfen. Und wenn dann einem aber'n Licht aufgeht, daß er dazu gar nicht in der Lage ist, weil's gottverdammt zu massig viele sind, denen er helfen müßte, Hilfsbedürftige überall, Millionen von Hilfsbedürftigen, und er steht ganz alleine da, und er weiß nicht, wo er anfangen soll, wo doch all die Milliarden Jemande auf Hilfe warten und auf Mitleid, und wo alle anderen sich 'nen Scheißdreck darum kümmern und . . . und . . .

Schließlich kamen Myra und Rose aus dem Schlafzimmer zurück. Und ich klopfte Rose ermutigend auf die Schulter und meinte, sie solle mal den Kopf nicht hängen lassen, denn schließlich würde nichts so heiß gegessen, wie's gekocht würde!

»Quak nicht wieder irgendeinen Blödsinn in die Gegend«, zischte mich Myra kopfschüttelnd an. »Ich geh jetzt in die Küche, und du kümmerst dich gefälligst um Rose, kapiert?!«

»Wird gemacht«, versprach ich. »Ich und Lennie, wir werden das Kind schon schaukeln!«

Lennie sabberte irgend etwas Unverständliches, weil er natürlich Rose die Schuld gab dafür, daß er ein paar geschmiert bekommen hatte. Aber Myra schoß ihm 'nen Blick zu, der ihn ganz zahm machte — und dann schlurfte sie in die Küche.

Das Abendessen war verdammt gut — schließlich hatten wir ja Besuch! Rose erinnerte sich ab und zu daran, daß sie mal ein paar Tränen rausquetschen und beteuern mußte, daß sie eigentlich keinen Bissen runterkriegen könnte — nur um dann für mindestens drei ausgewachsene Personen in sich hineinzulöffeln.

Nach dem Abendessen verschwand Myra wieder in der Küche, um den Abwasch zu erledigen. Sie hatte es abgelehnt, sich von der armen, verlassenen Rose dabei helfen zu lassen — und so flackten wir uns aufs Sofa. Lennie lümmelte mit geschlossenen Augen in 'nem Sessel — einer seiner hinterhältigen Tricks, sich schlafend zu stellen und trotzdem die Leute zu belauern.

»Wie wär's mit 'nem kleinen Küßchen, Honey?!« fragte ich Rose.

Rose schaute rasch zur Küchentür und dann zu Lennie. Und dann verschmatzten wir uns in einen echten Dauerbrenner!

»M-y-r-a . . .!« krakeelte da Lennie plötzlich los, daß ihm der Sabber um die Ohren flog. *»Myra!* Komm schnell!«

Wir fuhren auseinander, in der Küche gab's ein mordsmäßiges Getöse, und dann schoß Myra ins Zimmer — wie von 'nem Zuchtbullen gejagt.

»Was ist los, um Himmels willen?! Lennie? Was ist passiert?«

»Sie haben sich umarmt und geküßt, Myra«, blökte er.

»Aber hör mal, Lennie«, sagte ich vorwurfsvoll, »wie kannst du denn so schreckliche Dinge behaupten?!«

»Du hast mitgemacht! Hab's genau gesehen!«

»Du weißt genau, daß das nicht stimmt! Du weißt verdammt gut und genau, was wirklich passiert ist!«

»Was ist denn nun *wirklich* passiert?!« erkundigte sich Myra und sah Rose und mich verunsichert an. »Liegt ja sicher ein Irrtum vor, aber ich . . .«

Jetzt fing Rose an, die Tränen kullern zu lassen. Sie stand auf und meinte, sie würde keine gottverdammte Sekunde länger unter einem Dach mit Menschen sein wollen, die solche ungeheuerliche Dinge behaupten.

»Nick«, wetterte jetzt Myra los, während sie mit einer Hand Rose am Kleid festhielt. »Was hat sich hier abgespielt?!«

»Zum Teufel«, spielte ich jetzt den Wütenden und überbrüllte Lennie, der immer noch seine Petzereien in die Gegend sabberte. »Du hast doch selbst gesagt, ich soll mich gefälligst um Rose kümmern, oder?! Und jetzt ist es Rose richtig schlecht geworden, und sie hat angefangen zu weinen, und da hab ich ihr gesagt — und ich werd's nicht wieder sagen, auch wenn du mich auf Knien darum bittest — da hab ich ihr also gesagt, sie soll sich an mich lehnen, bis ihr wieder besser ist! Ja gottverdammt noch mal, ist das denn nicht geradezu 'ne echte Christenpflicht von 'nem anständigen Burschen?!«

»Bitte, Nick!« Myra stand mit hochrotem Kopf völlig verwirrt zwischen Rose und mir. »Nick, nicht 'nen Augenblick hab ich gedacht, daß . . . daß du . . . äh . . . du und Rose . . . äh . . .«

»Ich bin ja schuld!« mischte sich Rose jetzt mit 'nem ziemlich würdevollen Ton ein. »Schätze, ich kann dir keinen Vorwurf machen, daß du diese schrecklichen Sachen von mir denkst, nach diesem . . . diesem Auftritt grade! Aber du solltest eigentlich wissen, daß ich niemals fähig wäre, meiner allerbesten Freundin weh zu tun!«

»Das weiß ich doch! Und so einen Verdacht hab ich nie gehabt, Rose, Liebling!« Myras Stimme überschlug sich fast.

Lennie versuchte die ganze Zeit über, sabbernd und spuckend seine Beobachtungen an den Mann zu bringen. Wieder klatschte Myra ihm einige runter, daß ihm fast sämtliche noch vorhandenen Gesichtszüge entgleisten — dann jagte sie ihn in sein Schlafzimmer und warnte ihn bei allen Höllen und Teufeln, ihr die nächsten Stunden noch mal unter die Augen zu kommen.

»Du weißt gar nicht, wie furchtbar schrecklich leid mir das alles tut, Rose, Liebling«, schleimte sie sich dann wieder an Rose heran. »Rose, bitte, setze sofort wieder den Hut ab — du gehst mir heute keinen Schritt mehr aus dem Haus!«

»Es ist mir aber alles so wahnsinnig peinlich, wo das alles passiert ist«, schluchzte Rose unter Tränen — es klang aber gar nicht mehr so entschlossen. »Ich ... i-ich glaube, ich gehe doch lieber!«

»Das *darf* dir aber nicht peinlich sein! Wär doch absoluter Quatsch!« bohrte Myra weiter herum.

»Es *ist* ihr aber peinlich«, fuhr ich nun endlich mal dazwischen. »Und daraus kann ich ihr verdammt keinen Vorwurf machen! So, wie ich mich im Moment fühle, könnte ich echt direkt verlegen werden, wenn ich mit Rose zusammen im selben Zimmer bin!«

»All right, kratz die Kurve, hau ab, geh spazieren — verdufte aus dem Zimmer!« blaffte sie mich an. »Unnötig wie ein Kropf, daß du dich hier groß aufspielst, nur weil du dem armen Lennie damit eins auswischen kannst!«

»All right«, erklärte ich, »verzieh ich mich eben! Dieser gottverfluchte Hundskrüppel von 'ner lausigen Mißgeburt bricht fast 'n Familiendrama vom Zaun — aber ich muß mich aus meinen eigenen vier Wänden verjagen lassen! Da brauchste übrigens keine erstaunten Glubschaugen zu machen, wenn ich mich mit dem Wiederkommen nicht beeile!«

»Soll mir 'n Fest sein, wenn du's nicht tust. Rose und ich werden dich bestimmt nicht vermissen!« höhnte Myra. »Meinste nicht auch, Rose?!«

»Ja, also ...«, Rose biß sich auf die Unterlippe. »Es ist mir peinlich, daß das alles meine Schuld ist und ...«

»Ach was, komm mit in die Küche, da trinken wir jetzt erst mal gemütlich Kaffee«, meinte Myra und schob Rose zum Zimmer hinaus.

Rose sah natürlich ein bißchen enttäuscht aus. Ich warf ihr rasch noch 'nen bedauernden Blick zu, zuckte mit den Schultern und hob traurig die Hände. So, wie wenn ich sagen wollte: verstehen Sie, daß das alles massig verdammt schade ist, aber daß es eben auch eins von den Dingen ist, gegen die man einfach machtlos ist!

Dann zog ich meine Angelrute unterm Bett vor, latschte an der Küche vorbei — wo ich auf meine Frage, ob Myra mir ein Freßpaket machen könne, weil ich zum Angeln ginge, 'ne Antwort bekam, die ich Ihnen hier ehrlich nicht wiederholen will — und machte mich auf die Socken.

Zu der späten Nachtstunde waren natürlich nicht mehr viel Menschen unterwegs — aber ehrlich praktisch jeder, der mir über den Weg lief, fragte mich, ob ich etwa zum Fischen ginge, und ich sagte allen, nee, aber wirklich nicht, und wie sie denn auf diese Idee kämen?!

»Und wieso schleppste dann 'ne Angelrute mit Leine mitten in der Nacht durch die Gegend?!« wollte der eine Typ wissen.

»Yeah, die schlepp ich mit, damit ich mich am Arsch kratzen kann«, gab ich ihm zur Antwort. »Für den Fall, daß ich mal oben in 'ner Baumkrone stecke und mich vom Fußboden aus nicht erreichen kann!«

»Hey«, blinzelte mich der Typ stirnrunzelnd an, »das leuchtet mir nicht ein!«

»Wieso denn nicht?!« grinste ich. »Praktisch jeder, den ich kenne, tut doch das. Willste etwa sagen, daß du dich noch nie mit 'ner Angelrute vom Boden aus am Arsch gekratzt hast, wenn du in 'ner Baumkrone gesteckt hast?! Mann, du steckst aber mal verdammt hinterm Mond!«

Well, sagte er, na sicher, klar, das täte er auch — er wär sogar zuerst auf diese Idee gekommen.

»Was ich bloß nicht einsehe ...«, harkte er weiter auf dem Thema rum, »... warum schleppste auch die Leine und den Haken mit dir rum?!«

»Ist doch sonnenklar«, unterrichtete ich ihn. »Das brauchste einfach, um die Rückklappe von deinen Unterhosen wieder zu schließen, wenn du genügend gekratzt hast! Verdammt noch mal, du hinkst der Zeit aber verdammt nach, mein Lieber!«

Beschämt schlich er ab. Und das gleiche Spielchen trieb ich auf dem Weg zum Fluß noch mit 'ner Reihe anderer Typen. Einem erzählte ich, da gäb's irgendwo 'nen Fesselballon, und da würd ich mich dran festhaken und auf das andere Flußufer rüberschwingen. Einem anderen erzählte ich, die Bezirksverwaltung hätte Prämien für jedes Stück Scheiße ausgesetzt, das man fängt, wenn's aus dem Abort von 'nem vorbeifahrenden Zug fällt — und ich wollte mir ein paar im Flug angeln. Wieder einem verzapfte ich, es gäbe ...

Well, ist ja scheißegal!

Vom Ufer aus schlich ich mich nach 'ner ganzen Weile quer durch die Felder zu Amy Masons Haus.

Sie ließ mich durch die Hintertür rein und führte mich direkt ins Schlafzimmer. Dort schlüpfte sie aus ihrem Nachthemd, packte mich und schlabberte mir 'ne ganze Zeit das Gesicht ab. Ganz geil kuschelte und rubbelte sie ihre prallen Möpse an mir und flüsterte wilde, verrückte und verdammt scharfe Sachen in mein Ohr, o Mann!

Ihre Hände fummelten dabei pausenlos an mir rum, über meine Klamotten, unter meine Klamotten und ... puhhh, ich sagte mir, verdammt, Nick, sagte ich mir, an Amy kommt doch keine andere ran! Keine einzige! Und ...

Und das war echt verdammt wahr! Dafür sorgte sie!

Und als wir hinterher Hand in Hand nebeneinanderlagen, da lag echt so was wie'n romantischer Zauber in der Luft, und ich wurde ganz schwach und fragte mich, warum es denn jemals anders sein sollte als jetzt, wo wir fühlten, wie wir gemeinsam atmeten und wie unsere Herzen gemeinsam schlugen!

»Amy«, flüsterte ich ganz aus heiterem Himmel, »Amy, warum hauen wir nicht einfach ab und gehen zusammen stiften?!«

Aber sie machte 'ne Masse Einwände. Ich könnte ziemlichen Ärger bekommen, meinte sie, wenn ich einfach so meine Ehepflichten an den Nagel hängen wollte. Und auf sie, meinte sie, könnte es auch ein verdammt schiefes Licht werfen, wenn sie mit mir türmen würde. Außerdem hätte ich kein Geld, meinte sie, sonst hätte ich mich ja wohl schon über 'ne Scheidung oder 'ne Trennung in gegenseitigem Einvernehmen von meiner Hexe losgekauft. Und sie selbst, meinte sie, hätte zwar einige Einkünfte aus Liegenschaften und Verpachtungen, was aber nicht ausreichen würde, zwei Menschen ein Leben lang zu ernähren und 'ne in ihren Gefühlen verletzte Ehefrau abzufinden!

Irgendwie machte mich ihr Gerede sauer — hauptsächlich wohl deswegen, weil ich wußte, daß sie finanziell verdammt viel besser stand, als sie vorgab.

Sie hatte eben einfach keine Lust, reinen Tisch zu machen und mit mir ein neues Leben zu beginnen, wie sich's für jede Frau gehört, wenn sie in 'nen Kerl echt verliebt ist! Aber es war schließlich ihr Geld — und gegen diese Tatsache konnte ich nicht anfurzen, zum Teufel!

Amy faßte mich bei der Hand, führte sie an eine ihrer Titten und drückte sie ganz fest in ihr weiches, warmes Fleisch. Aber ich ließ meine Hand einfach so liegen, kam ihr keine Spur entgegen — und da stieß sie mich plötzlich von sich.

»Na schön«, meinte sie mit 'nem unangenehm scharfen Unterton, »wie du willst, Nick! Wenn du mir *so* kommst, dann kann ich dir auch den wahren Grund dafür nennen, warum ich nicht mit dir von hier fortgehen möchte!«

Ich meinte, das sei doch egal, und sie solle sich doch nicht die Mühe machen, mir 'ne lange Rede zu halten. Und da fauchte sie mich erst recht scharf an, ich solle mir ja nicht einfallen lassen, grob oder unverschämt zu ihr zu sein.

»Sieh dich vor, Nicholas Corey! Ich liebe dich — wenigstens halte ich meine Gefühle dir gegenüber für *Liebe*! Und weil das so ist, sehe ich über gewisse Dinge hinweg, was mir sonst unmöglich wäre! Werde mir aber ja nicht unverschämt — ich könnte dann nämlich ganz anders werden. Ich könnte aufhören, einen Mann zu lieben, von dem ich weiß, was er ist: ein Mörder!«

XVII

Eine kleine Ewigkeit lag ich da wie vom Donner gerührt. Und ich fühlte mich erst 'ne Winzigkeit besser, als sie etwas genauer und ausführlicher wurde — 'ne Winzigkeit allerdings nur, denn es hätte ja noch verdammt viel schlimmer kommen können!

Sie war in der Nacht, als die beiden Zuhälter dran glauben mußten, im gleichen Zug mit mir nach Pottsville zurückgefahren. Ich hatte sie nicht gesehen, weil ich zu sehr mit meinen gottverdammten Problemen beschäftigt war. Als sie bemerkte, daß ich in meinem Sonntag-Nachmittag-Ausgeh-Anzug runter zum Fluß tigerte, war sie neugierig hinter mir her geschlichen. In meiner verfluchten Nachtblindheit hatte ich das nicht mitbekommen — sie allenfalls für 'nen herumschwirrenden Nachtkäfer gehalten! Und so wurde sie Zeugin, wie ich die beiden Arschficker ins Jenseits beförderte ...

Well, so war's zumindest besser, als wenn sie gewußt hätte, daß die beiden anderen auch auf mein Konto gingen! Die Sache mit Tom und Uncle John fesselte mich zwar nicht so stark an Rose, daß ich mich aus dieser Fessel nicht hätte befreien können. Aber 'ne ganze Weile hatte ich den Wunsch, mit Rose und ihren dreißigtausend Dollar oder so einfach zu verduften und Amy einfach in den Wind zu schießen. Nur so allerdings — denn Rose war 'ne Frau, die 'nen Burschen verdammt auslaugen konnte, wenn Sie verstehen, was ich meine! Sie verlangte 'ne Masse, betrachtete 'nen Burschen als persönliches Eigentum — aber sie hatte nicht viel, außer dem einen, was sie selbst 'nem Burschen geben konnte, verstehen Sie?! Sie war ein Prachtweib — aber eben auch verdammt leichtsinnig. Und sie verlor einfach oft den Kopf, wenn sie ihn am nötigsten brauchte, wie's bei der Geschichte mit Uncle John geschehen war!

Ich wälzte mich also wieder rüber zu Amy und schloß sie ganz fest in meine Arme. Und sie drängte sich ganz geil und warm und richtig fickerig an mich und fing an, ganz leise zu stöhnen.

»Warum haste das getan, Nick?! Hab dir ja schon gesagt, daß ich drüber weg sehe — aber, Liebster, hilf mir doch bitte, den Grund zu begreifen! Ich hab dich doch nie dazu fähig gehalten, 'nen Mord zu begehen!«

»Hab mich ja selbst nie dazu fähig gehalten, Amy«, versicherte ich. »Und so aus dem Hut kann ich dir echt und ehrlich keine Erklärung dafür geben, warum ich's getan habe. War weiter nichts als wieder mal eine von diesen gottverfluchten Sachen, die mir echt gegen den Strich gehen — die ich sogar um den Tod nicht ausstehen kann. Ich war den beiden Zuhältern nicht auf die Pelle gerückt, wie ich viele Dinge eben einfach so laufen lasse — aber plötzlich dämmerte es mir, well, daß ich es in diesem Fall gar nicht einfach so laufen zu lassen brauchte! Es gibt 'ne verdammte Masse Dinge, die ich einfach laufen lassen muß. Aber gegen die beiden Hurenböcke *konnte* ich etwas unternehmen — und dann hab ich schließlich auch etwas unternommen!«

Amy starrte mich wortlos an.

»Um die Wahrheit zu sagen«, fuhr ich fort, nachdem ich ihr 'nen freundlichen Klaps auf den Arsch versetzt hatte, »ich hatte echt das Gefühl, daß es genau das Richtige für die beiden Strolche war! Die waren doch für niemand was wert — und das wußten sie auch genau, so wie jeder andere es mit 'nem bißchen Selbsterkenntnis auch gewußt hätte. Also hab ich ihnen doch nur 'nen Gefallen getan, als ich ihnen die Mühe abnahm, sich weiter mit ihrem miesen Leben rumzurackern!«

»Verstehe«, flüsterte Amy. »Und du hältst es auch sicher für 'ne Freundlichkeit, wenn du's Ken Lacey ersparst, weiterleben zu müssen, oder?!«

»In dem Fall ganz besonders«, bestätigte ich ihr. »Einem Kerl, der seine Freunde verarscht, der anderen Menschen weh tut, nur weil er 'n längeren Arm hat — einem Kerl wie Ken Lacey ... *Ken Lacey?!* Was weißte eigentlich von ihm?!«

»Nicht viel«, beruhigte mich Amy. »Nur daß du alles so eingefädelt hast, daß man Sheriff Lacey die beiden Morde ankreiden wird, die du auf dem Kerbholz hast!«

»Schätze, es ist nicht mein Fehler, wenn Ken sturzbesoffen durch Pottsville torkelt«, schluckte ich, »und Gott und der Welt auf die Nase bindet, was für'n toller Kerl er ist! Schätze, wenn einer den ganzen Ruhm aus seiner Angeberei kassieren will, dann muß er auch die damit verbundenen Vorwürfe fressen!«

»Ich sehe das anders, Nick! Und ich werde nicht zulassen, was du dir da ausgedacht hast!«

»Und warum nicht?! Was bedeutet dir schon Ken Lacey?!«

»Er ist für mich ein Mensch, der fälschlicherweise wegen 'nem Doppelmord verurteilt werden kann!«

»Das ist mir zu hoch!« brummte ich richtig verärgert. »Wenn du schon nichts dagegen hast, daß ich die beiden Zuhälter umlege, warum ...«

»Du hast mir nicht richtig zugehört, Nick! Ich hab sogar sehr viel dagegen! Aber ich hatte nicht die Möglichkeit, etwas dagegen zu unternehmen, weil ich deine Mordabsichten nicht kannte. Im Fall von Ken Lacey kenne ich aber deine Absichten sehr genau! Und wenn ich es zulassen würde, daß du sie in die Tat umsetzt, dann würde ich mich so schuldig machen wie du, kapiert?!«

»Aber was ist, wenn mir einfach echt die Hände gebunden sind?! Er oder ich — darum geht's doch hier!«

»In diesem Fall würde es zu meinem außerordentlichen Bedauern um *dich* gehen! Aber so weit wird es ja nicht kommen, oder?! Dir kann man doch nichts am Zeug flicken, oder?!«

»Kaum«, überlegte ich. »Wahrscheinlich wird man die Leichen auch nie finden!«

»Na bitte!«

»Amy, gottverdammt noch mal, wär's denn unter diesen Umständen nicht besser, man läßt die ganze Geschichte so laufen, wie ich's eingefädelt habe?! O Mann, wenn du nur ein paar Dinger wüßtest, die dieser Ken Lacey sich geleistet hat!«

»Nein!«

»Aber um Himmels willen ...«

»Nein!«

»Also hör doch mal«, ließ ich nicht locker, »ich bin wirklich nicht der Meinung, daß es dir zusteht, hier herumzukommandieren! Du bist der Mitwisserschaft schuldig, wie die das bei Gericht nennen. Weil du bisher keinen Piep über die Sache mit den Zuhältern gesagt hast, biste mitschuldig geworden!«

»Weiß ich! Aber ich kann's immer noch nachholen — und das weißt auch du ganz genau!« sagte sie scharf. »Ich kann's nachholen, auch wenn ich mich damit selbst beschuldige!«

»Aber ...«

Aber ich wußte, daß sie dazu fähig war, selbst wenn man sie dafür hängen würde!

Und dann sah ich sie an, wie sie da so nackt und warm neben mir lag, und ich dachte mir, daß es schon verflucht noch mal die blödsinnigste Art war, mit 'ner Frau zwischen zwei Nummern im Bett zu liegen — wenn man sich dabei nur über Morde und Drohungen unterhält, anstatt allerlei Nettes miteinander zu veranstalten! Und so wurde ich dann wieder ganz lieb zu ihr und versprach ihr, alles zu tun, was sie wollte. Und sie sagte, sie würde auch alles tun, was ich wollte — wenn erst mal hier alles erledigt sei! Und ich sagte, das fände ich einfach großartig — wobei ich mich fragte, was ich wohl mit der unerledigten, drallen Kleinigkeit Rose Hauck anfangen sollte. Dann aber schloß ich diesen Gedanken aus und Amy ganz fest in meine Arme. Und plötzlich lag wieder der romantische Zauber in der Luft, und ich fragte mich, warum gottverflucht noch mal sollte es eigentlich jemals anders sein als jetzt, wo wir fühlten, wie wir gemeinsam atmeten und wie unsere Herzen gemeinsam schlugen. Und ...

Und plötzlich riß sich Amy von mir los.

»Nick! Was ist das?!«

Sie deutete aufgeregt zum Fenster, durch dessen Vorhänge man einen flackernden Lichtschein sehen konnte. Auf die Antwort brauchte sie nicht lange zu warten.

»Das Nigger-Viertel brennt«, schrie ich vom Fenster her, zu dem ich mit einem Hechtsprung gesaust war.

Hätte mir so 'ne Sauerei auch an den fünf Fingern ausrechnen können — Tom Hauck war schließlich 'n Weißer gewesen, was man auch sonst von ihm halten mochte! Und es sah so aus, als ob ein Tintenkopf seine schmutzige Seele zur Hölle geschickt hätte. Und deshalb hatten sich ein paar Leute sicherlich gedacht, daß das 'ne ausgezeichnet günstige Gelegenheit sei, um den gottverfluchten Schwarzen mal wieder 'nen tüchtigen Denkzettel zu verpassen!

Mir war sofort klar, daß ich keine Ahnung hatte, was ich tun sollte — daß es aber verdammt gesund für mich sei, wenn ich rasch anfangen würde, überhaupt irgend etwas zu tun! Macht nämlich kurz vor der Wahl einen verflucht schlechten Eindruck, wenn der Sheriff mitten in der Nacht beim Fischen ist, während der halbe Ort abbrennt! Das erklärte ich auch Amy, fuhr wie der Blitz in meine Klamotten und raste den Weg zurück, den ich vor ein paar Stunden gekommen war. Natürlich ohne Angelrute!

Als ich am Neger-Viertel ankam, schmierte ich mir mit dem Ruß von 'ner niedergebrannten Bude das Gesicht voll — und dann mischte ich mich unter die Leute und schlug auf die Flammen ein mit 'nem alten Lumpen, den ich unterwegs aufgegabelt hatte. Ein großer Schaden war eigentlich gar nicht angerichtet worden — nur sechs oder sieben Baracken waren vollständig ausgebrannt, weil's ja kurz vorher geregnet hatte, was dem Feuer nur verdammt geringe Chancen gegeben hatte!

Plötzlich klopfte man mir auf die Schulter — und dann sah ich Robert Lee Jefferson mit 'nem Gesichtsausdruck, der einem richtig in die Knochen fahren konnte.

»Gottverdammt, Robbie Lee, ist das 'ne Schweinerei«, begrüßte ich ihn und wischte mir den Schweiß von der anstrengenden Löscherei aus den Augen. »Will gar nicht dran denken, was alles hätte passieren können, wenn ich helles Köpfchen nicht sofort zur Stelle gewesen wäre!«

»Komm mit!« sagte er barsch.

»Schätze, daß das schlecht geht«, lehnte ich seine Einladung freundlich ab. »Schätze, daß ich jetzt kaum von hier weg kann, bevor das Feuer nicht unter Kontrolle ist . . .«

»Das Feuer *ist* völlig unter Kontrolle! Es war schon längst eingedämmt, als du hier angezockelt kamst. Los!«

Ich stieg zu ihm in die Kutsche, und wir fuhren zu seinem

Kaufhaus. So was wie 'ne richtige Bürgerversammlung hatte sich dort eingefunden. Alles, was in Pottsville und Umgebung Rang und Namen hatte, hatte sich eingefunden — Mr. Dinwiddie, der Bankdirektor, und Zeke Carlton, dem die Baumwollfabrik gehörte, und Stonewall Jackson Smith, der Schuldirektor, und Samuel Houston Taylor, der Kaufhausbesitzer.

Wir begaben uns alle in Robert Lees Büro, und Zeke Carlton eröffnete die Versammlung mit 'nem mordsmäßigen Faustschlag auf den Tisch. Und dann wollte er wissen, in was für verdammt beschissene Zustände wir denn da eigentlich hineingeraten waren!

»Geht's dir eigentlich in den Schädel, Nick, was sich aus so 'ner Sache wie heute nacht entwickeln kann?! Haste dir eigentlich mal überlegt, was das für Folgen haben kann, wenn 'ne Handvoll hilfloser Nigger am offenen Feuer geröstet wird?!«

»Da fällt mir schon was ein«, erklärte ich. »Alle Farbigen scheißen sich die Hosen voll vor Angst — und glänzen durch Abwesenheit, wenn's Zeit zum Baumwollpflücken ist!«

»Hörte von deiner Frau, daß du heute nacht zum Fischen warst«, mischte sich jetzt Robert Lee ein. »Wo genau am Fluß hast du eigentlich gesteckt, als das Feuer ausbrach?!«

»Ich war aber gar nicht beim Fischen!«

»Corey«, fühlte sich jetzt Stonewall Jackson Smith zu 'nem Diskussionsbeitrag bewogen, »ich habe Sie höchstpersönlich beobachtet, wie Sie mit 'ner Angelrute zum Fluß marschiert sind! Damit dürfte der Beweis wohl erbracht sein, daß Sie fischen gegangen sind.«

»Also so würde ich das nicht sehen«, meinte ich. »Möchte ja nicht behaupten, daß Sie nicht recht haben — möchte aber auch bestimmt nicht behaupten, daß Sie recht haben!«

»Lassen Sie diesen Blödsinn!« kläffte mich Samuel Houston Taylor in 'nem Ton an, als ob er mich am liebsten beißen würde. »Wir wissen ...«

»Nehmen Sie nur mal diese Nacht neulich irgendwann«, fuhr ich unbeirrt fort. »Da sah ich doch einen gewissen Herrn, der mit einer gewissen Oberschullehrerin in einen leeren Eisenbahn-Waggon kletterte — das würd ich doch aber nie im Leben als 'nen eindeutigen Beweis dafür nehmen, daß die beiden in dem Waggon auch richtig in Fahrt gekommen sind, wenn Sie verstehen, was ich meine!«

Stonewall Jackson bekam 'ne rote Birne. Alle Blicke richteten sich auf ihn, und Mr. Dinwiddie — der immer 'ne ganze Masse freundlicher als alle anderen zu mir war, seit ich ihn aus dem Scheißhaus gezogen hatte — nahm mich jetzt aufs Korn.

»Wo genau befanden Sie sich, Sheriff, und womit genau beschäftigten Sie sich?!« fragte er. »Wir sehen Ihren entsprechenden Erklärungen mit Interesse entgegen!«

»Fangen wir beim Anfang der Nacht an«, schlug ich vor. »Hatte irgendwie 'nen Verdacht, daß im Farbigen-Viertel was passieren könnte, und deshalb nahm ich meine Angel als Tarnung und ging runter zum Fluß. Der fließt direkt am Farbigen-Viertel ...«

»Wo er fließt, zum Teufel, wissen wir!« meckerte Houston Taylor dazwischen. »Uns interessiert nur, warum Sie nicht zur Stelle waren, als das Feuer ausbrach?!«

»Schätze, weil ich zu 'nem kleinen Umweg gezwungen war! Hatte da nämlich 'nen Kerl gesehen, der sich aus 'nem Haus schlich. Und hatte da so das Gefühl, er könnte vielleicht ein krummes Ding gedreht haben. Dachte mir, daß man so 'ner Sache auf den Grund gehen muß. Bin also hin zu diesem gewissen Haus und wollte schon anklopfen — aber dann hab ich mir gedacht, daß es vielleicht besser wäre, nicht anzuklopfen, weil's ja auch für jemand hätte peinlich sein können! Denn durchs Fenster hab ich die Hausfrau gesehen, und die machte 'nen verdammt glücklichen und befriedigten Eindruck. Bei der war bestimmt kein *krummes* gedreht worden. Und außerdem hatte sie nichts an!«

Das war so ein richtiger Schuß ins Ungewisse, verstehen Sie! Ging von der Überlegung aus, daß ja in Pottsville 'ne Masse Leute Dreck am Stecken haben — und daß es mit dem Teufel zugehen mußte, wenn darunter nicht einer steckte, der seine Frau betrog, oder den seine Frau betrog! Und der Erfolg war irre! Alle schauten sich gegenseitig giftig und mißtrauisch an. Aber niemand schien genug Mumm in den Knochen zu haben, um die Frage zu stellen, die alle interessierte: von *welchem* Haus ich denn da sprach.

Robert Lee war es schließlich, der von diesem brandheißen und gefährlichen Thema ablenkte mit der Frage, was ich denn in drei Teufels Namen die ganze Zeit am Fluß gemacht hätte, während sie das Feuer bekämpften?!

»Ich versuchte, die Brandstifter zu schnappen«, erklärte ich. »Nachdem es nämlich angefangen hatte zu brennen, da kamen die plötzlich durchs Gestrüpp gerannt und versuchten abzuhauen. Hab ihnen natürlich sofort nachgebrüllt, sie sollten stehenbleiben, denn sie seien verhaftet — aber es stellte sich als verdammt zwecklos raus! Sie liefen einfach weiter, und ich rannte hinterher und brüllte, sie sollten stehenbleiben, oder ich würde schießen! Schätze, die wußten aber genau, daß ich's nicht tun würde — denn sie sind mir alle durch die Lappen gegangen!«

»Hast du sie erkennen können?!« wollte Robert Lee wissen.

»Schätze, daß es nicht so wichtig ist, ob ich weiß, wer's war! Da sie mir entwischt sind, haben auch ihre Namen keine Bedeutung — es würde doch nur böses Blut machen, wenn ich die Namen jetzt aufzählen würde!«

Das war wieder so ein Schuß ins Ungewisse! Mit ein paar wenigen Ausnahmen gab's unter den Anwesenden keinen, der nicht 'nen erwachsenen oder heranwachsenden Sohn hatte. Und keines dieser halbstarken Früchtchen war einen Schuß Pulver wert! Und wenn's irgendwo 'ne Schweinerei gab, 'ne wilde Hurerei oder sonst irgendeinen Krawall, 'ne säuische Sauferei oder einfach Streit, Stunk, Schlägereien und jede Art von Gemeinheiten — dann konnte man 'ne Wette schließen, daß mindestens einer dieser Scheißkerle seine Finger im Spiel hatte. Und mein Schuß traf genau ins Schwarze! Die Versammlung löste sich auf — wobei sich allerdings keiner die Mühe nahm, mir zum Abschied die Hand zu schütteln.

Nur Robert Lee hielt mich noch 'nen Moment zurück und meinte, er hätte so das verdammte Gefühl, als wenn ich mir heute nacht wenig Freunde gemacht hätte. Und er meinte auch noch, daß ich mich in nächster Zeit gewaltig am Riemen reißen müßte, wenn die Geschichte mit der Wahl für mich nicht in die Hose gehen sollte.

Und ich versicherte ihm, yes, Sir, daß ich mich gewaltig am Riemen reißen würde und Himmel und Hölle in Bewegung setzen würde, damit meine Wiederwahl als Sheriff von Potts County nicht in die Hose ginge.

Aber ich hatte um Tod und Teufel noch keinen blassen Dunst, wie ich das anstellen sollte!

XVIII

Der nächste Tag war ein Samstag. Myra hatte mir ein verdammt happiges Frühstück gebrutzelt, nachdem ich ihr erklärt hatte, daß ich heute 'ne Masse zu arbeiten hätte, wenn ich nicht in absehbarer Zeit Ex-Sheriff sein wollte. Denn daran lag ihr so wenig wie mir!

Und nach dem Frühstück begab ich mich zur Arbeit in den Ort. Die Läden hatten, weil's eben Samstag war, besonders früh aufgemacht. Und aus der ganzen Umgebung waren die Farmer mit einigermaßen gebürsteten Klamotten und mit ihren Weibern mit Mother-Hubbard-Hüten auf und mit ihren Gören in Fetzen, die aus Mehlsäcken geschneidert waren, in unser Kaff gekommen. Alle — Männer, Weiber und Gören — kauten Tabak und spuckten braune Pfützen in die Gegend.

Ich unterhielt mich mit den Männern, schüttelte Hände und sagte ihnen, sie sollten mich ruhig mal aufsuchen, wenn sie irgendwelche Schwierigkeiten hätten. Sämtlichen Weibern flunkerte ich vor, daß Myra sich nach ihnen erkundigt hätte und sich ein Bein ausreißen würde vor Freude, wenn sie mal zu Besuch kämen. Und den Gören tätschelte ich die verlausten Köpfe — und dann verschenkte ich Geldstückchen.

Auch mit den Leuten direkt aus dem Ort unterhielt ich mich natürlich. Tat mein möglichstes, neue Freunde zu gewinnen — oder Freunde zurückzugewinnen, falls sie inzwischen aufgehört hatten, Freunde zu sein. Aber ich war mir verdammt nicht sicher, ob ich mit dieser Arbeit auch Erfolg hatte!

Alle waren freundlich, keiner direkt unfreundlich — aber fast alle waren verdächtig vorsichtig, sobald ich 'ne Bemerkung über die Wahl fallen ließ. Und als ich da so meine Chancen in Gedanken überschlug, da hatte ich plötzlich verdammt das Gefühl, daß es trotz der ganzen miesen Redereien um Sam Gaddis gar nicht *so* schlecht stand, wie ich's mir ausgerechnet hatte. Und das versetzte mir 'nen mächtigen Schrecken!

Zum zweiten Frühstück futterte ich Käse-Kekse, die ich auch an die Leute um mich herum verteilte.

Gegen zwei Uhr latschte ich zum Friedhof, wo Tom Hauck eingebuddelt wurde — das war aber keine verlorene Arbeitszeit, weil viele Leute nur so zum Spaß auch hingingen.

So arbeitete ich weiter und hielt mich durch Kekse und Salzheringe aufrecht, die ich auch an die Leute verteilte, mit denen ich mich unterhielt.

Aber schließlich wurde es dann so spät, daß man beim besten Willen nicht mehr verlangen konnte, daß ich noch länger arbeitete. Und durch die ganzen Unterhaltungen hatte ich mich echt so verdammt in meine Arbeit hineingesteigert, daß ich richtig mit den Nerven auf dem Hund war! Und so machte ich mich nicht auf den Heimweg, sondern schlich mich zu Amy Mason rüber.

Sie zog mich sofort ins Bett. Da ich völlig überarbeitet war, hatten wir's ziemlich schnell hinter uns. Und dann fielen mir die Augen zu, und ich hatte das Gefühl, in ein nachtschwarzes Loch zu versinken ...

Aber Amy ließ mich nicht lange schlafen, rüttelte mich wach und meinte, ich könnte nicht einfach auf ihr wie ein Schwein in der Suhle einpennen!

»Oder willst du deine Kräfte für die süße Rose Hauck aufsparen?!«

»Um Gottes willen, Amy«, sagte ich entrüstet, »wie ...«

»Rose übernachtet doch bei euch, oder?!«

»Ja! Aber doch nur wegen dem Todesfall und der Beerdigung ...«

»Und warum hast *du* mir das nicht gesagt?! Warum mußte ich das auf Umwegen erfahren?!«

»Und warum hätte ich dir's sagen sollen?! Du hast mich doch selbst schon mal mit Rose Hauck aufgezogen, erinnerst du dich? Und da hat's dir doch anscheinend nichts ausgemacht!« sagte ich, wobei ich genau wußte, daß es ihr nichts ausgemacht hatte, weil sie nichts Genaues über Rose und mich wußte und auch sicher gar nichts Genaueres über Rose und mich wissen wollte, weil keine Frau, die mit einem Mann schläft, wissen will, daß 'ne andere Frau auch noch mit ihm schläft!

»Nick«, meinte sie schließlich nach 'ner ganzen Weile, die mir wie 'ne halbe Ewigkeit vorgekommen war, »Nick, versuche ja nicht, Rose Hauck noch einmal wiederzusehen — wenn sie von euch zu Hause weg ist!«

»Das will ich doch auch gar nicht«, beteuerte ich. »Was soll ich denn mit 'ner anderen Frau haben wollen, wo wir beide doch jetzt zusammengehören und 'ne ganze verdammte Masse

Pläne miteinander haben?! Ehrlich, ich werd sie bestimmt nicht wiedersehen, wenn sich's irgendwie einrichten läßt!«

»Was soll das heißen?!«

»Well, Rose ist Myras Freundin. Und Myra war schon vor Toms Tod immer hinter mir her wie der Teufel hinter der armen Seele, daß ich Rose Hilfsdienste draußen auf der Farm leiste. Es sieht natürlich verdammt komisch aus, wenn ich ausgerechnet jetzt damit aufhöre — denn bis jetzt habe ich ihr immer geholfen, wenn's irgendwie ging, weil ich ein Bursche bin, der verdammt viel Mitleid mit anderen Menschen hat!«

Wieder dachte sie 'ne verfluchte Ewigkeit nach.

»In Ordnung, Nick«, sagte sie dann. »*Einmal* wirst du sie noch besuchen!«

»Well«, gab ich zu bedenken. »weiß nicht, ob das reichen wird! Wo sie doch draußen noch keinen Mann hat, der ihr auf der Farm hilft . . .«

»Ein einziges Mal noch, Nick! Um ihr zu erklären, daß sie sich eben schleunigst einen solchen Mann anstellen soll! Weil du sie *nie mehr* besuchen wirst, ist das klar?! Und dabei bleibt es, Nick! Ein einziges Mal noch und dann nie wieder! Wenn du mich nicht verlieren willst! Und wenn du nicht willst, daß ich sehr böse auf dich werde!«

Ich sagte, das ginge in Ordnung, denn was hätte ich sonst sagen sollen? Dabei dachte ich mir aber, daß Rose dazu ganz bestimmt etwas zu sagen haben würde! Und daß sie mir genau wie Amy 'ne ganze Masse Schwierigkeiten machen würde, wenn ich nicht darauf achtete, was sie mir dazu zu sagen haben würde!

Amy ließ mir einfach keine Chance, verdammt noch mal! Ich war verflucht genauso versessen darauf, Rose vom Hals zu bekommen, wie Amy versessen darauf war, mich ganz für sich behalten zu können. Aber das brauchte doch alles seine Zeit, und die hatte ich einfach nicht, wenn ich Rose nur noch einmal sehen durfte . . .

»Nick, ich bin auch noch da!« riß Amy mich aus meinen Gedanken.

Ich meinte, ja doch, verdammt wollte ich sein, wenn ich das als Mann übersehen könnte. Und dann drückte ich sie an mich und küßte sie und befummelte sie von oben bis unten und auch mitten drin, und ich tat so leidenschaftlich dabei, wie ich nur konnte. Aber *können* tat ich verdammt wenig, glauben Sie mir!

Und das kam nicht allein daher, daß ich so verdammt müde war, daß ich kaum 'nen Finger hochkriegte, geschweige denn ...

Well, ich war da nämlich plötzlich auf 'ne Idee gekommen, wie ich mit einem einzigen Besuch nicht nur das Problem Rose, sondern gleichzeitig auch das Problem Myra und das Problem Lennie lösen konnte. Und da hatte mich Amy mitten in meinen Gedanken unterbrochen, und die ganze Idee war wie 'ne Seifenblase zerplatzt und wie vom Wind in alle Himmelsrichtungen verweht worden. Und ich machte mir verdammte Sorgen, weil ich so sicher, wie das Amen in die Kirche gehört, wußte, daß ich 'ne gottverflucht lange Zeit brauchen würde, die einzelnen Fitzelchen von der Idee wieder zusammenzusetzen — falls mir das überhaupt jemals gelingen sollte!

»Nick!« Amy riß mich schon wieder aus meinen Gedanken. »Sag mal, schläftst du?!«

»Ich?!« brummte ich erstaunt. »Na hör mal, das ist aber gar nicht schön von dir, daß du so unschöne Sachen von mir denkst, daß ich einschlafen könnte, wo doch so was Hübsches wie du neben mir liegt!«

Ein paar Stunden später schlich ich mich zum Gerichtsgebäude zurück, und Sie können mir glauben, schleichen war genau der richtige Ausdruck für das, wozu ich noch fähig war, nachdem mich Amy ausgelaugt, abgeschlafft und völlig lendenlahm entlassen hatte. Bevor ich die Treppe rauf und in mein Schlafzimmer ging, zog ich mir die Stiefel aus. Oben zog ich mich leise aus und ließ mich dann sehr vorsichtig ins Bett gleiten, damit die Sprungfedern keinen Höllenspektakel zusammenquietschten. Und dann seufzte ich und dachte, o Gott, wie lange noch, gottverflucht noch mal?! Ein einziges Kreuz ist ja schon schwer genug — es brauchte doch verdammt noch mal nicht gleich 'n ganzer Kalvarienberg zu sein!

Plötzlich war Rose über mir. Ihr nackter Körper glühte vor Geilheit.

»Nick, du gottverdammter Kerl! Wo hast du denn die ganze Nacht gesteckt, Teufel noch mal?!«

»Rose«, nur mühsam konnte ich ein Stöhnen unterdrücken, »sei bitte vernünftig! Es ist schon Sonntagmorgen — und da dürfen wir das nun ehrlich nicht tun!«

»Scheiß auf den Sonntag! Wen kümmert das schon?!« fluchte sie.

»A-aber es ist nicht a-anständig, daß man's am S-sonntagmorgen tut«, stotterte ich schweißgebadet. »Es ist nicht anständig, an 'nem Sonntag Unzucht gegen das sechste Gebot zu treiben! Sieh d-das doch ein!«

Rose antwortete, daß sie verdammt keine Lust hätte, sich mit derartigem Schwachsinn zu beschäftigen — sie hätte nur verdammte Lust, sich mit mir zu beschäftigen!

»Komm schon!« keuchte sie. »Nun mach schon endlich, steck ihn rein, verflucht noch mal! Und dann werd ich dir's ordentlich zeigen, ob's ordentlich ist oder nicht!«

Well, damit stand nun absolut nichts bei mir drin, verstehen Sie?! Wenigstens bildete ich mir ein, nicht mal mehr genug Saft für 'nen trüben Triller in der Tröte zu haben! Schätze, der einzige Grund dafür, daß ich Rose schließlich doch noch entgegenkommen konnte, war die Tatsache, daß der liebe Gott mich stärkte und mir die Kraft dazu schenkte. Yes, Sir, ER hatte gemerkt, in was für 'ner verteufelt schiefen Lage ich mich befand — keine weltbewegende Leistung von IHM übrigens, denn wenn's IHM schon nicht entgeht, daß so 'ne Winzigkeit wie ein Sperling vom Himmel fällt, dann konnte ER einfach nicht übersehen, welcher Tiefstand bei mir herrschte!

Schätze also, daß ER mir Kraft gab, trotz allem noch 'ne herrliche Nummer hinzulegen. Und das war — obwohl ich bestimmt nicht undankbar sein möchte — so ziemlich das mindeste, was ER für mich tun konnte!

XIX

Ein paar Stunden später, nach der Kirche, beschäftigte ich mich wieder mit dem Hände-Schütteln, Kindchen-Streicheln und Auf-die-Schultern-Klopfen.

Sam Gaddis — ein grauhaariger und verdammt ehrenwert aussehender Bursche mittleren Alters, dem der Pfarrer in seiner Predigt 'ne Masse Schützenhilfe mit Nicht-den-ersten-Stein-werfen und Richtet-nicht-auf-daß-ihr-nicht-gerichtet-werdet und so gegeben hatte — beschäftigte sich mit der gleichen Arbeit. Und ich hatte das beschissene Gefühl, daß die Leute zu ihm irgendwie freundlicher waren als zu mir! Daß die Leute ihn ansahen, wenn sie mir die Hand gaben! Und daß er mehr Babies zum Küssen bekam als ich!

Sah mir verdammt nach 'ner Situation von Jetzt-oder-nie aus, und ich bahnte mir 'nen Weg durch die Menge direkt zu ihm und legte ihm meine Hand auf die Schulter.

»Ich möchte, daß du weißt, Sam, daß ich millionenprozentig hinter dir stehe«, erklärte ich feierlich und so laut, wie ich konnte. »*Ich* weiß, daß kein Wort wahr ist an den schmutzigen Geschichten, die man über dich erzählt! Und deshalb kannst du damit rechnen, daß ich mich noch heute abend zu dir aufs Rednerpodium stellen werde, um dich voll und ganz zu unterstützen!«

»Well ... äh ...«, sagte er verlegen. »Sehr nett ... äh ...«

Er wollte damit ausdrücken, daß er mich am liebsten zur Hölle oder ans andere Ende der Welt verwünscht hätte — aber er war eben kein großer Redner!

»Es ist nur 'ne verdammt gerechte Sache, daß ich das mache«, erklärte ich weiter und klopfte ihm dabei freundschaftlich auf die Schulter. »Kannst es sogar 'ne echte Christenpflicht von mir nennen, wenn ich heute abend auf ... aua ...?!«

Zeke Carlton hatte sich in diesem Moment an mir vorbeigedrückt und mir dabei seinen Ellbogen brutal in die Rippen gerammt. Er stellte sich neben den unsicher in die Runde schauenden Sam Gaddis und legte ihm seinen Arm um die Schultern.

»Laß mich mal für dich sprechen, Sam!« bat er so laut, daß ihn alle verstehen konnten. »Ich weiß, was du sagen wolltest! Wolltest sagen, daß du auf die Anwesenheit von so 'nem Schleimscheißer, von so 'ner nichtsnutzigen Vogelscheuche von Sheriff, von so 'nem arschlöchigen Hosenkacker verzichten kannst! Und daß dir seine reine Anwesenheit schon genug an die Nieren geht, selbst wenn er dir kein Messer in den Rücken gestoßen hätte!«

Sam räusperte sich verlegen. Und Zeke stierte mich an, als ob er mir im nächsten Moment ins Gesicht spucken wollte.

»Well«, erklärte ich, »schätze, daß du dich etwas im Ton vergreifst, Zeke! Es ist Sonntag, und wir befinden uns immer noch auf dem Kirchengelände! Und es ist eine gottverdammte Sünde, daß du da Ausdrücke gebrauchst wie ›arschlöchiger Hosenkacker‹ und so!«

»Saftsack!« höhnte er. »Wer bist denn du eigentlich, daß du glaubst, in meiner Gegenwart überhaupt die Schnauze aufmachen zu dürfen?!«

»Schätze, daß ich immer noch der hauptamtliche Sheriff in diesem Nest bin«, klärte ich ihn auf. »Muß auf Recht und Ordnung achten! Und besonders darauf, daß dem HERRN nicht in SEINEM eigenen Vorgarten mit Mißachtung begegnet wird! Wenn du dich nicht am Riemen reißt, Zeke, bei meiner Seele, dann werde ich dich hinter Schloß und Riegel stecken!«

Zeke stieß ein wütendes Schnauben aus, lachte meckernd und sah sich etwas unsicher um. Wir sind 'ne verdammt gottesfürchtige Gemeinde, wie Sie inzwischen schon bemerkt haben dürften! Und Zeke sah plötzlich um sich herum nur finstere Gesichter!

»Ja gottver ... äh ... Gottes willen noch mal!« brüllte er wütend. »Kapiert ihr denn nicht, was er da zu drehen versucht?! Weil ich für Sam eintrete, will er mich jetzt fertigmachen!«

Ich schüttelte nur mitleidig den Kopf und sagte, nee, also wirklich nicht, das läge mir nun verdammt ehrlich fern, 'nen Menschen mit Schmutz zu bewerfen oder auch nur ein unfreundliches Wort über ihn zu sagen oder Sam zu schaden dadurch, daß ich Zeke aufs Korn nahm!

»Well ... äh ... ich glaube ...«, stotterte Sam Gaddis verlegen, »du würdest ... äh ... nie ...«

»Rrrichtig!« bestätigte ich. »Nie würd ich das tun! Erstens ist's nicht meine Art. Und zweitens weiß ich, daß es zwecklos wäre, wo du schon heute so gut wie gewählt bist, Sam!«

Sam zappelte hilflos hin und her. Aber wenn *er* schon erstaunt war — dann glotzten alle anderen mich so überrascht an, als ob ein Mondkalb vor ihnen stünde. Und Zeke Carlton machte 'nen Eindruck, als ob ihm ein Blitz 'nen Gehirnschlag verpaßt hätte!

»H-hör mal, Nick!« klaubte er dann schließlich mühsam ein paar Worte zusammen. »Ist das richtig — du ... du willst bei der Wahl nicht als Gegenkandidat von Sam auftreten?!«

»Rrrichtig!« erklärte ich laut und kräftig. »Es ist eine unumstößliche Tatsache, daß ich bei der Wahl nicht als Gegenkandidat von Sam auftreten werde, wenn er jetzt eine Frage beantwortet!«

»Was für 'ne Frage?!« wollte Zeke neugierig wissen.

»*Die* Frage, die jedem einzelnen von uns auf der Seele brennt, und die Sam früher oder später sowieso mal beantworten müßte!«

»Schieß schon los«, knurrte Zeke ungeduldig. »Sam hat nichts zu verbergen — sein Leben ist wie ein offenes Buch!«

»Und was meinst du dazu, Sam?!« wollte ich wissen.

»Well ... äh ...«, stotterte Sam nervös und ruderte hilflos mit den Armen umher wie ein Blinder, der nicht weiß, wohin er pinkeln soll. »Yeah, Nick ... äh ... ich will ... werde deine ... äh ... Frage beantworten, wenn ... ich kann ... äh ...«

»Okay-doke«, sagte ich laut, »da gibt's also so ein paar schmutzige Gerüchte über dich, Sam! Moment, bitte! *Moment* ...«, ich hob die Hand, um mir ein bißchen Aufmerksamkeit zu verschaffen, »Zeke und Sam, laßt mich bitte ausreden! Ich weiß, daß alle diese miesen Geschichten erstunken und erlogen sind. Ich weiß, daß Sam nie im Leben fähig wäre, ein zweijähriges Niggerbaby zu vergewaltigen oder seiner verstorbenen Oma die Goldzähne aus dem Gebiß zu brechen oder seinen Vater totzuprügeln oder 'ner alten Witwe die Ersparnisse zu klauen oder seine eigene Frau zu Schweinefutter zu zerhacken! Ich weiß, so'n feiner Kerl wie Sam Gaddis könnte das nie tun!«

Ich machte 'ne Pause — um uns herum drängelte sich alles auf Zehenspitzen, und es war so still, daß man 'nen Fliegenschiß hätte fallen hören können!

»Well, und jetzt also meine Frage«, fuhr ich fort. »Wenn diese Geschichten nun alle erstunken und erlogen sind, wie kommt es dann, daß man sie sich überhaupt erzählt? Wie kommt es, daß fast jeder behauptet, daß sie *doch* wahr sind?!«

Sam und Zeke sahen sich entgeistert an.

»Well ... äh ...«, faßte sich dann Sam.

»Hey ...«, fuhr ihm Zeke dazwischen, »... was soll das?! Was soll das heißen, daß fast jeder das glaubt?!«

»Laß mich berichtigen«, räumte ich ein. »Schätze, daß nicht fast jeder das behauptet. Schätze, daß es höchstens zweihundert oder dreihundert Leute unter uns sind, die das glauben. Es bleibt aber trotzdem immer noch die Frage, *warum* diese zweihundert oder dreihundert Leute einfach nicht kapieren wollen, daß der gute, alte Sam Gaddis niemals fähig wäre, ein hilfloses Niggerbaby zu vergewaltigen oder seinen leiblichen Vater zu erschlagen oder seine Frau an die Säue zu verfüttern oder seiner Oma die ...«

»Komm, Sam«, Zeke packte Sam Gaddis wütend am Arm, »schätze, du hast es verdammt wenig nötig, auf diese schwachsinnigen Fragen zu antworten!«

»Nötig hat er's bestimmt nicht«, gab ich zu. »Vielleicht ist's ihm aber ein echtes Bedürfnis?! Kann mir nämlich kaum denken, wie man ihm 'ne Stimme geben kann bei der Wahl, wenn er nicht drauf antwortet!«

Einen Moment lang zögerte Zeke — dann stieß er Sam leicht in die Rippen.

»Okay, Sam! Schätze, es ist vielleicht besser, du antwortest doch!«

»Well ... äh ..«, nickte Sam gottergeben. »Wie ... äh ... was war das noch für 'ne ... äh ... Frage ...?!«

Ich wollte schon wieder meinen Mund aufmachen, da brüllte hinter mir eine Stimme aus der Menge, er wisse gottverdammt noch mal die Frage sehr genau und solle nun endlich mal 'ne klare und unmißverständliche Antwort geben. Und darauf erhob sich ein lautes Beifallsgemurmel, ein echter Volksaufstand mit Radau und Stimmengewirr und Zwischenrufen.

»Wie war das mit dem Niggerbaby, Sam?!« kam es aus der einen Ecke.

»Wo haste die Goldzähne versilbert?!« meckerte es aus einer anderen Ecke.

»Haste die Witwe nur wegen dem Sparstrumpf gevögelt?!« wollte einer wissen.

»Was für 'ne Wurst haste aus den Schweinen gemacht, die du mit deiner Frau gefüttert hast?!« lautete 'ne andere Frage.

Und plötzlich war's ein einziges Zischen und Pfeifen und ein echter Tumult von Gebrüll und Zurufen und bösem Gelächter und ein paar saftigen Flüchen rings um uns!

Ich ließ die Sache sich so drei oder auch vier Minuten weiterentwickeln, weil ich jedem dieser anwesenden guten Christen so 'ne Art eigenen Orgasmus verschaffen wollte, oder wie man das so nennt. Und dann breitete ich meine Arme aus und bat um Ruhe. Was ich aber erreichte, war nur so 'ne Art Ruhe vor dem Sturm, wenn Sie verstehen, was ich meine!

»Also, Sam«, rief ich dann, »schätze, daß du nun endlich weißt, worum's geht! Und jetzt noch einmal die Frage! Wenn du keine wehrlosen Niggerkinder vergewaltigt hast, deinen leiblichen Vater nicht ins Jenseits befördert hast, deine angetraute Ehefrau nicht zu Schweinefraß zerhackt hast — wenn du keine dieser gottverfluchten, unvorstellbaren Sünden auf deine Seele geladen hast, an die wir alle hier kaum *denken* können, ohne daß sich uns allen hier der Magen umdreht ... wie kommt es dann, daß so schrecklich viele Leute behaupten, du hättest es doch getan?! Wenn diese Geschichten alle nicht wahr sind, wieso behaupten dann die Leute, du hättest doch diese gottverdammten Sünden begangen, die zum Himmel stinken schlimmer als 'ne Herde Stinktiere — oder willste einfach behaupten, daß *du* die Wahrheit sagst und daß alle anderen braven Bürger nichtsnutzige, dreckige Lügner sind?!«

»Moment mal! Halt! Hört doch mal ...«, versuchte Zeke Carlton sich Gehör zu verschaffen.

»Well ... äh ...«, bemühte sich Sam krampfhaft, 'ne verteidigende Antwort zu finden — was ihm aber nicht gelang, weil es keinem gelingt, auf so 'ne Frage 'ne Antwort zu finden. Und weil die Bürger von Pottsville und Umgebung ihn einfach niederschrien! Man konnte fast riechen, wie der arme Sam Blut schwitzte — aber es half ihm nichts! Schon kam ein Gebetbuch geflogen und platschte mitten in sein Maul, das er gerade zum fünfzehnten oder zwanzigsten ›Well ... äh ...‹ aufgemacht hatte. Und dieses Gebetbuch war so 'ne Art Wetterleuchten, bevor das Unwetter losbrach. Plötzlich flogen von allen Seiten her Bibeln und Gesangbücher, und es wurde gebrüllt und geschimpft, und einige unter den Männern waren bereits entschlossen, sich dieses Dreckschwein von Sam höchstpersönlich vorzunehmen — und dann war er plötzlich von der Bildfläche verschwunden, wie wenn ihn 'ne Falltür verschluckt hätte.

Ich machte mich auf den Heimweg.

Und ich dachte mir, well, eigentlich konnte es mir ja ganz recht sein, daß ich heute abend nicht mehr auf das Rednerpodium klettern mußte, um Sam zu unterstützen, denn Sam würde sicher gar nicht da sein, und 'ne Versammlung würde es auch nicht mehr geben — und es würde überhaupt alles so kommen, wie ich's gesagt hatte:

Ich würde bei der Wahl nicht als Gegenkandidat von Sam Gaddis auftreten!

Und ich dachte mir, well, jetzt steckte wenigstens ein Nagel weniger in meinem Kreuz. Und wenn ich vielleicht so weitermachte und mich gottesfürchtig aufführte und keinem Menschen weh tat, wenn's nicht gerade zu seinem Besten oder zu meinem Besten war, was so ziemlich Jacke wie Hose bedeutete, dann würden sich vielleicht meine anderen Probleme auch so leicht lösen lassen!

Beim Mittagessen erklärte Rose, daß sie nun wieder heimfahren wollte, und ich sagte, es würde mir ein Vergnügen sein, sie rauszufahren zu ihrer Farm. Natürlich brachte ich sie aber nicht raus.

Sie wissen ja, daß ich sie nur noch einmal besuchen durfte. Und da war mir nun wieder die Idee ins Gedächtnis zurückgekommen, wie ich mit einem Schlag das Problem Rose, das Problem Myra und das Problem Lennie lösen konnte! Aber das war so 'ne Idee, die man an 'nem Sonntag nicht verwirklichen konnte. Und schon gar nicht bei Tag! Dazu mußte es Nacht sein.

Während Myra und Lennie die Witwe Rose Hauck nach Hause fuhren, flackte ich mich aufs Bett, weil ich nach der anstrengenden Arbeit vom Vormittag echt 'ne Entspannung nötig hatte. Aber ich hatte mich noch gar nicht so richtig entspannt, hatte erst knapp 'ne Stunde oder so vor mich hingedöst, da hörte ich Schritte.

Mußte ein Mann sein, der die Treppe raufstapfte. Ein Sheriff kommt eben nie zur Ruhe, dachte ich mir, auch an 'nem Sonntagnachmittag nicht. Stand also wieder auf und ging ins Wohnzimmer, machte die Tür auf und stand 'nem städtisch herausgeputzten, hageren Typ gegenüber.

»Sheriff Corey?!« fragte er und wedelte mir mit 'nem Ausweis vor der Nase rum. »Barnes mein Name! Talkington Detective Agency!«

Ich versicherte ihm, daß es mir 'ne Ehre sei, seine Bekanntschaft zu machen — ganz besonders an 'nem gemütlichen Sonntagnachmitag. Und ein großes Vergnügen dazu!

»Irgendwelche Probleme, Mr. Barnes?!«

»Ich bin gekommen, um Ermittlungen anzustellen über einen früheren Ortsansässigen von Pottsville — einen Mann namens Cameron Tramell!«

»Nie von ihm gehört«, grinste ich. »Good-bye!«

Ich wollte ihm die Tür vor der Nase zuschlagen — aber der Typ hatte plötzlich seinen Fuß dazwischen.

»Wetten, daß Sie von ihm gehört haben?! War ein Zuhälter und nannte sich Curly!«

Ich sagte, ach nee, das wär ja wohl ein Ding, und natürlich hätte ich schon von Curly gehört.

»Hab ihn allerdings schon 'ne ganze Weile nicht mehr gesehen, wenn ich's mir genauer überlege. Wie geht's ihm?!«

»Kommen Sie, Sheriff«, grinste er mich an, »lassen wir doch das Schattenboxen!«

»Schattenboxen?!«

»Damit meine ich, daß Cameron Tramell tot ist! Das wissen Sie sehr genau! Und Sie wissen auch, wer Cameron Tramell alias Curly umgebracht hat!«

XX

Bei 'nem Whisky im Wohnzimmer servierte er mir dann die weiteren Einzelheiten.

Die beiden Zuhälter waren gefunden worden — der Fluß hatte ihre aufgedunsenen Leichen ans Ufer gespült. Während sich aber für Moose keine Sau interessierte, machte der Tod von Curly 'ne ganze Masse von Leuten rebellisch — nämlich seine Verwandtschaft, Angehörige einer der besten Familien im ganzen Süden. Natürlich war denen bekannt, daß er ein Nichtsnutz war. Sie hatten ihm sogar Geld gegeben, damit er ihnen von der Pelle blieb. Trotzdem betrachteten sie ihn aber als 'n Familienmitglied, und es war ihnen ein echtes Anliegen, den Mörder baumeln zu sehen!

»Deshalb bin ich hier, Sheriff.« Barnes zwang seine Visage mit der Hakennase und dem zusammengekniffenen Mund von der Größe eines Wespen-Arschlochs zu einem schiefen Lächeln. »Und ich bin überzeugt, daß keiner von uns beiden es gern sieht, wenn ein Mörder frei herumläuft!«

»Ich bin überzeugt, daß ich's verdammt nicht gern sehe«, erklärte ich ihm. »Wenn ich irgendwelche Mörder frei rumspazieren sehe, dann verhafte ich sie sofort und buchte sie ein, yes, Sir!«

»Genau meine Ansicht! Okay, Sheriff, Sie kennen den Mörder! Nennen Sie mir also seinen Namen!«

»Ich?!« glotzte ich ihn erstaunt an. »Ich hab doch ehrlich keinen Schimmer, wer die beiden Zuhälter umgelegt hat! Wenn ich's wüßte, dann hätt ich ihn schon längst verhaftet und ...«

»Ich weiß genau, daß Ihr Freund, der Sheriff Ken Lacey, etwa vor einer Woche ganz offen durch Pottsville marschiert ist und mächtig damit angegeben hat, sich um Moose und Curly gekümmert zu haben — womit er sagen wollte, daß er die beiden umgebracht hat! Und *Sie* haben ihn bei diesem Spaziergang begleitet!«

»Ach so«, lachte ich, »jetzt erinnere ich mich wieder! Das war ein echter Spaß, den Ken und ich uns da gemacht haben!«

»Sheriff ...«

»Sagen Sie bloß, daß Sie das nicht für 'nen Spaß halten! Sie glauben doch nicht im Ernst, daß einer, der zwei Männer umgelegt hat, das auf der Straße herumerzählt — und daß ich als Vertreter des Gesetzes ihm dabei auch noch auf die Schulter klopfe, oder?!«

»Was ich *glaube,* kann Ihnen egal sein! Tatsache ist, daß es sich so abgespielt hat. Und Tatsache ist auch, daß Ken Lacey in der Nacht vorher im Puff unten am Fluß gewesen ist und vor den Nutten mächtig geprahlt hat, wie kräftig er's den beiden Zuhältern besorgt hätte. Es liegen also mit anderen Worten unwiderlegbare Beweise dafür vor, daß Sheriff Ken Lacey etwa 'ne Woche, bevor Moose und Curly tot aufgefunden wurden, in der *einzigen* Nacht, wo er sich in Pottsville aufgehalten hat, die Morde an den vorgenannten Moose und Curly zugegeben hat.«

Ich meinte, er könnte ja nun wirklich nicht das Gewäsch von ein paar käuflichen Flittchen als unwiderlegbare Beweise bezeichnen. Und darauf meinte er, da gäbe es ja nun schließlich auch noch Ken Laceys eigene Worte vom folgenden Morgen. Und dazu meinte ich wieder, das sei nun wirklich alles nur ein harmloser Spaß gewesen, zu dem ich ihn sogar noch aufgemuntert hätte!

Die Art, wie ich mich mit ihm unterhielt, schien ihm mächtig an die Nieren zu gehen. Er wackelte mit dem Kopf wie ein Ertrinkender und schüttelte sich wie ein Gaul, der die Fliegen abwimmeln will.

»Sie kennen Sheriff Lacey natürlich schon lange«, grinste er schließlich, »und es ist Ihnen natürlich ein Bedürfnis, ihn zu schützen. Aber ich bin überzeugt, daß Sie genau wie ich ...«

»Irrtum!« unterbrach ich ihn. »Er ist kein Freund von mir — auch wenn ich ihn schon lange kenne! Und wenn's irgendeine Möglichkeit gäbe, ihm die beiden Morde anzuhängen, dann ...«

»Sheriff ...?!«

»Er *war* mal mein Freund! Hat aber schon lange aufgehört, mein Freund zu sein, und zwar schon vor der Nacht, wo er hier aufgetaucht ist und mich gezwungen hat, ihm den Weg zum Puff zu zeigen!«

»Dann ist er also tatsächlich in den Puff gegangen!« Barnes rieb sich die Hände. »Das können Sie bezeugen?!«

»Klar, es ist die reine Wahrheit! Warum soll ich's da nicht bezeugen können?!«

»Ausgezeichnet! Und hat er Ihnen gegenüber irgendwie geäußert, warum ... oder nein, hat er irgend etwas gesagt, aus dem Sie schließen konnten, daß er dorthin ging, um Moose und Curly zu töten?!«

»In dieser Nacht, meinen Sie?! Nee, damals hat er nichts davon gesagt!«

»Aber bei 'ner anderen Gelegenheit?!«

»Ja, als ich mal bei ihm zu Besuch war, da hat er erklärt, Zuhälter könnte er nun einfach mal nicht ausstehen, und er sei grundsätzlich dafür, solche Typen umzulegen!«

»Ausgezeichnet!« rief Barnes, sprang auf und ging aufgeregt im Zimmer hin und her. Und dann blieb er vor mir stehen und drohte mir grinsend mit dem Finger.

»Sie sind ein Spitzbube, Sheriff! Hätten es doch um ein Haar geschafft, daß ich meine Selbstbeherrschung verliere! Obwohl Ihnen die Beweise auf der Zunge lagen, haben Sie die ganze Zeit so getan, als ob Sie Ken Lacey verteidigen wollten!«

Ich lachte und meinte, das sei nun mal so meine Art, und dann schenkte ich uns Whisky nach, und dann gerieten wir richtig ins Plaudern über Gott und die Welt und unseren Beruf.

Schätze, ihm schien sein Job bei der Talkington Detective Agency wenig zu schmecken. Schien sich selber nicht ausstehen zu können wegen der Dinge, die zu seinem Job gehörten. Richtig bitter wurde seine Stimme, als er sich selbst als 'nen Angehörigen von 'nem verdammt ekelhaften Verein bezeichnete.

»Sie verstehen sicher, was ich sagen will! Auch Sie als Sheriff werden verflucht oft ein Auge zudrücken müssen — selbst wenn's sich um ganz schlimme Dinge handelt!«

»Und ob«, bestätigte ich. »Muß sogar oft allc beide Augen zudrücken, wenn ich Sheriff bleiben will!«

»Und das wollen Sie?! Haben Sie nie mit dem Gedanken gespielt, in ’nen anderen Job umzusteigen?!«

»Schon lange nicht mehr«, meinte ich. »Was soll einer wie ich schon anderes tun?!«

»Genau!« bestätigte er mich, und seine Augen wurden ’ne Spur größer. »Was könnten Sie schon anderes tun?! Was kann ich schon anderes tun?! Aber, Nick — entschuldigen Sie, daß ich vertraulich werde — ist es nicht ...«

»Freut mich, dich kennengelernt zu haben, George«, unterbrach ich ihn, »und du kannst ruhig Nick zu mir sagen!«

»Danke, Nick ...«, er genehmigte sich ’nen ordentlichen Schluck, »... aber da gibt’s so ein Problem, das mir echt Kopfzerbrechen bereitet! Die Tatsache, daß wir nicht fähig sind, was anderes zu tun — ist das ein Entschuldigungsgrund für das, was wir tun?!«

»Well«, überlegte ich, »braucht ein Pfosten ’nen Entschuldigungsgrund dafür, daß er in ein Loch paßt?! Wer weiß, vielleicht gibt’s ein ganzes Nest Kaninchen unten in dem Loch, und der Pfosten zerquetscht sie zu Brei?! Aber es ist doch nicht die Schuld von dem Pfosten, daß er in das Loch paßt, für das man ihn zurechtgezimmert hat, oder?!«

»Das ist kein fairer Vergleich, Nick! Du redest ja von Gegenständen ohne Seele!«

»Yeah?!« fragte ich. »Sind wir nicht alle so ziemlich ohne Seele, George?! Wieviel freier Wille steht denn eigentlich jedem von uns zu?! Wir werden doch bis in die kleinste Kleinigkeit vorherbestimmt durch unser Aussehen, durch unser Inneres, durch unseren Lebenslauf! Durch all das werden wir zurechtgezimmert und für ’ne bestimmte Rolle zurechtgeschustert, die wir im Leben spielen sollen. Und ich schwöre dir, mein lieber George, uns bleibt verdammt nichts anderes übrig, als diese Rolle zu spielen und das gottverdammte Loch auszufüllen, oder wie immer du’s nennen magst, weil dir sonst aus heiterem Himmel die Hölle aufs Dach kracht! Und deshalb ist’s besser, wir tun das, wofür wir gemacht worden sind, bevor man’s uns antut!«

»Du hältst das also für ’ne Frage von Töten oder Getötet-Werden, Nick?! Ein widerlicher Gedanke!«

»Well, vielleicht hab ich's nicht ganz so gemeint«, räumte ich ein. »Vielleicht weiß ich gar nicht sicher, was ich überhaupt meine. Schätze, was ich eigentlich sagen will, ist, daß es keine persönliche Hölle geben kann, weil's gar keine persönlichen Sünden gibt. Die gehören der Öffentlichkeit, George, und wir alle haben Anteil an den Sünden unserer Mitmenschen, wie unsere Mitmenschen Anteil an unseren Sünden haben! Oder vielleicht will ich damit auch sagen, daß ich der Erlöser in Person bin — Christus am Kreuz, der nach Potts County gekommen ist, weil Gott wußte, daß ich hier gebraucht wurde! Und so gehe ich nun hier rum, tue gute Werke — alles, damit die Leute merken, daß sie sich nicht zu fürchten brauchen. Und damit sie, falls sie wirklich die Hölle fürchten, nicht lange zu buddeln brauchen, um sie zu finden! Und das klingt doch, bei Gott, vernünftig, oder?! Ich meine, Verpflichtungen und Verantwortungen belasten nicht den alleine, der sie sich aufgehalst hat! Will damit sagen, daß es echt 'ne knifflige Frage ist, wen man als größeren Sünder zu bezeichnen hat — denjenigen, der auf die Türklinke scheißt, oder denjenigen, der dann an der Klingel zieht und abhaut!«

»Einmalig!« brüllte George und lachte dabei so irre, daß ihm die Tränen über die Backen liefen. »Unbezahlbar!«

»Well«, fuhr ich fort, »diese Weisheit ist ja nicht auf meinem Mist gewachsen. In 'nem Gedicht steht's schon zu lesen, daß du einem Krug keinen Vorwurf machen kannst, daß er schief ist, wenn der Töpfer ein Stümper war! *Du* brauchst mir jetzt nur zu sagen, wer schlimmer ist, der Türklinken-Scheißer oder der Klingelzieher, und dann werde *ich* dir sagen, wer schief ist, und wer der Stümper ist!«

»Aber nimm doch mal an, eine Person tut beides!«

»Wenig wahrscheinlich«, belehrte ich ihn. »Schätze, du mußt das in größeren Zusammenhängen sehen! Nimm nur mal den Typ, der auf die Türklinke geschissen hat. Der mußte doch erst einmal was fressen, bevor er scheißen konnte, stimmt's?! Und wo hatte er das her?! Nun paß mal auf, George, was ich dir hierzu erzähle ...«

Und so plauderten wir und becherten wir, bis Myra wieder auftauchte. Dann aßen wir gemeinsam 'nen Happen, und schließlich brachte ich meinen Freund George zum Bahnhof. Und plötzlich war alles gar nicht mehr so freundschaftlich zwischen uns.

Ich dachte mir, verflucht noch mal, warum bin ich eigentlich so verdammt nett zu dem Kerl gewesen?! Schätzte, daß es wohl am Whisky lag — nicht daran, daß man ihn wie viele andere Dinge genießt, sondern daran, daß der Genuß irgendwann aufhört, und daß einem dann der alte, vertraute Geschmack von Pisse und Scheiße wieder in die Schnauze kommt, den man dann seinen lieben Mitmenschen gleich wieder ins Gesicht spucken möchte.

Von George mochte ich wetten, daß er sich dachte, er hätte sich die letzten Stunden mit 'nem gemeingefährlichen Vollidioten unterhalten. Er sah unwirsch aus und irgendwie niedergeschlagen und sehr nachdenklich.

Dann begegneten wir plötzlich Amy Mason, und ich stellte die beiden einander vor.

»Sie haben 'nen tollen Sheriff in Pottsville«, erklärte George und klopfte mir auf die Schulter. »Können stolz auf ihn sein, Miss Mason! Er hat mir geholfen, einen wichtigen Fall zu lösen!«

»Tatsächlich?!« staunte Amy. »Was war das denn für ein Fall, Mr. Barnes?!«

George erzählte es ihr und betonte, daß er rein gar nichts gegen Ken Lacey in der Hand haben würde ohne meine Unterstützung.

»Und ich rechne ihm das hoch an«, schloß er. »Es fällt einem Sheriff nämlich nie sehr leicht, einen Amtskollegen zu beschuldigen, selbst wenn sie beide nicht miteinander befreundet sind!«

»Wie wahr!« pflichtete ihm Amy bei. »Und ich bin sogar davon überzeugt, daß es ihm im Laufe der Zeit immer noch schwerer fallen wird! Übrigens, Sheriff, schauen Sie doch bitte heute abend mal bei mir vorbei. Mir scheint, ich habe da ein verdächtiges Individuum herumstreunen sehen!«

Ich sagte, selbstverständlich würde ich vorbeikommen, und es würde mir das höchste Vergnügen bereiten, aber sie solle wegen mir keine großen Umstände machen und etwa Kaffee und Kuchen auffahren!

Und sie sagte, wegen mir würde sie bestimmt keine Umstände machen, yes, Sir, und dann schoß sie mir 'nen verdammt vielsagenden Blick zu und rauschte davon.

George und ich gingen weiter zum Bahnhof. Von der anderen Flußseite hörte man schon die Pfeif-Signale des Zugs. Wir schüttelten uns die Hände, und George bedankte sich noch einmal für die große Hilfe, die ich für ihn gewesen war.

»Und eh ich's vergesse, Nick, es ist zwar nur noch 'ne reine Formsache, aber in ein, zwei Tagen wirst du 'ne gerichtliche Zeugenvorladung erhalten!«

»Eine Zeugenvorladung?!« staunte ich. »Warum denn das in aller Welt?!«

»Als Zeuge der Anklage gegen Ken Lacey, versteht sich! Als Hauptzeuge der Anklage, sollte ich wohl besser sagen! Ohne dich bekommen wir nämlich bestimmt niemals 'nen Schuldspruch und 'ne Verurteilung!«

»Aber was soll ich denn als Zeuge gegen ihn aussagen?!« fragte ich verwundert. »Was soll denn der gute, alte Ken angestellt haben, um Himmels willen?!«

»Was er angestellt haben soll?!« knurrte mich George Barnes entgeistert an. »Worauf willst du denn jetzt schon wieder hinaus? Du weißt doch genau, was er angestellt hat!«

»Well«, brummte ich nachdenklich, »schätze, ich hab's doch glatt wieder vergessen! Sei ein Freund und sag's mir noch mal!«

»Okay, jetzt werd ich dir mal was sagen«, geiferte er mich an, »wenn du glaubst, du kannst mir hier den Trottel vorspielen, Nick Corey, oder mich für dumm verkaufen, dann liegst du verdammt schief! Wenn du auf Geld spekulierst, na schön, aber ...«

»Wofür sollte ich denn Geld haben wollen?!«

»Um unter Eid das auszusagen, was du mir heute unter vier Augen erzählt hast — daß Ken Lacey den Zuhälter Cameron Tramell alias Curly ermordet hat!«

»Wie war das?!« staunte ich. »Hör mal, George! Das hab ich dir wirklich nicht erzählt!«

»Und ob du das gesagt hast! Und zwar so ausführlich, daß ...«

»Zugegeben«, unterbrach ich ihn, »vielleicht hast du ganz einfach den Eindruck gehabt, daß ich dir das erzählt habe. Aber darum brauchst du dich wirklich nicht zu kümmern, George! Schätze, das, was ich dir nicht erzählt habe, ist viel wichtiger!«

»Und das wäre?!«

»Am Morgen, nachdem Ken Lacey losgefahren war, habe ich Moose und Curly bei lebendigem Leibe gesehen!«

XXI

Es war Sonntagmorgen. In aller Herrgottsfrühe. Irgendwo krähte ein Hahn, aber ich dachte mir, daß das Biest entweder völlig verkalkt war oder einfach nur so zum Üben krähte, denn es fehlte mindestens noch 'ne gute Stunde bis zum Sonnenaufgang.

Es war alles verdammt friedlich. Nichts rührte sich auf Gottes weiter Welt — wenn man von meinen Arschbacken absah, die ich ab und zu in 'ne bequemere Lage rutschte. Und wenn man von Rose absah, die draußen in der Küche mit ziemlichem Radau beschäftigt war, Kaffee zu machen. Und Geschirr an die Wand zu schmeißen. Und gottserbärmlich zu fluchen.

Ich gähnte und streckte mich. Ich hatte ein bißchen Schlaf nachzuholen. Aber ich schätze, daß ich immer ein bißchen Schlaf nachzuholen habe — mit dem Essen und dem Schlafen kann ich eben nie genug kriegen! Ist ja auch kein Wunder bei meiner anstrengenden Arbeit — der alte Herkules war ein reiner Waisenknabe gegen mich! Essen und Schlafen, das macht einem die Arbeit erträglicher. Wer ißt und schläft, der reibt sich nicht auf wegen Dingen, die er doch nicht ändern kann. Und wer lacht und seine Späßchen treibt, der erträgt das Unerträgliche leichter!

Hab schon immer gewußt, daß einem Heulen und Zähneklappern keinen Deut weiterhelfen. Das hatte ich schon in meiner höchsten Todesnot probiert, bei meiner Geburt — ich hatte gebrüllt wie am Spieß, aber geholfen hat's mir nicht die Bohne!

Ich gähnte und streckte mich wieder.

Sonntag in Pottsville!

Sonntag in Pottsville, und mein Schatz verläßt mich für immer / ob's mich aber traurig macht, davon hab ich keinen Schimmer / nur meinen Augen, denen kann ich nicht trauen / und so wird mir demnächst schon keiner mehr glauben . . .

Gottverdammt noch mal, Nick, sagte ich mir, wenn du nicht schon in Amt und Würden wärst, die genau auf dich zurechtgezimmert worden sind, dann könntest du direkt 'ne Art Hofpoet von Pottsville abgeben und Lyrik absondern über Pisse, die in den Pötten stinkt, 'nen Trottel, der ein Liedchen singt, und 'n Arschloch, das nur Fürze bringt . . .

Rose kam rein und baute sich vor mir auf.

»Eines möchte ich dir nur noch sagen, Nick Corey«, keifte sie mich finster an. »Und du kannst von Glück sagen, daß ich's dir nur *sagen* kann! Ich wäre der glücklichste Mensch von der Welt, wenn ich dich am Hals baumeln sehen könnte, du dreckiger Bastard! Alle Welt sollte es erfahren, wie du Tom abgemurkst hast, und ich würde mir vor Lachen die Lunge aus dem Leib pusten, wenn sie dich am Strick hochziehen, und ich ... ich ...«

»Ich dachte, du wolltest mir 'ne bestimmte Sache mitteilen«, wunderte ich mich. »Und jetzt stellt sich's heraus, daß es mindestens ein Dutzend Sachen sind, die du ...«

»Fick dich ins Knie! Das, was ich dir eigentlich sagen wollte, hab ich dir nur deshalb noch nicht gesagt, weil ich 'ne anständige Frau bin! Wenn ich aber keine wäre, weißt du, was ich dir dann sagen würde?! Weißt du, was ich dann tun würde, du gottverdammtes, verkommenes Miststück von 'ner Mißgeburt?! Ich würde mein Bein heben und dir ins Ohr pissen, bis ich den schimmelnden Scheißhaufen herausgespült hätte, den du Gehirn nennst!«

»Jetzt sei aber vorsichtig, Rose!« warnte ich sie. »Hüte deine Zunge, sonst kann's dir leicht passieren, daß dir noch 'n schmutziges Schimpfwort über die Lippen kommt. Und das am Sonntagmorgen!«

Sie fing an zu heulen und rannte aus dem Zimmer.

Konnte hören, wie sie sich draußen auf die Sitzbank fallen ließ, weinend und schniefend. Und nach 'ner Weile fing sie an, laute Selbstgespräche zu führen. Sie fragte sich, wieso ein *Mensch* — und damit meinte sie mich — so etwas Furchtbares tun konnte?!

Ich hätte ihr auch nichts anderes darauf antworten können, als daß das alles eben nicht so einfach zu beantworten war. Denn es war eben wirklich verdammt nicht einfach! Und wie sollte ich ihr etwas erklären können, was ich in Wirklichkeit selbst nicht verstehen konnte?!

Well?!

Folgendes war nämlich inzwischen passiert:

XXII

Nachdem ich am vergangenen Sonntag George Barnes zum Bahnhof begleitet hatte, war ich erst mal 'nen Sprung zu Amy Mason gegangen, weil's mir irgendwie verdammt ratsam erschien, ihr zu erklären, daß ich mir mit Barnes nur 'nen Scherz und ein kleines Späßchen erlaubt hatte — und daß es keineswegs meine Absicht gewesen war, Ken Lacey den Mord an den beiden Zuhältern in die Schuhe zu schieben.

Dieser Besuch stellte sich als verdammt wichtig heraus, weil Amy tatsächlich drauf und dran war, dem Gouverneur in einem Telegramm mitzuteilen, wer die beiden Zuhälter in Wirklichkeit umgebracht hatte. Sie erklärte, die Verleumdung Ken Laceys durch mich käme 'nem vorsätzlichen Mord gleich, und dabei würde sie nicht tatenlos zusehen. Und erst, als ich auch ihr erklärt hatte, daß ich die beiden Zuhälter bei lebendigem Leibe gesehen hatte an dem Tag, nachdem Ken dort unten war, schien ihr Mißtrauen mir gegenüber langsam abzubröckeln. Sie ließ zwar noch die Bemerkung fallen, daß meine Mordabsichten gegenüber Ken Lacey vielleicht sogar ganz verständlich seien, wo ich doch so einen verdammten Haß auf ihn hätte — und sie wollte wissen, womit er eigentlich meine Gefühle so sehr verletzt hätte?!

»Aber ich hasse ihn doch gar nicht«, erklärte ich. »Auf meine Gefühle — für oder gegen ihn — kommt's doch gar nicht an! Es liegt alles daran, was er für ein Mensch ist! Das, was er anderen Leuten antut ... ich meine — well, es ist irgendwie schwer zu erklären, aber ich ...«

»Ach, lassen wir das, Nick«, lachte sie schließlich und gab mir 'nen Kuß. »Du wirst ihm jedenfalls nichts antun, und das ist das einzige, worauf es ankommt!«

Aber das war eben durchaus nicht das einzige, verstehen Sie?! Bei weitem nicht! Ich war noch nie mit Groll im Herzen gegenüber irgendeinem Menschen in der Gegend rumspaziert. Und wenn ich jemals im Leben so was wie 'ne Spur von Abneigung gegen jemand empfunden hatte, dann war das nie 'n Beweggrund für mich gewesen, etwas zu tun oder etwas zu lassen!

Jetzt aber hatte mich Amy mit einer einzigen Bemerkung echt verunsichert. Ken Lacey konnte ich ruhig mal aus meinen

Gedanken ausschalten, weil ich gegen ihn ja sowieso nichts unternehmen wollte. Aber all die anderen, well, die waren doch alle Figuren im gleichen Spiel! Und wenn mir der Groll gegenüber Ken Lacey anzumerken gewesen war, dann hatte man mir vielleicht auch meine Gefühle gegenüber all den anderen ansehen können.

Und wer konnte wissen, ob bei dem, was ich jetzt vorhatte, all die Leute, um die ich mich kümmern wollte ...

Aber es mußte einfach getan werden! Mir blieb schließlich keine Wahl. Ich hatte ja den guten Willen, den Dingen ihren Lauf zu lassen — hab immerhin ein dickes Fell und kann viel vertragen! Aber die wollten's einfach nicht!

Rose rief pausenlos bei Myra an und bettelte, sie würde dringend meine Hilfe brauchen. Myra piesackte mich unaufhörlich, ich sollte endlich raus zu Rose fahren und ihr unter die Arme greifen. Amy bestand darauf, daß ich Rose nur noch ein einziges Mal besuchen durfte, sonst ...

Und Lennie hatte inzwischen den Tick entwickelt, mir nachzuspionieren und überall nachzuschleichen.

Und schließlich kam der gestrige Samstagabend — und ich konnte es nicht länger aushalten! Schon in der Heiligen Schrift steht, wer bittet, dem wird gegeben werden! *Ich* kann's nicht ändern!

In der Dämmerung kurz nach Sonnenuntergang schlich ich gebückt durch die Baumwollfelder — da die Sträucher jedoch ziemlich niedrig standen, war ich für einen Beobachter trotzdem einigermaßen gut zu sehen. Und so wollte ich's haben!

Lennie liebte keine langen Wanderungen. Selten ging er überhaupt aus dem Ort heraus. Und es war schon 'ne Leistung gewesen, ihn bis zu Roses Haus zu locken durch die Art, wie ich geheimnisvoll durch die Felder geschlichen war.

Als ich dann mit einem Satz aus den schützenden Sträuchern heraus auf Roses Haus zusprang, konnte ich aus den Augenwinkeln erkennen, wie Lennie sich aufrichtete und mir blöd nachglotzte. Jetzt bildete er sich ein, er hätte mich erwischt, wie ich mich nachts zu Rose schlich. Ich konnte sicher sein, daß er recht bald durch eines der Fenster lauern und später dann in den Ort zurückkehren würde, um Myra brühwarm 'ne saftige Geschichte zu erzählen über ihren eigenen Ehemann und ihre allerbeste Busenfreundin.

Und so wollte ich's haben!

So hatte ich's mir vorgestellt ...

Ich hämmerte an die Tür und flitzte — Rose hatte kaum geöffnet — ins Haus. Sie war natürlich erstaunt, daß ich so spät noch auftauchte, und auch ein bißchen sauer, weil ich gestern nicht gekommen war. Also verschloß ich ihr erst mal mit 'nem langen Kuß den Mund, bis ich sie soweit hatte, daß sie mir zuhören konnte.

»Konnte nicht eher kommen«, erklärte ich ihr, »weil ich mir 'nen Plan ausgedacht habe, wie wir Myra und Lennie loswerden können. Es ist schon alles eingefädelt — jetzt brauch ich aber deine Hilfe! Deshalb bin ich hier! Wenn du allerdings nicht mitmachen willst, mußt du's nur sagen — dann vergessen wir den ganzen Plan und alles zwischen uns bleibt so, wie's bis jetzt war!«

»Aber, um ... ich ... wie ...«, stotterte sie völlig durcheinander. Ich hatte verdammt schnell gesprochen und so getan, als ob ich schrecklich aufgeregt wäre — und damit hatte ich erreicht, daß sie schon zustimmend mit dem Kopf nickte, während sie in ihrem Schädel noch zu klären versuchte, was das eigentlich alles sollte.

»Na schön«, bluffte ich, »vergiß es, daß ich dich darum gebeten habe, Rose! Und entschuldige, daß ich ...«

»Nein, warte, Liebling!« rief sie aufgeregt und klammerte sich an mich, weil ich so tat, als wollte ich wieder verschwinden. »Ich habe mich doch nur gewundert, daß ... ich ... aber ich werd dir helfen, okay?! Mußt mir nur sagen, was ich tun soll!«

»Du mußt in ein paar Minuten hinausrennen, Lennie am Kragen packen und ...«

»Lennie?!« keuchte sie erschreckt.

»Er ist mir nachgeschlichen — aber genau das gehört zu meinem Plan! Pack ihn dir also, schlepp ihn ins Haus, und dann sagst du ihm alles, was ich dir jetzt vorkauen werde!«

Ich zählte ihr in Stichworten die wichtigsten Dinge auf, die sie Lennie an den Kopf werfen sollte. Und dabei wurde sie kreidebleich und stierte mich an, als ob ich restlos übergeschnappt sei. »Nick?! D-das ... das ist doch der helle Wahnsinn! Das kann ich doch nie im ...«

»Klar ist's Wahnsinn! Völlig verrückt! Aber so verrückt soll es ja gerade sein, verstehst du?!«

»Ja ...«, meinte sie zögernd, »... ich verstehe dich schon! Ich versteh schon, was dabei rauskommen ... äh, aber sag mal, Nick, und wie geht's denn dann weiter?! Was passiert ...«

»Hab jetzt einfach nicht die Zeit, es dir in allen Einzelheiten zu erklären«, wimmelte ich ihre Einwände ab. »Kümmere du dich jetzt um Lennie — alles andere sag ich dir später!«

Ich ließ sie allein und verschwand im Schlafzimmer. Ich beobachtete sie, wie sie 'n Moment unschlüssig herumstand, die Stirne in Falten legte und sich verängstigt am Ohr kratzte. Dann aber drehte sie sich plötzlich entschlossen zur Tür und ging hinaus.

Von draußen hörte ich Schritte, dann das sabbernde Gebrüll von Lennie und schließlich sein albernes Kichern, als Rose ihn ins Haus zog. Ohne gesehen zu werden, konnte ich beobachten, wie sie sich den Schwachkopf in der Küche vorknöpfte.

»All right«, keifte sie, »wozu schleichste hier draußen rum?!«

Lennie kicherte blöd und grinste idiotisch in die Gegend. »Ich werd Myra alles erzählen«, sabberte er, »alles, was ich gesehn habe! Hab den Schlaukopf Nick gesehen, ätsch! Hat sich herausgeschlichen, damit ihr beide was Häßliches treiben könnt!«

»Ficken?! Meinste das?!« zischte Rose ihn an. »Was ist denn am Ficken so häßlich, hey?!«

»Ätsch!« brabbelte Lennie. »Hast es selber gesagt! Jetzt gibt's was! Ich erzähl Myra alles! Erzähl ihr, daß du und Nick ...«

»Na was denn?!« polterte Rose. »Du fickst doch mit Myra auch die ganze Zeit rum! Sag ja nicht, daß du's nicht tust! Davon biste nämlich so behämmert, weil du sie zu viel vögelst! Du dämlicher Esel hast schon 'nen ganz krummen Hintern vom dauernden Ficken!«

Diese Rose! Gottverdammt noch mal, ihr kam wirklich keine gleich! In 'ner knappen Minute hatte sie Lennie so durcheinandergebracht, daß er seinen Arsch nicht gefunden hätte, selbst wenn 'ne Glocke dran gebimmelt hätte!

»Hab ich nicht! Tu ich nicht! Hab ich nie ...«, blökte er.

»Da lachen ja die Hühner!« höhnte Rose. »Bist ja gar nicht ihr Bruder! Bist ja nur Beschäler! Sie hat dich ja nur, damit du ihr die Fotze vögelst! Denn du hast 'nen Dicken — und sie läßt sich gerne ficken!«

»Stimmt nicht! Hab ich nicht! D-du ... du bist nur 'ne olle Lügentante!«

»Lüg du mich nicht an, du Sabber-Schleimer!« schrie Rose und fuchtelte ihm mit der Faust vor der Nase rum. »Hab's selber gesehen, wie du sie bestiegen hast, du Sau! Hab mal zufällig bei euch von 'nem Malergerüst ins Zimmer geschaut — und da hast du ihr verdammt noch mal deinen Schwengel in den Bauch gerammt, als wolltest du 'nen Garten umgraben! Du hast so in ihrem Loch herumgefuhrwerkt, daß du um ein Haar hineingefallen und drin ertrunken wärst!«

Verdammt, das war schöner als jeder Wanderzirkus! Rose machte ihre Sache besser, als ich es mir erträumt hatte! Es bewies aber auch wieder mal, was 'n Bursche mit Köpfchen alles erreichen kann! Da braucht man nur so 'ne Allerweltsgeschichte wie die Unzucht zu nehmen und den richtigen Leuten im geeigneten Augenblick an den Kopf zu schmeißen — schon hat man den größten Spaß und dazu ein sicheres Mittelchen, die Leute anzustacheln, sich gegenseitig loszuwerden.

»Ich erzähl's Myra«, geiferte Lennie. »Alle dreckigen Sachen, die du über sie gesagt hast!«

»Leck mich!« fuhr Rose ihn an. »Du und Myra, ihr solltet lieber aufhören, Fotzi-Ficki-Ficki-Fotzi zu spielen, bevor du noch deinen letzten jämmerlichen Rest Gehirn aus deinem Schwanz verspritzt!«

»Das erzähl ich Myra auch!« schlabberte Lennie und stolperte auf die Tür zu.

»Sag ihr, was du willst, du vervögelter Schwachkopf! Und bestell Myra, dieser geilen Fick-Fotze, 'nen schönen Gruß von mir«, rief Rose ihm nach, während er über die Veranda in die Nacht hinausstolperte. Und dann brüllte sie ihm noch ein paar Schweinereien hinterher, daß sogar mir die Spucke wegblieb!

Als sie wieder ins Zimmer kam, schloß ich sie in die Arme. Und ich sagte ihr, daß sie alles einfach großartig gemacht habe.

»Na, geht dir jetzt 'ne Stallaterne auf?!« fragte ich dann. »Lennie geht nie aus dem Ort raus — dazu ist er viel zu faul. Wenn er jetzt zu Myra kommt, die das genau weiß, und er erzählt ihr, daß er hier draußen war, dann wird sie ihm kein Wort glauben! Und wenn er ihr dann diese ganzen schmutzigen Geschichten erzählt, dann wird sie auch nicht glauben, daß ihre allerbeste Freundin ihm diese Geschichten auf die Nase gebunden hat, stimmt doch, oder?!«

»Hmmm«, nickte Rose nachdenklich. »Sie wird annehmen,

daß er sie belügt, daß er sich das alles in seiner schmutzigen Phantasie ausgedacht hat. Und dann wird sie ihm wahrscheinlich 'ne Tracht Prügel verabreichen, weil er sie belogen hat!«

»Und nicht nur gelogen hat er«, erklärte ich, »er hat sogar *gemeingefährlich* gelogen! Auf 'ne Weise, durch die Ehen in die Binsen gehen und echte Gatten-Morde geschehen können! Und Myra wird das Risiko nicht auf sich nehmen wollen, daß das noch mal passiert! Sie wird sich einbilden, daß sich sein Zustand verdammt verschlimmert hat, und daß sie ihn jetzt endlich wegschaffen muß, wie sie's ihm schon oft angedroht hat!«

»Hey?!« glotzte mich Rose verdattert an. »Wann soll Myra so was gesagt haben? Die kriegt doch schon 'nen Anfall, wenn sie Lennie mal fünf Minuten nicht sieht!«

Ich erzählte ihr, daß Myra schon oft solche Drohungen ausgestoßen habe. »Sie hat nur bis jetzt nichts unternommen, weil sie's eben nicht ertragen kann, von ihm getrennt zu sein, und weil sie Pottsville nicht verlassen wollte. Jetzt bleibt ihr aber keine andere Wahl! Und wenn er weg muß, geht sie mit!«

Rose meinte, das würde sich ja alles sehr schön anhören — aber man sollte sich vielleicht doch nicht drauf verlassen, daß alles so kommen würde.

Und ich meinte, well, natürlich müßten wir schon ein bißchen nachhelfen.

»Myra wird uns die ganze Geschichte natürlich erzählen! Dann müssen wir durch die Verdächtigungen verdammt verlegen werden. Und das wird sie auch verdammt verlegen machen. Und dann werden wir uns gemeinsam verdammte Sorgen machen, was Lennie wohl sonst noch alles anstellen wird — ob er zum Beispiel anfängt, mit 'nem Schlachterbeil den Leuten nachzustellen, oder Häuser anzuzünden, oder kleinen Mädchen aufzulauern, oder ... na ja, das werden wir schon sehen! Hab jedenfalls keinen Zweifel, daß alles prima laufen wird!«

Ich kniff ihr in den Arsch und gab ihr 'nen Kuß auf die Backe. Und dann sagte ich, ich würde mich jetzt mal auf den Weg machen. Damit war Rose natürlich überhaupt nicht einverstanden, und so mußte ich ihr 'ne eingehendere Erklärung dafür geben.

»Sieh mal«, meinte ich, »es könnte doch sein, daß wir 'n felsenfesten Beweis benötigen, falls Myra immer noch 'nen Zweifel haben sollte. Lennie läuft nicht schnell — und wenn ich mich beeile, bin ich längst vor ihm in Pottsville. Und es wär doch 'ne prächtige, echt unbezahlbare Idee, wenn ich seelenruhig in meinem Amtszimmer sitze, während Lennie mit seinen Schauergeschichten bei Myra angekeucht kommt!«

Rose gab zu, daß das echt 'ne verdammt prächtige Idee war. Und so machte ich mich schließlich auf den Weg. Natürlich nicht nach Pottsville, denn ich wußte, was sich dort abspielen würde. Mich interessierte mehr, was sich hier abspielen würde!

Ich hockte mich also hinter ein Gebüsch am Wegrand. Anderthalb Stunden wartete ich. Und langsam machte ich mir schon Sorgen und überlegte, ob ich mich vielleicht geirrt hatte! Dann aber hörte ich Wagenräder und Pferdehufe, die sich schnell näherten.

Und dann fegten sie an mir vorbei — Myra und Lennie in der Kutsche. Sie hielt die Zügel umklammert. Und Lennie hielt 'nen schwarzen Kasten auf dem Schoß und 'nen langen Stock. Hatte zunächst keinen blassen Dunst, was das war!

Kaum war die Kutsche vor dem Haus zum Stillstand gekommen, da fegte Myra schon über die Veranda und hämmerte wie 'ne Wilde an die Tür. Lennie folgte ihr. Und als Rose öffnete, da konnte ich im Lichtschein erkennen, was er mitgebracht hatte:

Es war 'ne Kamera und einer von diesen Stäben, an denen man Blitzpulver entzündet, wenn man im Zimmer Bilder machen will!

XXIII

Wie ein geölter Blitz flitzte ich zum Haus rüber. Dabei stolperte ich in der Dunkelheit und fiel auf die Schnauze. Und so vergingen etwa fünf Minuten, bis ich ein Fenster fand, das mir 'n Einblick auf das gab, was sich drinnen zwischen Myra, Rose und Lennie tat.

Aber komischerweise waren es zunächst gar nicht Myra, Rose und Lennie, die mich beschäftigten! Mir schoß da vielmehr erst mal so ein Gedanke durch den Kopf, wie leer solche Häuser eigentlich sind, selbst wenn man sie genau kennt. Tote, unheimliche Dinger, die gerade mit der Leere in ihren kahlen, leblosen Wänden die Menschen in den Strudel schrecklichster Schrecken treiben. Und ich sah diese armen Menschen plötzlich alle vor mir: die hilflos weinenden Mädchen, die sich vergeblich wehren, wenn ihre eigenen Daddies zu ihnen ins Bett schlüpfen; die Männer, die ihre Frauen verprügeln; die Gören, die sich vor lauter Angst in der Nacht vollpissen; die Mütter, die ihnen zur Strafe dafür roten Pfeffer zu fressen geben; die Todkranken; die Verhungernden; die Bettelarmen ...

Und ich las plötzlich ihre Gedanken — das Wie-bekomm-ich-was-zu-essen, das Wann-kann-ich-endlich-mal-wieder-einschlafen, das Wie-und-womit-decken-wir-unseren-armen-nackten-Arsch-zu und all die anderen Überlegungen, die ein Mensch dann anstellt, wenn es besser für ihn wäre, rasch und schmerzlos zu krepieren! Denn diese Gedanken in der Leere beweisen, daß der, der sie denkt, längst innerlich tot ist, und daß er nur noch Gestank und Terror, Heulen und Zähneklappern, Hunger und Qual verbreiten kann und daß sonst nur noch eines in ihm ist: die Leere ...

Mich schauderte, als ich überlegte, wie wunderbar es doch eingerichtet ist auf dieser Welt, daß unser Schöpfer so verdammt abscheuliche Sachen erschaffen und erdacht hat, daß dagegen ein Mord gar nicht mehr so schlimm erscheint! Yeah, wahrlich, das war in der Tat 'ne dankenswerte, gnadenreiche und wundervolle Tat von IHM! Und ich hatte jetzt nur noch die Aufgabe, den Dingen meine Aufmerksamkeit zu schenken, die hier und jetzt über die Bühne gingen ...

»Gottverdammter Lügner!« schrie Rose gellend in dem Moment, wo ich endlich durch das Fenster aufmerksam ins Haus schaute. »Nie ist auch nur ein Wort von diesem gottverdammten Zeugs über meine Lippen gekommen!«

»Tssss ...«, grinste Myra hinterhältig, »wie redest du denn plötzlich?! Man könnte ja fast denken, daß du gar kein anständiges Mädchen bist!«

»Mir scheißegal, was du denkst! Da würde jeder Mensch 'nen Rappel kriegen, bei dem du mitten in der Nacht mit deinem Bekloppten auftauchst!«

»Soll das heißen, daß du uns nicht erwartet hast?!« fragte Myra zynisch. »Hast du dir etwa eingebildet, ich sehe tatenlos zu, wie du uns durch den Dreck ziehst?!«

»Ich hab niemand durch den Dreck gezogen! Lennie lügt! Lennie war noch nicht mal hier draußen!«

»Ach nee?! Und was macht dann sein Taschentuch auf der Veranda? Ein extra großes, wie ich sie ihm immer nähe, weil der arme Junge so viel sabbert!«

Myra grinste teuflisch und beobachtete, wie Roses Gesicht schreckensbleich wurde — das sei 'ne gottverdammte Lüge, stammelte sie, und Myra hätte das Taschentuch gar nicht auf der Veranda gefunden.

Trotzdem mußte ich Myra recht geben. Denn ich hatte das Taschentuch schließlich höchstpersönlich dort hingelegt!

»Na? Was ist, Rose?!«

Myra wußte genau, daß Rose in der Falle saß. Und Rose schien diese peinliche Tatsache auch langsam zu dämmern. Aber sie gab noch nicht auf.

»Well, okay ...«, sagte sie plötzlich entschlossen, »... du sollst recht haben! Lennie war *doch* hier! Hab ihn erwischt, wie er ums Haus geschlichen ist. Und dabei ist mir sicher so ein verdammter Schreck in die Knochen gefahren, daß ich vermutlich ziemlich grob zu ihm gewesen bin. Aber mir ist keine dieser dreckigen, hundsgemeinen Bemerkungen über die Lippen gekommen, die er mir unterstellen will!«

Myras Antwort war ein furchterregendes, meckerndes Gelächter, bei dem's einem kalt den Rücken runterlief. »Lennie sagt die volle Wahrheit, Liebste«, erklärte sie dann. »Er hat gar nicht die Phantasie, so eine Story aus sich heraus zu erfinden!«

»A-aber ...«

»Und du hast ebensowenig Phantasie! Du konntest diese Geschichte genausowenig erfinden wie er! Und das bedeutet — well, ist mir schließlich schnurz, wie du's rausgekriegt hast. Der entscheidende Punkt ist, *daß* du's rausbekommen hast! Und daher muß sichergestellt werden, daß du mit deinem Schandmaul nicht zu anderen Leuten marschierst!«

Rose starrte sie entgeistert an, schüttelte den Kopf, und ihre Stimme war plötzlich nur noch ein heiseres Flüstern. »Ich ... ich kann's nicht glauben«, ekelte sie sich. »D-du und Lennie?! Ähhh — das glaub ich dir einfach nicht!«

Schätze, daß es nicht nur ihr 'nen Schock versetzte — auch ich war einigermaßen geplättet. Ich hatte zwar einiges *vermutet* — die *Wahrheit* ging mir aber doch ziemlich an die Nieren!

»Ich glaub dir nicht!« wimmerte Rose immer noch. »Wieso ... warum — warum ausgerechnet ...?!«

»Tu nicht so scheinheilig!« blaffte ihr Myra dazwischen. »Du hast die Sache rausgekriegt und warst blöd genug, die Ergebnisse deiner Schnüffelei Lennie auf die Nase zu binden. Und das *wieso* und *warum* wirste gleich am eigenen Leibe erfahren! Vorausgesetzt natürlich, daß du dich nicht bockig seinem Charme widersetzt und ihn ähnlich anziehend findest wie ich!«

Sie gab Lennie einen Wink, und er drückte ihr die Kamera in die Hand. Während sie an der Einstellung herumfummelte und sich den richtigen Standort aussuchte, schüttelte er Blitzpulver auf die Platte oben an dem Stab — hab keinen Dunst, wie diese Dinger heißen — und drückte Myra das Ganze in die Hand. Rose stand da wie gelähmt und starrte die beiden an.

»Mach dir keine Sorgen«, kicherte Myra hämisch, »dein Bildchen wird schon gut, Liebste! Mit der Kamera kann ich wie ein Berufsknipser umgehen, ehrlich wahr! Bevor ich endlich jemand zum Heiraten fand, hab ich mir 'ne Stange Geld damit verdient. Würdest dich auf den Arsch setzen, wenn du wüßtest, was manche Leute für'n Zaster hinblätterten, nur damit sie die Bilder bekamen, die ich von ihnen gemacht hatte!«

Rose schüttelte langsam den Kopf — sah dabei aus wie einer, der aufwacht und die Erinnerung an 'nen schrecklichen Angsttraum abschüttelt.

»Hau endlich ab«, schrie sie Myra an. »Hau ab, du verhurte alte Nutte! Verschwinde, du Arschloch, und nimm dein ausgevögeltes Früchtchen mit, bevor ich vergesse, daß ich 'ne Lady bin!«

»Sofort, Liebste! Nur Geduld, wir haben's gleich! Brauch nur noch eben das Bildchen — von Lennie und dir!«

»W-was ...?! Was willst du gottverdammtes Luder mit ...?!«

»Ein Bildchen von dir und Lennie, Liebste«, flötete ihr Myra süßlich dazwischen. »Ist die sicherste Art, dich zum Schweigen zu bringen, ohne dich umzulegen, Liebste! Und jetzt — *reiß ihr die Kleider runter, Lennie!«*

Lennies Hand schoß vor, ehe Rose 'nen Schritt zurück tun konnte. Mit einem Ruck fetzte er ihr das Kleid von oben bis unten auf, die Unterwäsche gleich mit — und ehe einer von eins bis drei zählen konnte, stand Rose zwischen ihren zerrissenen Plünnen splitternackt im Zimmer.

Lennie gurgelte aufgeregt an seinem Sabber, von dem ihm mindestens ein Liter übers Kinn lief. Myra grinste ihn liebevoll an.

»Sieht doch lecker aus, Darling, oder?! Probier mal, ob sie wirklich so lecker ist, los!«

»Tschutschutschu ...«, brabbelte er nachdenklich. »Tut mir sicher weh?!«

»Aber nie!« lachte Myra. »Du bist groß, sie ist klein, und ich bin schließlich auch noch da und werd dich beschützen!«

»Tschutschutschu ...«, brabbelte Lennie immer noch unentschlossen und ängstlich. »W-was soll ich denn tun?!«

»Pack sie einfach und leg sie aufs Kreuz«, stachelte Myra ihn an. *»Pack sie, Lennie!«*

Rose hatte die ganze Zeit über wie zur Säule erstarrt das Gespräch verfolgt — sie war so verblüfft, daß sie gar nicht den Versuch machte, sich irgendwie zu bedecken.

Jetzt packte plötzlich Lennie zu, zog sie an sich und besabberte sie schlürfend, gurgelnd und schmatzend von oben bis unten — und da änderte sich alles schlagartig! Wie eine Furie kreischte Rose plötzlich los, kratzte und schlug wie wild um sich und verpaßte zuletzt Lennie einen Tritt in die Eier, daß er heulend in eine Ecke flog.

Und während sich der Schwachkopf winselnd seinen Schwanz rieb, flitzte Rose ins Schlafzimmer und knallte die Tür hinter sich zu.

»Du Rindvieh!« brüllte Myra und trat Lennie in den Arsch. »Los! Hinterher! Schlag die Tür ein!«

»A-angst ...«, wimmerte der Idiot. »Hat mir weh getan!«

»Werd dir noch viel mehr weh tun!« drohte Myra und riß ihm in ihrer Wut fast das Ohr ab. »Ich schlag dich grün und blau, wenn du nicht folgst! *Los, schlag die Tür ein!«*

Ängstlich nahm Lennie 'nen Anlauf. Dann donnerte er mit der Schulter gegen die Tür. Das Schloß sprang auf. Krachend flog die Tür ins Schlafzimmer — Lennie im vollen Schwung hinterher, gefolgt von Myra. und dann ...

Und dann kam's so, daß ich leider nie herausbekam, was eigentlich in Myras Kopf vor sich ging. Oder nicht vor sich ging. Ob sie das Schießeisen völlig vergessen hatte, das schließlich mit ihrer Unterstützung von Rose gekauft worden war. Oder ob sie Rose für zu feige gehalten hatte, das Schießeisen auch zu benutzen. Oder ob sie in ihrer Wut auf Rose überhaupt nicht mehr nachgedacht hatte. Nein, Sir, auf all diese Fragen konnte ich nun nie mehr 'ne Antwort bekommen.

Denn 'ne knappe Sekunde, nachdem die Schlafzimmertür aufbrach, waren Myra und Lennie mausetot!

Rückwärts torkelten sie beide ins Wohnzimmer, purzelten übereinander, zuckten wie zertretene Schlangen im Todeskampf — und Rose feuerte das ganze Magazin in dieses blutige Knäuel hinein.

Ich stieg in die Kutsche und fuhr nach Pottsville zurück. Und dachte mir, was das doch eigentlich für 'ne verdammt komische Sache mit der Vorsehung ist! Eigentlich hatte ich mir's so ausgerechnet, daß Myra Rose umbringen sollte. Dann hätten Myra und Lennie aus Pottsville verduften müssen, weil ich als Sheriff dann auf verwandtschaftliche Beziehungen keine Rücksicht mehr zu nehmen brauchte, und weil ich verdammt noch mal nichts als meine Pflicht und Schuldigkeit getan und sie verfolgt hätte, um sie der gerechten Strafe zu überantworten, wobei es natürlich auch hätte passieren können, daß ich sie auf der Flucht erschossen hätte. Und das wäre eigentlich die beste Lösung gewesen!

Andererseits war die Tatsache, daß nun Rose Myra und Lennie abgeknallt hatte, auch keine schlechte Lösung!

Kein Schwanz sah mich, als ich vom Stall zum Gerichtsgebäude ging. Ich machte mir 'nen Happen in der Küche zurecht, trank zwei oder drei Tassen Kaffee und legte mich dann aufs Ohr, weil ich's ehrlich mal verdammt nötig hatte, etwas auszuspannen.

Aber ich kam mal wieder nicht dazu! Plötzlich wurde nämlich die Tür aufgerissen, und Rose stürmte auf mich los. Mußte offensichtlich den ganzen Weg zu Fuß gerannt sein! Kaum war sie im Zimmer, da sackte sie nämlich ausgepumpt, erschöpft und nach Luft hechelnd zusammen — brachte es nur noch fertig, den Finger wie 'ne Art Anklage gegen mich zu richten, ohne 'nen Ton zu sagen.

Ich fragte, wie's ihr denn so ginge, und meinte, daß es ja eigentlich selbst unter guten Bekannten nicht gerade höflich sei, mit 'nem nackten Finger auf angezogene Leute zu zeigen!

»Solltest du eigentlich wissen«, belehrte ich sie. »Es ist nämlich nicht nur nicht höflich — es ist auch gefährlich, weil du damit 'nem anderen leicht ein Auge ausstechen kannst!«

»D-du ...«, keuchte sie.

»Beziehungsweise, wenn sich's um größere Leute handelt, kannste denen mit dem Finger direkt in 'ne sonstige Körperöffnung stechen, was verdammt peinlich sein könnte — ganz abgesehen von der Gefahr, daß du dir dabei den Finger abbrechen kannst!«

Sie schnappte nach Luft und schüttelte sich wie 'ne nasse Katze. »Du ... du Hurensohn«, brüllte sie dann plötzlich los. »Du verkommenes, stinkendes Miststück! Du ... du gottverfluchter Nuttenbock! Du schlitzohriger Betrüger! Du niederträchtiger, nichtsnutziger, gemeiner, ekelhafter, mistiger, unehrlicher Lump! Du Aas! Du ... du ...«

»Hoppla«, wunderte ich mich. »Will doch glatt in der Hölle schmoren, wenn das nicht verdammt so klingt, als ob du 'ne Wut auf mich hättest?!«

»Wut?!« schrie sie. »Ich ... ich werd dir ...«

»Sei nicht so laut«, unterbrach ich sie. »Es könnte einige Leutchen wecken, und die könnten herkommen, um zu sehen, was hier los ist!«

Rose meinte — allerdings 'ne Spur leiser — die sollten ruhig antanzen, und dann würde sie denen mal ganz genau erzählen, was alles passiert ist.

»Und *was* ist passiert?!«

»Komm mir nicht dumm! Du weißt sehr gut, was passiert ist! Du warst die ganze Zeit vor dem Haus, denn ich hab dich später wegfahren hören! Du hast zugelassen, daß es passiert ist! Du hast einfach zugesehen, wie ich zwei Menschen ... umbringen mußte!«

»Ach nee! Wirklich?!«

»Hast du etwa nicht zugesehen?! Sag bloß, du hast das alles nicht geplant gehabt!«

»Gar nichts sag ich! Möchte bloß wissen, wie du den Leuten die Geschichte erzählen willst! Was für 'ne glaubhafte Erklärung willste denen eigentlich für die beiden Leichen auftischen, die bei dir auf dem Fußboden rumflacken?! Und für die Tatsache, daß du sie mit deinem Schießeisen abgeballert hast?! Denkste wirklich, daß dir ein normaler Mensch die *Wahrheit* glauben wird?! Denk mal nur 'ne Sekunde nach — dann kapierst du, daß dir kein Mensch so 'ne abenteuerliche Story glauben wird!«

Erst wollte sie wieder lospoltern — dann aber schien ihr langsam ein Licht aufzugehen, und sie setzte sich neben mich aufs Bett.

»Nick, du mußt mir helfen! Das darf alles nicht rauskommen!«

»Well, schätze, daß mir da als Sheriff 'n bißchen die Hände gebunden sind«, gähnte ich. »Immerhin haste dich des Mordes, des Doppelmordes, der Unzucht und der Vortäuschung falscher Tatsachen schuldig gemacht! Und dazu . . .«

»Hey, w-was?!« schrie sie aufgebracht. »Du wagst es, mir Schimpfworte an den Kopf zu werfen und mich zu beschuldigen, nach allem, was du auf dem Kerbholz hast?! *Du* bist wohl überhaupt nicht verantwortlich für alles, was passiert ist, hä?!«

»Nicht die Spur«, bestätigte ich ihr. »Die Tatsache, daß ich die Leute in Versuchung führe, ist ja noch lange nicht 'n Grund dafür, daß sie dieser Versuchung erliegen!«

»Beantworte meine Frage, verflucht noch mal! Wer hat sich die Morde ausgedacht, na?! Wer lügt, wenn er nur sein Maul aufmacht?! Wer, zum Teufel, hat mit mir Unzucht getrieben?!«

»Well«, stellte ich klar, »das fällt alles nicht ins Gewicht, wenn *ich* es tue!«

»Was soll das heißen?!«

Ich erklärte ihr, das solle heißen, daß ich nichts weiter als meinen Job täte im Sinne der heiligen Gebote der Bibel. »Das wird eben von mir erwartet, verstehst du, daß ich den Menschen den Sündenpfuhl austreibe, weil sie eben nur Menschen sind! Ich muß sie dazu bringen, ihr wahres Gesicht zu zeigen — und dann muß ich den Scheißdreck aus ihnen heraustreten! Und das ist 'ne gottverflucht schwere Aufgabe, Rose, und ich bilde mir ein, daß es mir niemand vor Gott und der Welt ankreiden kann, wenn ich ab und zu auch mal 'n kleines Vergnügen dabei habe, anderen Menschen 'ne Falle zu stellen!«

»Was redste da eigentlich für'n verrückten Seich zusammen?!« wollte Rose stirnrunzelnd wissen.

»Well, schätze, daß es tatsächlich etwas verrückt klingt!« räumte ich ein. »Aber das ist nun wirklich nicht meine Schuld! Eigentlich müßte ich mich ja mit den Großen und Mächtigen im Lande befassen. Aber es ist mir nicht erlaubt, denen ein Haar zu krümmen. Das mach ich nun dadurch wett, daß ich einfach doppelt hart und streng mit dem weißen Abschaum und mit den Niggern und mit Leuten wie dir ins Gericht gehe, die ihr Hirn am Arsch haben, weil sie an 'ner anderen Stelle nichts damit anzufangen wissen! Yes, Sir, ich arbeite im Weinberg des HERRN! Und wenn ich schon an die verbotenen Früchte hoch oben nicht rankomme, dann kümmere ich mich einfach notgedrungen um so stärker um die niederen Triebe, wenn du verstehst, was ich damit sagen will! Denn der HERR liebt den fleißigen Arbeiter, Rose! ER liebt es, wenn des Menschen Arsch raucht während seiner Dienststunden. Und diese Dienststunden verkürze ich mir durch Schlafen und Essen ... beschränke sie ... dadurch ... aber man ... man kann nicht immer nur ... nur essen und ... schlafen ...«

Mir fielen langsam die Augen zu. Als ich sie wieder öffnete, war Rose verschwunden. Ich stand auf und suchte sie. Und fand sie schließlich in Myras Schlafzimmer.

Sie probierte Kleider meiner Ex-Gattin. Sah ganz so aus, als ob sie ausgehen wollte. Und ich fragte sie, ob sie die Absicht hätte, irgendwo hinzugehen?!

»Da fragst du noch?!« zischte sie mich mit 'nem giftigen Blick an. »Als ob du nicht genau weißt, was ich tun werde, was ich tun *muß*!«

Ich meinte, in diesem Fall sei es wohl ratsam, den Zug vor Morgengrauen zu nehmen, um Pottsville zu verlassen — da würde sie niemand sehen, wenn sie wegfahren würde. Und außerdem gäbe ihr das 'nen Vorsprung von fast 'nem Tag, bevor ich nervös werden und mir Sorgen machen könnte, was wohl um Himmels willen mit Myra und Lennie geschehen sei — und bevor ich mich auf die Socken machen und 'nen echten Doppelmord entdecken müßte!

»Klar, dieser Zug nimmt eigentlich keine Leute mit und hält hier nur, um Wasser aufzutanken. Aber ich wette, wenn die Zugführer so ein nettes Mädel wie dich sehen, dann nehmen die dich glatt furchtbar gerne mit, auch wenn du die Fahrt gar nicht mit Geld bezahlen kannst, weil du keins hast! Aber so'n Gefallen tun die schon gerne, wenn ihnen ein Mädel ein bißchen 'ne Gefälligkeit erweist, das ihnen gefällt, yes, Sir!«

Rose biß sich auf die Lippen.

»Macht sicher Spaß, oder?! Du genießt das richtig, stimmt's?! Macht dir wohl 'n Vergnügen, oder?!« Sie schüttelte verwundert den Kopf.

»Nicht unbedingt«, schränkte ich ein. »Es gehört nur echt zu meinem Job, daß ich ein wollüstiges Vergnügen empfinde, wenn Menschen in Schwierigkeiten stecken!«

»Nick«, fragte sie plötzlich, »was ist mit dir passiert?! Wann bist du so geworden?!«

»Well«, meinte ich, »wenn du mit der Frage meinst, wann mir die Wahrheit geoffenbart worden ist — yeah, das ist schon eine ganze Masse Zeit her.« Und ich meinte, daß das wohl auch 'ne ganze Masse Zeit gedauert habe, bis ich so nach und nach und immer nur stückchenweise die volle Wahrheit erkannt hätte. Und ich sagte, daß mir manchmal dabei richtig unheimlich zumute gewesen sei, so, als ob ich echt durchdrehen würde! Und dann, erzählte ich ihr, heute nacht vor ihrem Haus, als ich gesehen hätte, wie alles nach den Plänen lief, die ich geschmiedet hatte, da sei mir blitzartig ein helles, grelles Licht durch den Kopf geschossen, und ich hätte endlich die volle Wahrheit erkannt — die Wahrheit, warum die Dinge so sind, wie sie sind, und warum ich so bin, wie ich bin!

»Mir wurde alles geoffenbart, Honey«, erklärte ich ihr. »Ich erkannte die Wahrheit, die Kraft und die Herrlichkeit — und es wird für dich alles auch nicht annähernd so schlimm werden, wie du dir's jetzt vorstellst, denn es wird nichts so heiß gegessen, wie es gekocht wird! Ein Klasseweib wie du kann doch ein Vermögen scheffeln in den Städten am Fluß ganz einfach mit dem, was ihm Spaß macht — und dir macht *das* doch nicht nur Spaß, nee, ich möchte eher sagen, daß du 'ne einsame Wucht auf dem Gebiet bist! Und da wir gerade davon sprechen und uns ja nie wieder sehen werden, würde ich eigentlich nichts dagegen einzuwenden haben, dir zehn oder fünfzehn Minuten lang die Stange zu halten — ohne Rücksicht darauf, daß du dich ja eigentlich auf der Flucht vor dem Gesetz befindest!«

Der Wecker, den Rose nach mir schleuderte, zerdepperte in tausend Stücke an der Wand — direkt neben mir!

»Aber Rose«, fragte ich ärgerlich, »wie soll ich denn jetzt rechtzeitig aufwachen, damit ich nicht zu spät zur Kirche komme?!«

»Kirche?! Kirche!« stöhnte sie. »Du willst tatsächlich zur Kirche gehen, nachdem ... nach ... ach, du lausiger Fickbolzen! Du Schleimscheißer! Du doppelzüngiger, verlogener, bigotter Schweinepriester!«

»Jetzt schießt du dich aber echt wieder auf mich ein«, beklagte ich mich. »Brauchst mir gar nichts vorzumachen! Ich *weiß* jetzt, daß du 'ne Wut auf mich hast!«

Sie fuhr mir mit 'nem weiteren Hagel von Schimpfworten über den Mund und sauste dann zum Spiegel, um an dem Kleid rumzufummeln, das sie aus Myras Sachen herausgekramt und angezogen hatte.

»Amy Mason steckt dahinter, stimmt's?!« keifte sie mich über die Schulter an. »Ich glaube, du schießt jede in den Wind, nur um sie heiraten zu können, oder?!«

»Well«, meinte ich, »muß zugeben, daß ich mir über diesen Punkt schon Gedanken gemacht habe!«

»Ich würd auch einen Besen mit Drahtumwicklung, der zwölf Monate in der Scheiße gestanden hat, fressen, wenn du schlitzohriges Stinktier das nicht getan hättest!«

»Yes, Sir«, bekräftigte ich nachdenklich, »nähere Gedanken darüber hab ich mir schon gemacht, aber es ist 'ne Tatsache, daß ich da noch zu keinem echten Entschluß gekommen bin. Es geht ja nicht darum, daß sie 'ne Sünderin ist — denn schließlich gehört sie zur vornehmen Gesellschaft, und dort gibt es eigene Gesetze und Vorschriften, über die ich mir nicht den Kopf zu zerbrechen brauche. Ich fürchte nur, daß mich eine Eheschließung mit ihr in Konflikt mit meinem Job bringen könnte! Ich hab hier nämlich 'ne Art von Mission zu erfüllen, Rose! Bin verpflichtet, in alle Ewigkeit hauptamtlicher Sheriff von Potts County zu bleiben, der längste Arm des Gesetzes am Arsch der Welt, der für die meisten Leute hier die *ganze* Welt bedeutet, weil sie nichts anderes kennen! Ich bin ganz einfach verpflichtet, verstehst du, weil ich für den Job des hauptamtlichen Sheriffs von Potts County ganz besonders und auffallend *berufen* bin! Es ist mir nicht erlaubt, mich der Fügung zu widersetzen und diesen Kelch an mir vorübergehen zu lassen! Es gibt Zeiten, wo ich mich von dieser Verantwortung manchmal echt befreien möchte — dann aber schießen mir genau die todrichtigen Gedanken durch den Schädel, und mir werden immer genau die goldrichtigen Worte in den Mund gelegt, die mich dann nur noch stärker an mein Amt ketten. Ich hab keine Wahl, Rose, ich bin verpflichtet, hauptamtlicher Sheriff von Potts County zu bleiben bis ans Ende aller Tage! Ich muß das Werk des HERRN vollbringen, muß es vollenden! ER zeigt mir nur den rechten Weg. ER läßt lediglich meinen Blick fallen auf die Leute, die vor SEINEM Angesicht in Ungnade gefallen sind — und *ich* muß diese Leute dann SEINEN Zorn spüren lassen. Ich will dir verraten, Rose, daß ich verdammt oft mit SEINEN Entscheidungen gar nicht einverstanden bin. Aber was kann ich schon tun?! Ich bin hauptamtlicher Sheriff von Potts County, und man erwartet von mir, daß ich nichts unternehme, womit ich meinen Job aufs Spiel setzen könnte. Mir bleibt nichts anderes übrig, als den Weisungen des HERRN zu folgen und über jene armen Sünder zu kommen, um die sich sonst kein Schwanz in der Welt auch nur 'nen Dreck kümmert! Ehrlich wahr, schon oft hab ich versucht, diese Bürde abzulegen. Hab mit dem Gedanken gespielt, einfach wegzulaufen und wegzubleiben! Aber es ist mir nicht gegeben, und es wird mir nie gegeben sein! Und mit diesem Gedanken könnte sich Amy nie vertraut machen. Deshalb zweifle ich stark, daß da mit 'ner Heirat was drin ist!«

Rose warf mir 'nen starren Blick zu. Betrachtete mich 'ne Weile sprachlos, verärgert, ängstlich.

»O Bruder!« flüsterte sie dann achselzuckend. »Was quasselst du nur für einen hirnverbrannten Scheißdreck zusammen?!«

»Hör mal, Rose«, protestierte ich, »streng dein Köpfchen nur mal ein bißchen an, dann wirste auf den Trichter kommen, daß das alles seinen Sinn hat! Ist es denn nicht verdammt logisch, daß ich ausgerechnet hierher nach Potts County ausgesendet wurde, in eine Gegend so verflucht dicht am Arsch der Welt, daß man kaum 'nen Schritt weiter gehen kann, ohne in das große Loch voller Scheiße zu fallen?! Und muß ich hier nicht einfach mit den Wölfen heulen?! Wer in Potts County landet, der muß sich auch so geben, wie die Menschen von Potts County sich geben! Wenn du jemand die Kraft und die Herrlichkeit schauen lassen willst, dann mußt du's ihm schon selber besorgen! Denn die Leute verlangen immer 'ne logische Erklärung für rein echt alles, besonders für das große Wunder, daß ausgerechnet einer aus ihrer Mitte von ihnen geht, um die Kraft und die Herrlichkeit zu schauen!«

»O Brüderchen!« schnaufte Rose, wobei sie mit den Lippen ein Geräusch machte, als ob sie sich von 'nem lästigen Furz befreien wollte. »Du steckst schon drin in dem großen Loch voll Scheiße!«

»Rose, bitte, sag das nicht!« bat ich sie. »Ich hab echt 'ne Masse Zeit drauf verwendet, um mir all die schönen Gedanken zu machen! Und um mir schließlich alles zu erklären, weil ich sonst verrückt geworden wäre! Aber selbst jetzt noch kommen mir manchmal Zweifel, und das macht mich fertig, bei Gott, weil ich's nicht ertragen kann. Bitte, Honey, sag nie mehr ... daß ... ich meine ... nie ...«

Ich rannte aus dem Zimmer.

Nach einem mächtig inbrünstigen Gebet bekam ich mich wieder fest in den Griff, und meine Zweifel waren wieder wie weggefegt! Ich betete noch 'ne Weile inbrünstig weiter, und die Kraft und die Herrlichkeit kamen wieder über mich. Roses Maulereien ließen mich plötzlich wieder völlig kalt. Und ich hätte ihr zum Abschied um ein Haar sogar in den Arsch gekniffen, wenn sie nicht damit gedroht hätte, mir im Falle des Falles den Schädel einzuschlagen!

XXIV

Ich ging zur Kirche wie jeden Sonntag und wurde gebeten, im Chor mitzusingen, wie ich's immer gedurft hatte bis zu dem Zeitpunkt, wo's plötzlich so ausgesehen hatte, als könnte Sam Gaddis mich bei der Wahl schlagen.

Und so sang ich also laut und kräftig und schrie dem HERRN Lob, Preis und Dank in die Ohren, und ich will in der Hölle schmoren, wenn nicht jedesmal dann, wenn ich mein ›Amen‹ brüllte, das Kirchendach wackelte!

Nach der Vorstellung quetschte der Pfarrer mir die Hand und meinte, es könnte ein Blinder mit 'nem Krückstock sehen, daß der Geist wirklich und wahrhaftig über mich gekommen sei.

»Und wo ist Myra heute? Will nicht hoffen, daß sie das Bett hüten muß!«

»Das glaub ich weniger«, meinte ich. »Sie ist mit Lennie gestern zu Schwester Rose Hauck rausgefahren. Erst heute hab ich festgestellt, daß ihnen das Pferd durchgegangen sein muß — denn es scheint allein nach Pottsville zurückgekommen zu sein und steht im Stall! Myra und Lennie sind aber noch nicht zurück!«

»Haben Sie nicht mit Rose Hauck telefoniert?!«

»Schien mir zwecklos«, erklärte ich. »Hätte sie doch nicht mehr vor dem Gottesdienst abholen können — und den wollt ich mir nun wirklich nicht entgehen lassen. Schätze aber, daß ich sie so rechtzeitig abholen werde, daß wir zusammen zur Abendandacht kommen können!«

»Fein«, sagte der Pfarrer mit nachdenklichem Gesicht.

»Halleluja!« antwortete ich und ging heim.

Dort flackte ich mich aufs Bett und döste vor mich hin. Einfach so. Polkte mir 'ne lange Borste aus der Nase, betrachtete sie, fand aber nichts sonderlich Interessantes an ihr und schnippte sie an die Wand. Hob dann meine Arschbacke und befreite mich von 'nem knatternden, langen Furz, den man in Gesellschaft oder beim Kirchgang immer einkneifen muß. Dann kratzte ich mich am Sack und beschäftigte mich 'ne Weile mit der blödsinnigen Frage, wann ein Kerl eigentlich aufhört zu kratzen — und anfängt zu wichsen. Eine uralte Frage, die wohl auch in nächster Zukunft nicht befriedigend geklärt werden wird!

Dann stellte ich meine Lauscherchen auf, um Myra draußen in der Küche zu hören. Und wunderte mich plötzlich, wo sich der sabbernde Lennie nur wieder rumtreiben mochte. Vielleicht, so überlegte ich, wär's besser, wenn ich ihn rasch suchen würde, bevor er wieder mit irgendwelchen Weibern in die Wolle geriet. Das brachte mich auf den Gedanken, ich könnte eigentlich schnell mal rausfahren zu Rose Hauck und mit ihr 'ne Nummer schieben, falls Tom nicht gerade um die Wege war!

Aber da fiel mir plötzlich alles wieder ein, und ich vergrub mein Gesicht in den Händen und strengte mich an, wieder 'nen Sinn in die ganze Geschichte zu bekommen.

Buck kam rein — Sie erinnern sich, der Deputy von Ken Lacey. Wir schüttelten uns die Hände, und ich bat ihn, sich 'nen Stuhl untern Arsch zu klemmen.

»Schätze, hast vermutlich meine Frau im Ort getroffen, und ich wette, sie hat dir gesagt, du sollst direkt hier reinschneien ohne anzuklopfen, weil's mir bestimmt nichts ausmachen würde!«

»Nee«, sagte Buck.

»Willste damit sagen, daß es nicht so gewesen ist?!«

»Rrrichtig!« bestätigte Buck. — »Und?!«

»Yeah«, brummte Buck. »Ich bin auf der Jagd nach 'nem Stinktier. Und da kann ich Förmlichkeiten und so nicht ausstehen. Da marschier ich einfach rein, wo ich's erschnüffelt habe!«

»Well«, meinte ich, »und was sagste zum Wetter?!«

»Läßt sich ertragen!«

»Ob's heißer wird?!«

»Ziemlich heiß«, meinte er. »Verdammt heiß für 'nen Burschen, der sich nicht an gewisse Abmachungen hält!«

Ich holte 'ne Pulle aus dem Schrank und goß zwei Gläser voll Whisky. Er nahm mir ein Glas ab und feuerte es an die Wand.

»Halte mir lieber die Hände frei«, entschuldigte er sich, »wenn ich 'nem Burschen begegne, der sich nicht an gewisse Abmachungen hält!«

»Buck«, beteuerte ich, »ich konnte einfach nicht! Wollte ja ehrlich — aber es war nicht drin!«

»Es war drin! Und es ist immer noch drin!«

»Warum willste mich nicht verstehen, Buck?! Es war absolut unmöglich, ehrlich! Unmöglich, weil ...«

»Deine ›Weils‹ interessieren mich nicht, Nick! Wir hatten 'ne Abmachung getroffen, als ich dich damals zum Bahnhof brachte! Meinen Teil hab ich erfüllt, als ich Ken nach Pottsville schickte. Jetzt tu du deinen Teil und werf ihm die Schlinge übern Hals — oder ich zurre dir 'nen Strick um die Gurgel, bei Gott!«

Ich sagte ihm, daß das sicherlich 'ne feine Vorstellung abgäbe, die aber bedauerlicherweise nie über die Bühne gehen würde!

»Könnte nämlich sein, daß dir dabei die Schlinge über den eigenen Hals rutscht«, warnte ich ihn.

»Schon möglich, aber nicht sehr wahrscheinlich«, brummte Buck. »Schätze, daß ich meine Rolle auch ganz gut weiterspielen kann. Hab das schließlich bei Ken Lacey gelernt!«

»Wie das?!«

»Durch die Zusammenarbeit mit Ken Lacey bin ich zu 'nem regelrecht verschreckten Zitter-Knochen geworden, der nicht mal 'nen Einwand wagte, als du ihm erzähltest, du würdest die beiden Zuhälter abmurksen. Außerdem war ich dämlich genug zu glauben, daß man dir nie was würde nachweisen können! Dann tauchte aber dieser Bursche George Barnes auf, dem du ganz gewaltig stinkst. Und jetzt hab ich so'n Gefühl, daß es ihm gelingen könnte, die Wahrheit herauszubekommen, wenn ich ihm ein bißchen auf die Sprünge helfe und meine zwei sauberen Fingerchen hebe!«

»Buck ...«

»Ich hab lange genug Scheiße fressen müssen! Tag für Tag, die ganze Zeit, wo ich mit Ken Lacey zusammengearbeitet habe. So viel Scheiße hab ich fressen müssen, daß ich manchmal echt glaubte, sie würde mir aus den Ohren rauslaufen — konnte kaum mehr meine Kinder in den Arm nehmen oder meine Frau vögeln, aus Angst, daß die Scheiße an ihnen kleben bleiben würde! Aber jetzt hab ich die Möglichkeit, endlich mit dem Scheißefressen aufhören zu können, wenn ich Ken Lacey ins Grab jage! Und versuch du ja nicht, mich davon abzubringen! Wenn du das versuchst, Nick, dann bist *du* für mich Ken Lacey! Eine Art Zwillingsbruder von dem Schwein, das mir jedesmal die Scheiße zwischen die Zähne löffelt, wenn ich's Maul aufmache! Und ich kann einfach keine Scheiße mehr sehen! Bring's einfach nicht fertig! Weiß Gott, *ich kann keine Scheiße mehr fressen, ich kann nicht mehr* ... und darum geht's, Nick! Mir wär's verdammt lieber, wenn's Ken an den Kragen ginge! Und deshalb mußte dich entscheiden — du oder er!«

Ich kippte meinen Whisky runter. Und dann fing ich an, ihm auseinanderzusetzen, warum ihm dieses Entweder-Oder nie gelingen konnte. Und ich verriet ihm zum ersten Mal, wer ich in Wirklichkeit war! Er schien gar nicht weiter überrascht zu sein, zog nur mal kurz 'ne Augenbraue hoch, und ich glaube, er hielt mich entweder für'n Witzbold oder 'nen Spinner — wobei's ihm irgendwie egal zu sein schien, welche von beiden Möglichkeiten zutraf. Und das hätte ich eigentlich voraussehen müssen bei ihm! Trotzdem war ich ein bißchen enttäuscht!

Ich erzählte ihm alles noch einmal, bloß um sicherzugehen, ob er mich auch richtig gehört hatte. Und dann schüttelte er den Kopf und meinte, ich läge verdammt schief.

»Vermutlich verwechselste dich mit dem anderen Typ, der die gleichen Anfangsbuchstaben vom Namen hat«, grinste er. »Vermutlich verwechselste dich mit dem Nazarener Christus?!«

»Rrrichtig, Buck! Genau! Bin beides in einem, kapierst du jetzt?! Bin der Bursche, der verraten wird, und der Bursche, der ihn verrät, alles in einer Person!«

Schien ihn aber nicht überzeugen zu können! Ich stand auf und ging zum Fenster. Glaubte, ER würde mir vielleicht ein Zeichen geben! Aber ich sah nur ein paar Hunde, die sich am Arsch berochen. Und das fand ich so komisch, daß ich lachen mußte.

»Irre komisch, das Gefühl, mit einem Bein schon im Grab zu stehen, stimmt's?!« grunzte Buck.

»Nee«, lachte ich, »hab nur ein paar Köter gesehen, die sich am Arsch beschnüffelten. Und das erinnerte mich an 'ne Geschichte, die ich mal irgendwo aufgeschnappt habe. Mal davon gehört, Buck?! Ich meine, warum Hunde dauernd nach 'nem Hundearsch suchen, an dem sie riechen können?!«

»Nie davon gehört! Kann auch nicht behaupten, daß ich sonderlich gespannt bin, die Geschichte zu erfahren. Und das sag ich nur für den Fall, daß du vorhaben solltest, sie mir zu erzählen!«

Und da erzählte ich ihm, daß in grauer Vorzeit mal alle Köter der Welt 'ne Art Vollversammlung abgehalten hätten, um gewisse Anstandsregeln festzulegen. Bei so 'ner irren Masse Arschlöcher auf einem Haufen gab's natürlich 'nen mächtigen Stunk. Und so brachte der Vorsitzende 'ne erste Gesetzesvorlage ein, nach der bei Versammlungen Arschlöcher an der Garderobe abzugeben waren. Die Gesetzesvorlage wurde einstimmig angenommen. Und danach begaben sich alle Teilnehmer an der Vollversammlung erstmal nach draußen, um ihre Arschlöcher auf 'nen Stapel zu legen. Und dann gingen sie wieder rein, um weitere Anstandsregeln zu besprechen, daß es zum Beispiel unfair ist, wenn ein Hund dem anderen in den Sack beißt und so. Aber da kam plötzlich ein irrer Sturm auf und wirbelte die aufgestapelten Arschlöcher in alle Winde und brachte sie so durcheinander, daß kein Köter mehr sein eigenes Arschloch wiederfand. Und das ist der Grund dafür, warum die Hunde noch heute und bis ans Ende aller Tage herumsausen, und schnüffeln, und ihr eigenes Arschloch suchen, weil sie ohne eigenes Arschloch ganz einfach nicht glücklich sind, selbst wenn ein Arschloch dem anderen zum Verwechseln ähnlich ist, wenn's einigermaßen zufriedenstellend funktioniert!

»Damit will ich sagen, Buck, daß du lieber bei deinem Arschloch bleiben solltest! Kümmere dich nicht um das Arschloch von dem Arschloch Ken Lacey! Bei allem, was du weißt, wird er nämlich wahrscheinlich viel schlimmere Dinge fressen müssen als Scheiße. Und ich möglicherweise auch! Und das wird dich 'ne Masse glücklicher machen, als du jetzt schon bist!«

»Mehr haste mir wirklich nicht zu sagen?!« knurrte Buck und stand auf. »Biste sicher, daß du mir nicht mehr zu sagen hast?!«

Ich zögerte 'nen Moment und meinte, mir müßte doch eigentlich noch irgendwas einfallen. Denn mir war doch schließlich alles sonnenklar, das konnte ER bezeugen:

Liebet euch untereinander und vögelt niemanden, der euch nicht sein Arschloch unter die Nase hält, und vergib uns unsere Sünden, weil wir vielleicht ja nur eine einzige kleine Minderheit von einem einzigen Menschen sind. Denn um Gottes willen, *um Gottes willen* — warum sonst wohl hatte es mich ausgerechnet nach Pottsville verschlagen?! Und warum sonst wohl blieb ich dort?! Warum sonst wohl, wer sonst wohl, was sonst wohl wäre fähig gewesen, sich mit diesem Schicksal abzufinden, außer JESUS CHRISTUS, der Allmächtige?!

Aber ich war nicht in der Lage, ihm die Augen zu öffnen. Er blieb so blind wie alle anderen!

»Well, Nick?! Ich warte nicht länger!«

»Brauchste auch nicht, Buck«, versicherte ich ihm. »Ich hab mich nämlich endlich zu 'ner Entscheidung durchgerungen. Hat lange gedauert — und sie ist das Ergebnis von Überlegungen und Überlegungen und weiteren Überlegungen und noch mehr Überlegungen. Und je nachdem, wie du die Sache betrachtest, ist's die gottverdammt-gerissenste oder auch die arschlöchig-feigste Entscheidung, die einer jemals getroffen hat. Denn sie gibt 'ne Antwort auf alle Fragen der Welt — sie besagt nämlich alles und nichts! Und das, Buck, ist meine Entscheidung! Ich hab überlegt und überlegt und noch 'ne gottverdammte Masse mehr überlegt und bin dann schließlich zu der Feststellung gekommen, daß ich ebensowenig weder ein noch aus weiß, wie jeder gottverdammte andere Mensch auch ... und das ist das Ende!«

Nachwort

Jim Thompson ist bei uns eher auf indirekte Weise bekannt geworden. Weniger seine Bücher selbst wurden in der Öffentlichkeit registriert (obschon einige von ihnen Anfang der 70er Jahre ins Deutsche übertragen wurden), sondern was andere aus ihnen gemacht haben – und auch, was er selbst für andere getan hat. Aber es gehört nun mal zu den Merkwürdigkeiten des Kulturbetriebes, daß die Namen von Drehbuchautoren und die Bücher, die als Filmvorlagen dienen, über den kleinen Kreis der Eingeweihten nicht hinausgelangen.

Dabei tummelte sich Jim Thompson keineswegs im peripheren Bereich der Filmindustrie. Immerhin hat er mit Stanley Kubrick zusammengearbeitet, der zwar noch jung war damals, aber schon von der Aura der seltenen Begabung umflort. Thompson schrieb für ihn 1956 das Drehbuch zu *The Killing* (»Die Rechnung ging nicht auf«) – die Credits nennen ihn auch für die Dialogregie verantwortlich – und anschließend *Paths of Glory* (»Wege zum Ruhm«, 1960) – frühe Werke von Kubrick, die ihm den Weg zu den großen Geldtöpfen ebneten, und das war auch mit ein Verdienst seines Drehbuchautors. Für Thompson indes kam der Aufschwung nicht. Für Kubricks Produzenten James B. Harris entwickelte er zwar noch ein Drehbuch *Killer at Large,* das jedoch nie realisiert wurde. Gut ausgekommen ist Thompson mit dem 22 Jahre jüngeren Kubrick übrigens nicht; dazu waren sie zwei zu unterschiedliche Persönlichkeiten.

James Myers Thompson, der sich Jim nannte, wird als freundlicher, stiller, alles in allem jedoch unglücklicher Mensch geschildert. Er fühlte sich unverstanden von seiner Frau und von seiner Familie (er hatte drei Kinder und sechs Enkel) eingeengt. Gegen Ende seines Lebens (er starb 1977, 71 Jahre alt) machten ihm seine sich rapide verschlechternden Augen das Schreiben unmöglich, körperlich war er ein Wrack und psychisch wohl auch, dem Alkohol verfallen. Zeit seines Lebens plagten ihn Geldnöte und zwangen ihn zur Lohnschreiberei: für die TV-Serie *Ironside* (»Der Chef«) und die Filme *The Undefeated* (»Die Unbesiegten«, von Andrew V. MacLaglen mit John Wayne) und *Nothing But A Man* (von Michael Roemer) schrieb er die Buchfassungen.

Anerkennung – die der breiten Masse, nicht der Spezialisten – blieb ihm versagt. Es scheint sein Schicksal zu sein, daß er immer in jemandes Schatten stand. Der eine war Kubrick, gegen den er sogar gerichtlich durchsetzen mußte, daß seine Tätigkeit als Co-Autor im Vorspann erwähnt wurde. Der andere war Raymond Chandler, die Vaterfigur des modernen Kriminalromans.

Jim Thompson war einer aus der großen Schar jener Zeitgenossen, denen man das Etikett des Epigonen anhängt. Epigonen, weil sie, wie Chandler, ihre »tough guys« haben, weil sie vor Schmutz und Gewalt nicht zurückschrecken, weil sie die klinisch reine Welt des englischen Detektivromans durch die nackten Tatsachen der Realität ersetzen. Aber das Wort vom Epigonen trifft denn doch nicht. Den »tough guy« hat ja Chandler nicht erfunden. Er hat bloß erste Höhepunkte gesetzt in einer genre-immanenten Entwicklung, die mit ihm nicht begann und mit ihm noch lange nicht aufhörte. Vor ihm waren, zum Beispiel, W. R. Burnett, Caroll John Daly, James M. Cain, James T. Farrell, von Dashiell Hammett zu schweigen.

Und neben, nach ihnen allen eben jener Jim Thompson, 1906 in Anardako, Oklahoma, geboren, in einem Indianerreservat, wo sein Vater Marshal war; der sich durch alle möglichen Berufe schlug, vom Hotelpagen bis zum Ölbohrer; der mit 15 seine ersten schriftstellerischen Arbeiten unterbrachte und fortan für mehr als zwanzig Zeitungen und Zeitschriften schrieb, nicht nur für *The New York Daily News* oder *The Los Angeles Times Mirror,* auch für irgendwelche Technik- und Handels-Magazine und selbstverständlich auch für die Pulps; der 1939 sein erstes Buch veröffentlichte, *Economy of Scarcity,* im selben Jahr wie Chandler *The Big Sleep,* dem dann *Now and on Earth* (1942), *Heed the Thunder* (1946), *Nothing More Than Murder* (1949) folgten und 1952 *The Killer Inside Me* (dt. »Der Mörder in mir«, Ullstein 10170), mit dem er zum ersten Mal so etwas wie einen bescheidenen Erfolg verbuchen konnte.

Da war dann der Epigone Jim Thompson seinen Konkurrenten schon ein gutes Stück voraus. Chandlers Phil Marlowe ist zwar kein Superbrain mehr, ein Held aber doch noch, mit allem, was dazugehört: dem schnellen Verstand, der schnellen Faust, dem schnellen Mundwerk, der grenzenlosen Überlebensfähigkeit. Diesem bald schon zur Type erstarrten Charakter setzt Jim Thompson seine Personen entgegen, die ein frühes Beispiel für gebrochene Figuren geben. Und man darf das ruhig wörtlich nehmen: es sind Krüppel in ihrem tiefen Innern.

In Frankreich nennt man jene spezielle Variante des Kriminalromans »Série Noire«, schwarze Serie, und diesen programmatischen Titel gab Alain Corneau auch seinem Film nach Jim Thompsons *A Hell of a Woman* (1954). Georges Perec, der Drehbuchautor, sagt über Thompsons Figuren: »Sie sind wie Woyzeck. Es sind Figuren, die keine eigene Sprache haben. Sie sind gezwungen, ihre Sprache und ihre Reaktionen von anderen zu übernehmen. Sie sind gänzlich bestimmt durch die Welt, in der sie leben. Sie haben keinen Abstand. Sie sind an die Verhältnisse gebunden. Unter anderen Umständen könnten sie liebenswerte Menschen sein.«

Nach außen hin sind es tatsächlich liebenswerte Menschen, »vielleicht ein bißchen freundlicher als der Durchschnitt, vielleicht ein bißchen adretter, aber sonst, wie gesagt, typisch«. So wird Lou Ford in »Der Mörder in mir« charakterisiert, und nicht anders ist Nick Corey im vorliegenden Buch zu beschreiben. Der Sheriff in dem gottverlassenen Nest Pottsville kann keiner Fliege etwas zuleide tun – nicht einmal den Gesetzesbrechern. Er windet sich durch die Fährnisse des Alltags mit der stereotypen Formel »Will ja nicht behaupten, daß Sie nicht recht haben, aber ich kann auch nicht behaupten, daß Sie recht haben«. Nur nicht festlegen, nur nicht Position beziehen, nur nicht anecken in einer Welt, die sich als Ventilfunktion ihre Sündenböcke durch Rassendiskriminierung schafft und in der sich, unter dem Deckmantel der Gläubigkeit, mit Macho-Manieren bequem leben läßt (nicht ohne Grund verglich Marcel Duhamel, der Herausgeber der renommierten »Série Noire« bei Gallimard, Thompson mit Henry Miller, Céline, Jarry, Caldwell und sogar mit Lautréamont). Doch mit einer Klarheit, wie sie nur dem heraufdämmernden Wahn eigen ist, erkennt Nick Corey, daß man ihn seiner passiven Haltung wegen nur auslacht, »daß man nichts war als ein absolutes Nichts«, dem man rein gar nichts zutraut, erst recht nicht, »wie ein Mann« zu reagieren. Das Bewußtsein von der Wertlosigkeit der eigenen Existenz, ein von früher Kindheit an eingehämmerter Schuldkomplex, weil die Mutter im Wochenbett starb, verbinden sich mit einem scharfen Blick auf die gesellschaftlichen Verhältnisse von Pottsville, die freilich Thompson nicht, dafür war die Zeit noch nicht reif, mit der erbarmungslosen Analyse des modernen Sozio-Krimis bloßlegt, sondern in ihren Auswirkungen auf die Mentalität der Menschen schildert. Nick Corey, und insofern ist er eine typische Thompson-Figur, schert im Grunde nicht aus den Verhaltensmustern aus. Er bedient sich der in Pottsville gängigen, nicht anders als faschistoid zu bezeichnenden Mitteln, um sich selbst zu beweisen. Er tut Dinge, »von denen die anderen insgeheim erwarteten, daß ich sie tat«. Er paßt sich an, bis in den beispiellosen Verfall aller sittlichen Werte hinein, damit aus dem Nichts ein Etwas wird. Gleichzeitig bekämpft der damit, was er dumpf als die Ursache seines eigenen Leidens erkennt: die Umstände, in denen er lebt und die ihn zu diesem Handeln zwingen. Ein beinahe schon nicht mehr schizophren zu nennender, sondern abscheulich-grotesker Umschlag, der sich durch die religiösen Bindungen rechtfertigt und überhöht und aus dem »Du sollst nicht töten« ein »Jeder Mensch tötet das, was er liebt« macht – mit dem Zusatz, daß er sich selbst am meisten liebe: Freuds These vom sich auf Umwegen gegen das eigene Ich wendenden Destruktionstrieb, in einen furiosen Roman gegossen. Ein Irrewerden an Zuständen, die von den Kategorien der Bibel gedeckt, aber mit ihnen eigentlich nicht mehr zu fassen sind. In einer amoralischen Welt wird so die Amoral selbst zur moralischen Waffe. Phil Marlowe, der Gerechtigkeitsfanatiker und Moralapostel, ist ein Waisenknabe dagegen.

»1280 schwarze Seelen« (im Original *Pop. 1280*, 1964), ist 1981 von Bartrand Tavernier mit Philippe Noiret und Isabelle Huppert als »Coup de torchon« (deutscher Verleihtitel: »Der Saustall«) verfilmt worden. Und das ist die andere Seite dieses Jim Thompson: die Faszination, die er auf die Filmemacher ausübt. Claude Chabrol liebäugelte mit *The Nothing Man* (1954) und *Nothing More Than Murder* (1949), Stanley Kubrick, trotz allem, mit *The Killer Inside Me* – den Film hat dann Burt Kennedy 1975 gemacht, mit Stacey Keach als Lou Ford. Sam Peckinpah verfilmte 1972 *Getaway* (Ullstein 10186) mit Steve McQueen (Jim Thompson hatte für Peter Bogdanovitch die erste Drehbuchfassung geschrieben), Alain Corneau, wie schon erwähnt, *Hell of a Woman* 1979 als »Série Noire« mit Patrick Dewaere und Myriam Boyer (der Film ist nie nach Deutschland gekommen). *Pop. 1280* hatte viele Interessenten: Sam Peckinpah, Christian Marquand, auch Alain Corneau, der mit Thompson zusammen sogar an einem Drehbuch arbeitete.

Besonders glücklich ist Jim Thompson nie gewesen über die Verfilmungen, die er selbst noch erlebt hat, und wäre es über die neueren wohl ebensowenig. Immer wurden die Romane verändert, zum Teil radikal – mehr jedenfalls, als man gemeinhin anzunehmen geneigt ist, wenn es um einen Kriminalroman geht; einzig Taverniers »Saustall« gelingt es einigermaßen, den Gehalt des Romanes zu transportieren.

Doch diese Schwierigkeiten mit den Romanvorlagen erhellen vielleicht das Werk von Jim Tompson am deutlichsten. Seine Bücher sind zu komplex, als daß sie einfach ab-filmbar wären. Zu viel schwingt zwischen den Zeilen mit, zu viel spielt sich in den Köpfen und Seelen der Figuren ab. Alain Corneau, der Sam Peckinpah wegen dessen *Getaway*-Abweichungen scharf kritisierte, selber aber ähnliche Problem eingestehen mußte, drückt es so aus: »Hier merkt man, daß Thompson kein herkömmlicher Autor ist. Am Ende jedes Romanes muß er, auch wenn ihm selbst das nicht bewußt ist, die Moral der Geschichte ziehen. Man kommt nur mühsam zu einem Schluß, wenn man seine Romane verfilmt.«

Geoffrey O'Brien schrieb dazu in »Hardboiled America« (New York 1981): »Daß er der am nachhaltigsten übersehene hardboiled-Autor ist, kommt möglicherweise von der beharrlichen Amoralität seiner Bücher. Die normale Amoral eines ›harten‹ Helden, der einen Kriecher zusammenschlägt, versteht jeder. Aber Thompsons bevorzugte Figur ist nicht der redliche Brutalo, sondern der coole, ruhige und gefaßte Psychopath, der der bezauberndste Mensch der Welt ist, bis er es für besser hält, einen zu töten. Mehr noch, Thompson schreibt über solche Kreaturen in einer aufrichtig verständnisvollen, manchmal ausgesprochen heiteren Weise, als sei es das Normalste auf der Welt (was es für sie natürlich ist) und als sei jeder andere nicht viel besser – wofür Thompson eine gleichermaßen überzeugende Begründung liefert.«

Jim Thompson verweigert sich gängigen Einordnungen. Mit einem Zugriff ist er nicht zu fassen. Seine Geschichten müssen einer Zwiebel gleich Schale um Schale entblättert werden, bis man zum eigentlichen Kern vorstößt. Das erfordert wahrhaft Detektivarbeit vom Leser, und am Ende legt er das Buch eher beunruhigt als befriedigt aus der Hand: weil er in Jim Thompson ein Stück auch von sich selbst entdeckt, von seiner eigenen Psychopathologie. Vielleicht ist hierin der Grund zu suchen, weshalb Jim Thompson zu den Autoren zählt, die recht eigentlich erst noch zu entdecken sind. Die Werkausgabe im Ullstein Verlag, deren dritter Band »1280 schwarze Seelen« ist, gibt die Möglichkeit hierzu – und erfüllt damit eine Forderung, die seltsamerweise Geoffrey O'Brien auch für Amerika stellte ...

Rudi Kost